未成形的王座

❶ 帝王之刃〔下〕

The Emperor's Blades

CHRONICLE of the Unhewn Throne

BRIAN STAVELEY

布萊恩・史戴華利——著　戚建邦——譯

未成形的王座

1 帝王之刃〔下〕

目次

25

「所以，事情不如我們的預期。」伊爾·同恩佳說，身體往後靠著椅背，好讓他將亮面皮靴蹺到前面的桌子上。

烏英尼恩的審判已經過去幾週了，但之前肯拿倫都因為新職務繁忙而無法接見艾黛兒。她坐在那張桌子對面，她父親的私人圖書館中，位於英塔拉之矛十樓的挑高空間裡。這個房間很奇特也很壯觀，透明的外牆，也就是矛上的水晶，能從中俯瞰黎明皇宮的整體外觀——飄浮大殿、兩座高聳雙塔伊芳塔和天鶴塔、遼闊的中央庭院通往諸神之門，以及門後的諸神道，宛如大河般貫穿混亂的城市街道。這裡是會讓身處其中的人自認能主宰世界之地，可以高高在上地看著所有在商店、船塢、酒館和神廟中辛勞的凡人。

艾黛兒一點都沒有高高在上的感覺。

「災難。」她冷冷說道。「比災難更糟。烏英尼恩不但不必為我父親的死亡負責，關於他行神蹟的謠言此刻多半已經快要傳到大彎了。」桑利頓葬禮上一排排的火焰之子行軍而過的景象突然變得充滿威脅。「英塔拉向來都是很受歡迎的女神，烏英尼恩有他的私人部隊，現在，一日之間，他就成功擄獲全安努所有公民的敬畏與想像。有人說他是虔誠者安拉頓再度降世，也不管安拉頓是馬金尼恩家族的人。」

「很了不起的把戲。」肯拿倫嘶嘴說道。

「那個把戲可能開啟了馬金尼恩家族的末日。」艾黛兒怒斥，對這個男人漠不關心的態度感到訝異又氣惱。

伊爾．同恩佳輕鬆彈指。「沒那麼嚴重。桑利頓身亡後，猛禽就一直在派遣鳥隊，他們向我保證瓦林安然無恙。」

「瓦林不是王位繼承人。」

「我們也沒有理由假設凱登會出事。」

「我們沒理由假設他不會出事。阿希克蘭位於帝國邊境，幾乎可以算是安瑟拉的領土。烏英尼恩可能會派人去暗殺凱登。凱登有可能墜落某座天殺的懸崖，而我們根本無從得知。派去接他的代表團到現在都還沒有任何消息。」

「旅程需要時間。再說，妳還在這裡。」

「我是女人，如果你有注意到的話。」

伊爾．同恩佳低頭看她胸部，然後刻意揚起眉毛。「妳確實是女人。」

艾黛兒臉色漲紅，不過連她自己也不清楚是因為生氣還是羞澀。

「重點在於，我不能坐上王座。你是攝政王，但你不是馬金尼恩家族的人。現在烏英尼恩有機可乘，這個機會讓他可以宣稱自己是我們家族的繼承人。」

「那就殺了他。」

艾黛兒張口欲言，然後閉嘴，不確定該怎麼回應。伊爾．同恩佳說這話的語氣就像別人建議多買一點梅子一樣。當然，在前線人命比較廉價，而他也一直看著人們死去，無論是他的部下或敵人。但問題在於，他們現在不在前線作戰。

「我們有法律。必須遵守法律規定。」她回道。

「審判期間一直站在我們這邊的那套法律？」他問。「法律很好，但是直接砍掉腦袋也很簡單明瞭。我不知道妳怎麼想，但我認為那場審判對我來說是一種羞辱。那個狡猾的祭司贏了，這就表示我輸了。而我很不喜歡輸的感覺。」

「我不能隨便下令殺人！」

「不行嗎？」

「我是財務大臣，不是劊子手。」

「妳是皇帝之女。五百個艾道林護衛軍唯一的工作就是為妳而戰。」

「他們的工作是保護我。」

「告訴他們只要把烏英尼恩身上插滿鋼鐵就是在保護妳。」

她搖頭。他完全沒有抓到重點。「馬金尼恩家族並非專制暴君。」

他哈哈大笑，開懷歡暢。「你們當然是。只不過你們是特別善良的暴君，你們是開明的，想做對人民有利的事情，做所有那類的事情。」

「沒錯。」

「但你們依然是專制君主，或暴君。妳比較喜歡用暴君嗎？重點在於，沒有人挑選你們統治安努。」

「我又沒有統治安努。」她抗議，但是對方揮揮手，對她的抗議不置可否。

「妳可是公主兼大臣，妳父親的女兒，妳弟弟的姊姊，此刻還是唯一身處大陸境內的馬金尼恩，更別說妳還待在這座城市裡。」

「儘管如此，朝政議會還是選你出任攝政王。」她回答，盡量克制惱怒的語氣。

「我卻要聽妳號令。這明白表示妳有多大權力。」他雙腳落地，身體前傾，以目光將她釘在原位，第一次全神貫注在這段談話上。「妳是很了不起的女人，艾黛兒。身為肯拿倫，我很不幸必須和一群自以為安努沒有陷入混亂都是他們功勞的傢伙共事，而我可以告訴妳，妳比他們大部分的人加在一起還要聰明。妳能迅速看清形勢，也不怕說出心裡的想法。」突如其來的讚美令她臉紅，不過他話還沒說完。「問題在於，妳真的敢採取行動嗎？」

「我認識十幾個在戰爭謀略上足以和我並駕齊驅的人。他們瞭解策略，可以應付棘手的困境。他們知道後勤、運輸等看起來無聊的東西有多重要。他們的弱點在於不敢採取行動。在每一場戰役中，妳都會遇上明顯該行動的時機點，至少對於瞭解戰鬥的人而言是如此。阻擾大部分人的關鍵在於猶豫不決。萬一我推測錯誤呢？萬一有我沒預料到的地方呢？或許我該多等一分鐘，多等一小時。」

他露出掠食者般的冷酷笑容。「我隨時都在對付這種人，而我把他們都殺了。」

「殺了烏英尼恩？」她說，試著消化他的話所要表達的含義。所有情況都令她手足無措，不光只是烏英尼恩的問題，還有伊爾．同恩佳的讚美和批評。從來沒人這樣和她說話，就連信任她到把她晉升為財務大臣的父親也沒有。她沒想到這輩子能擔任這個職務，然而伊爾．同恩佳雖然覺得她有不足之處，但對她說話的態度，就好像她有潛力做更多更偉大的事。

「為什麼不行？他謀害妳父親，藐視你們家族，看起來還隨時會搶奪帝國統治權的樣子。」

艾黛兒打量著這個坐在自己對面的男人。第一次見面時，她認為他浮誇自負、愛慕虛榮，是個傲慢的蠢材，關心穿著打扮更勝於國家大事。是她錯了，現在她可以對自己承認這一點。但仍無法接受自己想要博取他好感的這部分。這是個很荒謬的想法，很小女孩的想法。*但有何不可？*她怒氣沖沖地想。這是個晉升到最高軍事將領職務的男人，他所下達的命令關係到數萬人的性命，而且他沒有把她當成簡單的女孩或嬌生慣養的公主，是以同輩的語氣和她說話。在她眼裡，她看見了一段可能發展的關係——擔任大臣的公主和出任攝政王的肯拿倫——但她壓下這個想法。對方冷靜地隔著桌子看她，眼神宛如水井般深沉。

「你為什麼要幫我？」她問。

「我是在幫帝國。」

「是沒錯。」她同意。「但你也在幫我。」

伊爾・同恩佳微笑，這一次他的笑容溫暖，流露人性。「男人想和聰明美麗的女人結盟有什麼不對嗎？作戰是能帶來快感，但軍人無止無盡的矯揉姿態再過個一年或十年總是會膩的。」

艾黛兒目光低垂，徒勞無功地試圖放緩脈搏。*烏英尼恩，*她告訴自己。*妳是來想辦法對付烏英尼恩的。*

「要殺大祭司可不像你說得那麼簡單。」她強迫心思專注在眼前的問題上。

伊爾・同恩佳以同等專注的目光凝視她片刻，然後靠回椅背上。艾黛兒在他退開時鬆了一口氣，同時又覺得有些失望。

「當妳把鋼鐵插入人體並轉動它，對方通常都會死亡，就連祭司也一樣。」

艾黛兒搖頭。「他非死不可，這點你已經說服我了，但你還是在用士兵的心態思考。在厄古爾前線，士兵或許不會在同伴倒地時眨眼，但安努並不是戰場。帝國立法嚴禁血祭。如果有人謀殺烏英尼恩，全城人民都會群起關注，特別在審判過後。那傢伙之前就很受人愛戴……現在，萬一讓人知道，萬一有人懷疑是我下令殺他，街上就會出現暴動。」她首度以大祭司的角度看待此事。「如果我是烏英尼恩，我會期待有人採取類似的行動。」

「所以我們要小心為上，等凱登回來？」他問。

「不。」艾黛兒語氣堅定。「我們得想出第三條路。回想審判時的情況，烏英尼恩是怎麼避免自己被燒死的？」

「希望妳不是要告訴我，他真的是什麼神話女神的配偶。」

艾黛兒皺眉。「你不相信英塔拉？」

「妳相信？」伊爾．同恩佳攤開雙手。「我相信眼睛看得見，耳朵聽得到的東西。人類會基於上千個理由打輸或打贏戰爭，但從來不是因為有神明下凡助陣。」

「歷史可不是這樣說的。在瑟斯特利姆戰爭期間——」

「瑟斯特利姆人是童話故事，諸神也是。想想烏英尼恩受審時的表情。」

艾黛兒緩緩點頭。「他知道他不會有事，他沒有絲毫懷疑。」

「如果要仰賴已經千年沒人見過或聽過的女神賜與恩典——就算妳認定祂會幫忙，難道妳不會有一點點緊張嗎?」

艾黛兒起身，情緒激動到必須藉由肢體動作來抒發。她踱步到圖書館遠處的牆邊，試圖整理過濾事實和懷疑。透明牆外的太陽逐漸西落，她感覺到溫暖陽光灑在她的臉頰和嘴唇。當她轉身時，朗就站在她身邊，不過她沒有聽見他的腳步聲。

「他是吸魔師。」她說。這是唯一的解釋。

肯拿倫抿嘴思考著這種說法。

「我讀過所有版本的史書。」艾黛兒繼續道。「林內和瓦倫的，甚至連註釋沒完沒了的韓吉爾版都讀過。吸魔師辨得到這種事，只要魔力源夠近夠強大。」

「聽起很來合理。」朗終於同意，緩緩點頭。「如果能讓人民相信這一點，他們會主動把他撕成碎片。」

「但是要怎麼做?」艾黛兒說，指甲掐入掌心裡。「人民相信英塔拉寵幸他。你要如何區分神蹟和吸魔師的法術?」

「全部都是法術，根本沒有神蹟。」

「你是這麼想，但他們不是。那傢伙基本上在一夜之間變成英雄。我們必須先打擊他的名聲才能殺他，必須以無人能夠質疑或否認的方式揭發他的祕密。等大家都知道他是個騙子和吸魔師後，我們才能對他為所欲為。到時候他就完蛋了。」

「正如妳剛剛所說，想要分辨英塔拉的神蹟和吸魔師的法術並不容易。」朗回道，一手搭上她的肩，彷彿想讓她說慢一點。

「我知道。」艾黛兒咬唇說道。「我知道。」

太陽已經碰觸到地平線，天空逐漸轉暗，但她的臉頰依然因為最後的陽光或是本身的體溫而發燙。肯定有辦法。她父親一定想得出來。只要她能找到正確的切入角度，從適當的方向進攻。所有問題都有解決的辦法，如果她能……

「先別想了。」朗打斷她的思緒，想把她帶回房間中央。「睡一覺。有時候人只有在心靈消失時才會想出主意。妳得給它們一點空間。」

艾黛兒轉身凝望他，凝望他線條分明的面孔、目光深邃的雙眼。他的話裡有些，有些──

「有了！我們可以這麼做。」她突然感到興奮無比，一個計畫成形。「但我需要擅長使毒的人。」她笑容滿面。

朗皺眉。「妳剛剛才說我們不能直接殺他。」

「噢。」她說，自從父親去世後心中首度燃起希望。「我可不光只是要殺他。」

接著，在肯拿倫毫無預警的情況下，她湊上前去親他，嘴唇完全相貼的熱吻，體內的火焰持續發熱，向外蔓延。

26

瓦林起得很早，在營房外的冷水下沖澡，拿腰帶匕首刮鬍子，穿上他最好的凱卓黑衣。他的關節一夜之間變得僵硬，過度使用的肌肉非常緊繃，痛到超出容忍範圍，雙腳在他一拐一拐走過房舍時不斷抗議。他走過餐廳，走過指揮部，穿越基地中央大集合場，沿著小徑走向俯瞰碼頭的小高地。在東方數百步外的緩丘上，聖樹布滿瘤節的樹枝宛如利爪般抓向天際，但今天凱卓會路過他們守護神的聖壇，去向另外一位神致敬。士兵將這座小高地頂端的岩架稱為安南夏爾之桌，他們就是在此紀念他們的亡者。

其餘同樣成為凱卓的人紛紛在途中加入瓦林，他們宛如一道黑河般向上流動。甘特走在前方幾步的位置，重心放在左腳；葛雯娜跟在後面，右手掛在吊帶裡。沒有人說話。在筋疲力竭的浩爾試煉過後，言語變得太過沉重，意義也變得非常薄弱。

八年來，每當瓦林幻想這一天時，他總是會想到慶祝、歡笑、拍背、終於告一段落、去虎克島上一杯接著一杯。八年了，今天是他們終於成為凱卓的日子，是證實他們夠格成為鋼鐵男女後繼者的日子。

自從垂死艾道林士兵警告他後，他變得更渴望通過浩爾試煉。通過試煉的人會根據受訓的專長指派小隊，這表示在經過短暫的觀察期後，他就會指揮自己的小隊，可以自由離開奎林群島。

只要取得許可，他就能去找凱登，去警告他。過去五週裡，他滿腦子都是這件事情。他擔心凱登的程度當然超過荷．林，畢竟他從來沒有料到她的人生會結束在浩爾試煉中。

噢，或許她會遍體鱗傷，他也會遍體鱗傷。那都是幻想的一部分——他們會露出看起來很嚴重但又沒有大礙的傷口，彼此描述試煉中的遭遇、完成的挑戰、擊敗的敵人。但凱卓的現實生活和故事裡描述的不太一樣。在故事裡，凱卓士兵會在談笑間解決敵人；在故事裡，凱卓士兵都他媽的會活下來。

他爬上矮丘，凝望棺架。奎林群島多沙礫的石灰岩地形並不適合土葬，而儘管凱卓都有進行過無數小時的海底訓練及任務，卻沒人想被丟到藍黑色的冰冷深海裡。他們將死者——屍體回得來的死者——放在海角上突出地面的尖銳石灰岩上火化。這座石灰岩就像骨頭撕裂皮膚一樣從大地中鑽出。

昨晚有人架好棺架，趁他和其他人陷入死亡般的沉睡時，同木匠一樣細心地釘好木板，雖然搭好棺架只是為了要燒燬它。*就和我們一樣*，瓦林暗想。*受訓、磨練、演習，然後……被摧毀。*

他強迫自己把目光從木板移向上方的屍體。有人就像細心搭建棺架一樣，認真打理過荷．林。她身穿黑衣躺在上面，雙手整整齊齊交抱胸前，眼睛閉著，彷彿在沉睡。身上各處最終迎來死亡的險惡傷痕現在都看不見了，蓋在黑色的布料下。她頭髮往後梳，就像長程游泳上岸之後的髮型。瓦林很想迎上前去，輕撫她的臉頰。

然而這不合規定。即使是這種事也有一定的程序要遵守，他僵硬地站在眾人之間，目光停駐在荷．林光滑的臉上，等待妲文．夏利爾上前發言。一隻手在他發怔時輕輕搭上他肩膀，是塔拉爾，另一個離開大洞時比進去更受打擊的人。他看起來神色哀傷。

「她會是個好士兵。」他輕聲說道。

瓦林突然怒不可抑，莫名其妙火冒三丈。「她本來就是好士兵。」他厲聲道。「比這群天殺的混蛋強多了。」他說著揮手比向四周的學員。

塔拉爾點頭，張開嘴巴，接著又閉上。

「怎樣？」瓦林問，對吸魔師發脾氣。「怎樣？你還想用其他毫無意義的話來安慰我嗎？」猛禽的容忍度很高，但荷．林始終不信任吸魔師，甚至是塔拉爾，而他此刻身上只有幾處擦傷的事實，和她躺在硬木板上的屍體比起來，在瓦林眼裡就像是某種天然的侮辱。「你帶著你的魔力源和法術進入大洞。」瓦林越說越快，越說越大聲。「受到天殺的神祕力量守護，就和有十幾個守衛同行一樣。我們乾脆直接把蛋交給你，省下這些天殺的程序。她在沒有任何保護下進入大洞。什麼都沒有。」

塔拉爾臉色一沉。

葛雯娜伸手搭上瓦林的手臂，但被他甩開。「放開我！你們全部，離我遠點。」他在自己動手打人之前退開，遠離其他人，也給自己一點空間，深深吸了幾大口氣。他脈搏加速，過了好一會兒才鬆開拳頭。

南方地平線上飄來幾片烏雲，陰暗的污點掠過潮濕的空氣，時不時會有閃電擊落海面，片刻過後又有沉悶的雷鳴聲隨之而來。終於，夏利爾走到棺架之前。她端詳荷．林很長一段時間，然後轉身面對在場的凱卓。

「今天我們來此悼念三個夥伴。」

瓦林一直在提醒自己死者不光只有荷・林。奈魅特和昆恩，一個吸魔師和一個飛行兵，就這麼消失在深不見底的黑暗之中。據說芬恩、席格利，及跳蚤在試煉結束後立刻進去找他們，但是某樣東西——史朗獸，或落石，或無盡蜿蜒的黑暗本身——就這麼吞噬了這兩位學員。其他人比較幸運，不過還不夠幸運。費朗有找到蛋，但是在對抗一群史朗獸時失去了手臂。英奈爾在黑暗中墜落岩架，摔碎了膝蓋。當然，猛禽會幫他們找工作，但他們兩個都不可能執行任務了。

「抵達奎林群島時，」夏利爾繼續。「我們就放棄了原來的生活。我們放棄了舒適的家園、享受和平與繁榮的機會、安安穩穩在帝國生活的日子。我們接受疼痛、苦難，以及這個場合提醒我們的，死亡。我們放棄我們的家庭、父母、兄弟姊妹、流著同樣血脈的血親，我們很可能再也見不到他們。而這裡的男男女女就成為我們的家人。」

瓦林看向在場的士兵。安妮克難得沒有拿弓，正遠眺港口，顯然對於即將到來的風暴更感興趣；葛雯娜氣沖沖地拔著一道從手肘延伸到手腕的痂；包蘭丁臉上和手掌都有新的傷痕，他正一臉高深莫測地凝視林的屍體；姚爾則在眉毛整片瘀青的情況下裝出一副志得意滿的模樣。*真是夭殺的家人*，瓦林冷冷地想。他不信任這裡大部分的人，還想動手殺掉其中兩個。現在報復毆打林的事情似乎沒有意義，不過他所努力的一切似乎都有點失去意義了。即使花了很多心思，他在調查凱卓叛徒的身分上還是和曼克酒館墜海時一樣毫無進展。他逐一打量眼前的面孔——安妮克、拉蘭、姚爾、塔拉爾——每個人的表情都難以捉摸。他應該要是個戰士，是帝國及敵人之間的利刃，但他身邊的人接連死去，那些他深愛的人，還有他幾乎不認識的人。他五臟六腑全都絞成一團，深受查不出敵人身分的憤怒和他本身的失敗所苦。

沉浸在過去戰役的人絕對會敗給已經開始面對明日之戰的人，他提醒自己。等上面指派他到新小隊之後，他還要接受兩週訓練。還要兩週才能去找凱登。在那期間，除掉姚爾和包蘭丁是很具體的目標，是他可以專注的目標。

「我們或許永遠不會知道奈魅特・蘭丁和昆恩・連發生了什麼事情，但我們知道此刻躺在我們面前的荷・林・察有完成試煉。她深入黑暗之中，找到她要找的東西。這表示她是凱卓。」

這句話應該很重要，這個頭銜也應該具有意義。即使時間很短，荷・林還是達成了她的目標，完成了她的試煉。若是一個月前，瓦林會說以凱卓的身分死去會比學員好，但現在他不再那麼肯定。死了就是死了。安南夏爾帶走她，而骸骨之王不太可能因為妲文・夏利爾決定她有資格獲得特殊稱號就讓她好過一點。

「我們以凱卓的身分紀念這三名逝去的士兵。」夏利爾繼續說。

「前凱卓。」姚爾笑著諷刺道。「據我所知，死掉的女人不會出任務。」

瓦林目光轉移到那個年輕人身上。他怒血沸騰，手指緊握成拳，但強迫自己待在原位，拳頭用力到指甲都掐進肉裡。他繃緊肌肉來遏止顫抖，在心臟於胸腔中大吵大鬧時逼迫自己調節呼吸。有那麼一刻，他覺得自己快像葛雯娜的碎星彈一樣爆炸，但是這股慾望稍縱即逝。怒火已經燃燒殆盡，現在只剩下一股難以平息的冰冷恨意。

嚴苛的試煉並沒有影響姚爾那張俊臉上得意洋洋的表情，但發現瓦林在瞪他時，他的笑容立刻僵住。他本想瞪回去，結果卻輕聲咒罵，偏開頭去。我的眼睛。那天早上照鏡子的時候瓦林就發現了，但是疲憊到沒有心情在乎眼睛的變化。眼睛原先是棕色的，現在變成黑色。那只是單純的事實。然而，對其他人而言，他的眼睛似乎令人不安。他把這種情況歸類為日後可以善加利用的優勢。

「在我們點火之前，想要瞻仰遺容的人可以上前。」夏利爾說。

瓦林等待其他人排好隊，才站到隊伍最後方。有些士兵只花了一點時間，觸碰林的手，說幾句他聽不見的禱告或道別的話。山米・姚爾來到棺架前，他面露微笑，玩笑似地撫摸林的下巴。瓦林慢慢鬆開拳頭。林死了，姚爾再也無法傷害她。再過不久就會輪到自己了。

葛雯娜塞了樣東西到林手裡，萊斯帶著哀傷笑容在她耳邊輕語，甘特則把最愛的匕首插入她的腰帶。輪到包蘭丁，獵狼犬緊跟在後，他就只是凝望她很長一段時間，和林一樣沉默不語，然後轉身離開。

瓦林發現自己來到棺架前。他回頭看了一眼，彷彿旁觀的人會告訴他該說什麼，但是在場眾人都很冷漠，很安靜，宛如身穿黑制服的鬼魂。他轉回去面對屍體。害死他朋友的傷──肚子和胸口的十幾道爪傷──現在都被乾淨的黑上衣覆蓋。剛把她扛出地洞時，瓦林曾伸手撫摸過那些傷痕，試圖理解生命怎麼會從幾道傷口滲出體外。那些傷痕醜陋噁心，但是沒道理會害死她。想要把生命逐出體外，你當然應該要扯出更大的傷口、滑出更多內臟、擊碎更多骨頭。

顯然不是，他搖頭。林的臉慘白如蠟。*身亡一天半*，他心想，然後咒罵自己竟然在評估屍體。現在不是在上課，不是學員的戰場演習，現在是向她最後道別的機會，但早就沒有機會了。他應該在好幾天前就向她道別，應該每一天、每一年都不停對她說。他低頭看著冰冷的屍體，再看向

自己，突然瞭解到凱卓穿黑衣並不是為了融入黑暗，而是為了隨時可以參加葬禮。

這時候說什麼似乎都沒有意義，但他還是輕輕牽起她的手，握住她的手，閉上雙眼。現在是為她禱告的時刻，但他該向哪個神禱告？浩爾？她死在他的試煉之中。還是殺死她的安南夏爾？或許最合乎這個場合的是梅許坎特，但痛苦之王已經放開她了。瓦林睜開雙眼，看著她的手指、她的指節、她的手腕……

他突然停住。清理她身體的人十分仔細，血都刷掉了，傷口縫合整齊，但是在她的手腕斷骨刺穿處，有一道磨傷留下的紅痕。他瞪著那道傷痕。這道傷在其他更嚴重的傷痕之中很容易被忽略，是微不足道的擦傷，但現在既然看見了，他就再也無法移開目光——淡淡的交錯紋路印在皮膚上，利國繩索會留下的那種痕跡，幾週前從房梁上割斷安咪手腕上的繩索時所留下的痕跡。

他一口氣哽在喉嚨裡。碼頭上有隻海鷗鳴叫了一聲。他聽見海浪沖刷沙灘，一遍又一遍發出邪惡的音節。他雙眼轉回她手腕上淡淡的紅痕，努力思索其中所代表的意義。他很想湊近仔細研究，但四周都是人，都在看他。他站在這裡握著她的手多久了？他不知道。在引人懷疑之前他還有多少時間？他以最不顯眼的方式拉開她的衣袖。他本來以為她的傷都是史朗獸留下的，之前在傷心欲絕的情況下他根本沒想到要檢查。但是此刻，當他檢視皮膚上的傷口時，他發現傷口都很平整，沒有不規則的邊緣。他整顆心都涼了。一股不知道是恐懼還是憤怒的情緒在他體內蠢蠢欲動。荷・林的身體是被鋼鐵劃開的，上好的鋼鐵。她或許有在黑暗中對抗史朗獸，但殺死她的卻是一個新任凱卓。

而且殺得絕不輕鬆，他心裡冷冷浮現一絲滿足之情。從那些傷的數量和方位來看，林顯然有反抗，而且反抗得十分激烈。

「妳是個戰士。」他的聲音低到沒人能聽見。這話聽起來很正確，但也很無力。

他溫柔細心地將她的手放回胸口。林並不是就這麼死了。在地洞深處，黑暗足以遮掩一切的地方，有人和她大打出手，然後綑綁她的手腕。在小閣樓上折磨安咪並留下屍體給蒼蠅享用的傢伙也找上了林，謀害她，就在距離試煉出口四分之一里的地方。

他強迫自己轉身離開火葬堆，回到其他學員之中。你們之中某一個人，他看著其他學員想。是你們之中某一個人幹的。他目光飄向安妮克。醫務室那天過後，他就沒再和她講過話，但他沒忘記當他提起安咪時，她臉上的憤怒和死寂。如果安咪的死和她有關，那荷·林的死很可能也和她有關。

火葬堆燒得很快，火舌飢渴地向上飛竄，吞噬棺架和屍體，木材燃燒的氣味與焚燒肉體的味道混雜在一起。瓦林凝視著翻騰的火焰和黑影，凝視著紅色的火星，凝視著突然從林手中燃放而出的耀眼黃焰——葛雯娜基於她獨特的紀念方式而塞在那裡的特殊碎星彈。他一直凝視到眼睛被煙燻濕，雙眼灼痛不已，但他拒絕閉眼，也拒絕遠離火焰。

27

「死了。」凱登語氣平淡，努力弄清楚這個詞的意思。

「虐殺。」阿基爾糾正他，伸手掠過他的黑髮。「就跟山羊一樣。」

凱登在心裡思索這種說法。瑟克漢·庫達西向來獨來獨往，白天都待在修道院後面的山道上研究樹木。他一直說他準備撰寫一篇關於東瓦許植物的論文，但從來沒人見他真的提筆寫字。凱登和他不熟，但想到他就這麼死了，就這樣從一個好奇的世界觀察者變成一團腐爛的肉堆，讓他隱隱作嘔。

「我以為僧侶都是結伴看守山羊的。」他說著，把湯匙放在粗糙的桌面上。他面前那碗蕪菁湯突然失去了吸引力，平常很喜歡來的大食堂，現在給他一種冰冷陰森的感覺。一陣寒冷的春風透窗而來，拂動僧袍的衣袖，煽動壁爐中搖曳不定的微弱火光，偷走爐火所提供的暖意。

「他們確實都有結伴。」阿基爾說。

「那是怎麼回事？」

「沒人知道。僧侶都是躲起來監視山羊的，記得嗎？換班的時候，阿倫發現瑟克漢的殘軀散布在半個東坡上。」

「其他僧侶什麼都沒聽見？」

阿基爾瞇眼看他，彷彿他失心瘋了。「你知道高山上的春風有多強勁。大部分時間你連自己的腳步聲都聽不見。」

凱登點頭，愣愣地從一扇低矮窗戶看出去，太陽朝向西方墜落，北方天際最明亮的星星普塔寶石已經出現，如閃閃發光的項鍊掛在山峰之上。他拉緊僧袍，抵禦透過窗扉而來的寒風。

譚和阿基爾把他從地下挖出來已經超過一週了，他的胃口已經逐漸恢復，但手肘和腰部還是痠痛不已，要從食堂前往冥思廳，回到自己床上，再走回這裡也依然有難度。更糟糕的是，他的內心感覺……霧茫茫的，就好像直視強光太久。他還是不確定自己被埋在洞裡時出了什麼事，特別是最後幾天宛如一場夢境，又或是一則拿塵封的書籍來唸的故事，不過他很高興能夠離開那個洞。他覺得如果譚繼續把他留在土裡的話，他的心靈將會像雲一樣飄走。他不安地認為，或許那才是埋他所要達成的效果。

譚縮短懲罰時間並不是為了凱登的心靈健康著想，看起來是因為在瑟克漢死後，他認為把學徒頸部以下埋在地裡太過危險了。顯然如果凱登要死的話，譚希望親自動手。

至於阿基爾，則是興奮到整個人要蹦出皮囊。他不停拿起湯匙，又放下，用湯匙指凱登，又指向外面的世界，在桌面上敲擊手指來強調他的論點，根本不在乎迅速冷卻的食物。他一直在抱怨阿希克蘭從來沒發生過什麼事情，現在終於有點刺激了，而瑟克漢的死亡是必須支付的代價。

「為什麼選在現在？」凱登慢慢問道。「我找到第一隻山羊已經是一個月前的事情了，那之後僧侶就不斷在山道上搜尋，對方想攻擊誰就可以攻擊誰。」

阿基爾點頭，彷彿他老早就在等他提出這個問題。「據我推測，那個怪物並不想殺人。牠一直在吃山羊，但後來，除了留在外面當誘餌的那些外，我們把山羊都趕進畜欄裡。牠不能吃那些誘餌，於是別無選擇，瑟克漢變成晚餐。」

這句玩笑話讓凱恩皺起眉頭。「瑟克漢死了，阿基爾。放尊重點。」

他朋友毫不在乎地揮揮手。「你是很差勁的僧侶知道嗎？他們教的東西你都沒在聽嗎？那個怪物撕爛瑟克漢後，瑟克漢就不是瑟克漢了。『瑟克漢死了』這句話根本毫無道理可言。本來有瑟克漢，現在沒有瑟克漢了。你不能尊重不存在的東西。」

凱登搖頭。阿基爾只有在辛恩教義對他有利時才會拿出來講。問題在於，他朋友說得沒錯。僧侶算不上是麻木不仁，但他們對於哀悼的容忍程度並不高於其他情緒——情緒雜亂無章，所有情緒都一樣，是空無境界的障礙。當有僧侶去世時，他們不會舉辦葬禮，不會致哀，沒有悼詞，不撒骨灰。幾名僧侶會將屍體抬到某座山峰上，留在那裡，交給雨水和渡鴉解決。

凱登學會這一切的過程並不輕鬆。他還鉅細靡遺地記得當時的情況，儘管那已經是很多年前的事情。那天早上他在製陶室工作，坐在角落一張三腳凳上，專心轉他大水壺的壺口。他已經做壞四個水壺，更因此被烏米爾連罵帶打。由於專心工作的關係，他一直到年輕僧侶蒙·阿達來到面前後才注意到他。他手裡拿著一個小木筒，上面還連著從鳥腳上割斷的小皮繩。鴿子運送不了多重的東西，所以那封信寫得很精簡：你母親去世了。肺癆。走得很快。要堅強。父親。

凱登面不改色，放下字條，繼續完成他的壺口。直到歐雷基叫他下去，他才爬上禽爪岩獨自哭泣。他曾見過僧侶死於肺癆，還記得對方忽冷忽熱、皮膚蒼白如牛奶，還吐出一塊紅通通的肺到衣服上的模樣。他走得並不快。

在禽爪岩上待了一晚後，凱登直接去希歐．寧房間，請求他允許自己上墳祭拜母親。院長拒絕了。第二天是凱登的十一歲生日。

他努力說服自己回到現實。他母親死了，瑟克漢也是。

「不管尊不尊重，」他說。「你就是一副玩世不恭的樣子。難道你都沒有一點點害怕嗎？」

「害怕是盲目的。」阿基爾嚴肅地揚起手指和一邊眉毛告誡他。「冷靜才能看清現實。」

「不用跟我講諺語——那些都是我們同一年學會的。」

「你顯然學得不是很好。」

「有人被分屍了。」凱登強調。埋在土裡的那段經歷依然讓他有點迷糊，彷彿還沒和世界重新接軌。阿基爾拒絕接受瑟克漢之死是很嚴重的事情讓他覺得更加困惑。「我不是說我們應該嚇得團團亂轉，但是現在的情況似乎……不該表現得像你這麼興奮。」

阿基爾凝視他一段時間。「你知道我們之間不同在哪裡嗎？」

凱登疲累地搖頭。和僧侶相處多年讓他朋友對於在香水區拾荒的童年看淡了不少。但也只是不少而已。

阿基爾湊上桌面，不管他碗裡的食物，繼續說：「不同之處在於，我在香水區每個月都會看到十幾具慘遭分屍的屍體。有些是部族的人幹的；有些是在錯誤的夜晚闖入錯誤的街道；有些是妓女慘遭殺害棄屍，就是有嫖客喜歡幹這種事情；還有些嫖客被妓女引誘，遭勒斃或刺死，丟在垃圾堆裡，錢袋當然不翼而飛。」

「那並不代表這樣是對的。」凱登說。

「那根本不代表任何意義。」阿基爾回嘴。「那只是事實而已。人會死。所有人都會死。安南夏爾隨時都很忙。你以為是辛恩教我嘲笑死亡的嗎？」他皺眉。「我是在我們深愛的帝國街道上學會這一課的。」

他直視凱登。「我不想死，也不想你死。但我不會每次看到有人被屍體絆倒就哭哭啼啼。」

「好吧，我懂了。」凱登說。「你罩我，我罩你，讓烏鴉去吃其他人。但依然有東西在外面獵殺僧侶，或許你沒發現，我們兩個都是僧侶。」

「我們會小心。」

「據我瞭解，你不太可能小心。希歐・寧打算怎麼做？」他也不想一直從阿基爾口中探聽二手消息，但他身體虛弱到沒辦法自己在修道院裡走動。

「不知道。」他朋友說。「寧又跟阿塔夫和譚一起鎖在他書房裡了——那三個傢伙比三個老妓女還糟糕。」

凱登當作沒聽見。「其他僧侶又在幹嘛？」雖然辛恩向來沉默寡言，他還是注意到修道院裡籠罩著一股不安的氣氛。

「寧還是允許我們離開修道院，但至少要四個人一起。」

「那不可能維持多久。放牧山羊的事情怎麼辦？土和水又要誰去搬？」

「往好處想。」阿基爾笑答。「不用再跑去文納特那裡，不用幫哪個烏米爾搬石頭下山，不用在天殺的山峰上尋找松鼠足跡。如果再來點麥酒和女人，就和回到香水區沒什麼兩樣。」

「除了外面有東西想殺我們。」凱登指出這一點，幾乎被他朋友輕浮的態度惹火。

「你剛剛都沒聽我講話嗎？」阿基爾問，表情再度轉為嚴肅。「隨時都有東西想要殺你。我可不是單指香水區。安南夏爾無所不在，就連你們家的黎明皇宮也一樣。」

凱登沉默不語。他小時候住的皇宮是座守衛森嚴的天堂：種了臭椿、櫻花、茂密雪松的花園外都是牢不可破的金牆。然而，即使在那裡，他所到之處還是都有艾道林護衛軍跟隨在後。那些人看起都像是朋友或慈祥的叔叔，但他們不是叔叔，他們是因為有需要才出現在那裡的。而之所以會需要他們，就是因為阿基爾說得沒錯：就連黎明皇宮內的走廊也有死亡的蹤跡。

一個穿僧袍的身影在冷風中打開食堂大門，又順勢關上。凱登發現來的是倫普利．譚，指甲立刻擔憂地刮過自己的皮膚。或許他只是來吃晚飯的，凱登心想。他應該不會這麼快又要來懲罰自己，或把人再逮回去活埋。譚不理會在場其他僧侶的招呼，不發一語地大步走過石板地，停在凱登桌前。他打量他的學徒。

「感覺怎麼樣？」他終於問道。

凱登已經聽過太多次這個問題，不會輕易掉入陷阱。「我的身體虛弱痠痛，不過勉強可以呼吸和走動。」

譚嘟噥一聲。「很好。我們明天黎明再度開始訓練。去通往低矮牧地的小徑找我。」

凱登瞇起眼睛，想要確定自己沒聽錯。「我以為院長堅持要四個人一起行動。」

「阿基爾也要去。」譚冷冷說道。

譚說這話時甚至懶得看阿基爾一眼，這似乎讓凱登的朋友不太高興，於是他刻意擺出一副充滿敬意的模樣，站起身來，假裝懇求地攤開雙手。

「我很想跟你去，譚弟兄，但我們院長明確表示要四個人，而我肯定不能違逆——」譚的大手甩在他臉上，打得他向後撞到桌子，弄翻裝食物的碗。阿基爾一臉震驚，接著轉為憤怒，碗裡的湯汁淌過桌面，在石板上滴成一灘。年長僧侶眼睛都沒眨一下。「三個就夠了。黎明時跟我會面。」

「他——」阿基爾等譚關上食堂門才敢開口，一邊惱火地拍開僧袍上的菜渣。

「他會把你綁在剛松上，留給渡鴉吃。」凱登接著他的話繼續說。「如果你以為嚴・哈沃已經夠嚴厲了，你最好再想想。看著，」他指向自己塌陷的臉頰和皮包骨手臂。「我就弄成這樣了，而我還是在竭盡所能遵從他的命令。現在，坐下，不要做任何會讓情況變得更糟的事情。」

阿基爾點頭坐下，但眼中流露出一股強烈叛逆之色，不禁讓凱登有點擔心。

28

第二天清晨明亮又寒冷。杜松的針葉蒙上一層霜，食堂外水桶的水面也都結了一層薄冰。凱登為了舀水洗臉和頭髮必須敲碎薄冰，還因此弄傷指節，流了點血。冰水在僧袍下沿著他的背流淌，他很喜歡這種感覺，這樣能讓他清醒。他希望以完全清醒的狀態去面對倫普利·譚為他準備的折磨。

「你為什麼沒提醒我，這地方所謂的『初夏』並不代表『溫暖』？」阿基爾來到水桶旁質問他。他沾濕雙手，抹順蓬亂的黑髮，然後合掌吹氣。

太陽還沒有完全冒出東方的山峰，但陽光已經照亮天空，清澈寧靜地向外擴散。凱登和阿基爾並非唯一起床的人，冥思廳裡傳來輕輕的禱告聲，年長僧侶已經在晨禱，見習僧和侍僧則提著裝滿滿的水桶穿越庭院。

「中午就熱了。」凱登回話。他覺得僧袍下的皮膚冷到起疙瘩。「走吧。譚不喜歡等人。」

他們穿越小廣場，涼鞋壓得碎石嘎嘎作響，面前都是呼氣吐出來的白霧。凱登通常很喜歡每天的這個時刻，至少在他完全清醒過來之後，因為早晨的聲音比較悅耳，陽光也更為柔和。今天他卻覺得後頸的寒毛根根豎起。他和阿基爾沿著修道院外的小徑行走，眼睛不停瞟向陽光尚未照射到的陰暗角落和空地。

譚就在其中一道陰影裡等他們，默不作聲地站在通往低矮牧地小徑的大石頭下，戴著兜帽抵擋清晨的寒意。阿基爾渾然未覺就要走過，被凱登扯了一下衣袖才停下。

兩人停步之後，年長僧侶步出巨石下的陰影，這時凱登才注意到他帶了一根大木杖。不，他驚訝地發現，不是木杖，是支矛。那把武器看起來有點類似安努皇宮侍衛使用的長戟，不過譚的矛兩端都有葉片狀的利刃。整支武器似乎是由一塊鋼鐵打造成型，純鋼的矛應該重到難以駕馭，即使像譚那麼壯的人也一樣，但是年長僧侶來到兩名侍僧面前時隨手旋轉那支雙刃矛，彷彿那不過是雪松枯枝。他背上還掛著一把沒有上弦的長弓，弓在阿希克蘭倒是不罕見，總得有人準備食堂鍋子裡的食物。奇怪的還是那支矛……

「那是什麼？」阿基爾詢問的語氣興奮又謹慎。他也不敢肯定譚會不會為了這個問題就用矛尖戳他，但他願意冒險。

凱登的烏米爾以一副第一次見到那支怪矛的樣子仔細打量它。

「納克賽爾。」他說，用齒間音來發音。

阿基爾懷疑地看著理應是矛柄的那一端，研究插在土裡的矛尖利刃。「看起來一不小心就會割掉腳趾。你練過嗎？」

「沒有打造它們的人那麼熟練。」譚回答。

「是誰打造它們的？」凱登問。

譚思考這個問題。「這是一把瑟斯特利姆武器。」最後他說。

阿基爾下巴差點掉下來。「你以為我們會相信你拿著一支三千年前的矛走來走去？」

「我一點也不在乎你相信什麼。」

凱登凝視納克賽爾。小時候，他和瓦林曾驚歎於凱卓劍的黑煙鋼材質，及其不反光的特性。乍看之下，譚的矛似乎和那種材質很像，不過凱卓鋼看起來像是用深色的煙打造而成，表面有一層灰燼和漩渦花紋，而納克賽爾簡直就是用煙本身鍛造出來的。矛身看起來相當結實，和任何鋼鐵一樣堅硬，但整支武器從內裡至表面似乎都在翻騰悶燒，彷彿熄滅的火焰所產生的高溫和灰燼都被凝結在空氣裡，然後打造成型。

「你在哪裡找到的？」凱登問。

「我帶來的。」

「為什麼？」阿基爾問。「對付殺羊凶手似乎有點太過了。」

「如果你等到需要武器的時候才找武器，」譚回應。「通常都來不及了。」

「那我們呢？」阿基爾問。「我們有什麼？」

「有我保護。」

「我比較想來一支那個。」

「那你就太蠢了。」譚回道。「我們要去南牧地。現在，跑步。」

南牧地其實算不上什麼牧地，至少與帝國中心區域的鬆軟沃土相比不算。但在這座山區，南牧地是少數幾塊植物連綿的土地，即使不夠蒼翠茂密，也比阿希克蘭周遭的土石鬆軟許多。奔騰過上下峽谷的白河在這附近流速趨緩，形成一片濕地，孕育青蛙、花朵和嗡嗡不休的蒼蠅。這裡比數里之外阿希克蘭所在的那塊岩地高原更適合建造修道院，凱登認為這大概就是第一代辛恩僧侶拒絕在那裡建立修道院的原因。

高山在牧地北側恢復陡峭的原貌，宛如花崗岩城牆般聳立而上。通往修道院的山道就在這些岩石之間，不到半里的路已經攀升千呎，很折騰的一段路，滿地都是碎石和杜松根。這裡是最險峻的一段坡道，而凱登有個強烈的預感，他知道譚想幹什麼。

「今天的課程，是金拉恩，皮肉之心。」他的烏米爾在他們抵達鬆軟草地後說道。

阿基爾嘴角抽動，彷彿想要說個什麼笑話。

譚轉頭面對他，這個前盜賊的臉立刻恢復面無表情。阿基爾只是輕率，並不愚蠢。

在幾年修道院生涯中，凱登花了許多時間學習沙曼恩和貝許拉恩。後者是「拋擲之心」，也就是幾週前讓他追查出山羊死亡現場的能力。然而，他從未聽過金拉恩。

「辛恩都會學習皮肉之心嗎？」他小心翼翼地問。

譚搖頭。「僧侶會自行挑選適合自己的訓練。他們沒有完全忘卻金拉恩的重要性，但沒幾個烏米爾會著重在這上面。」

「讓我猜。」阿基爾說。「你就是少數幾個會著重在這上面的烏米爾之一。」

「沿著路跑。」譚開口指示，不理會阿基爾的玩笑，用怪矛的矛尖比劃。「跑到那個急彎處，然後折返。」

凱登打量地形。坡度很陡，不過距離不到四分之一里。從第一天抵達修道院開始，他每天跑的路就不只這些了。即使因為埋在土裡一週而步伐不穩，這項要求還是輕鬆到令人起疑，這讓他有些惶恐。他瞄向譚的臉，年長僧侶面無波瀾，只是拿下長弓，上弦，然後搭弓。

「你要趁我們跑步的時候射我們？」阿基爾問。他應該是問好玩的，但凱登就不那麼肯定了。他的烏米爾差點玩死他的次數多到不能等閒視之。

「我會在半路上。」譚說。「如果有東西……威脅你們，這把弓就會派上用場了。」

「我在想，我們是不是該做……別的事情？」凱登語氣遲疑。「虐殺那些山羊的東西殺了瑟克漢，我們還一副什麼事都沒發生在這裡訓練，這不是有點奇怪嗎？」

譚瞪著他。「你沒想到我會繼續訓練你？」

「這個……是。」凱登片刻過後回話，不確定該怎麼規避這一題。

「如果不訓練，你覺得你該做什麼？」

凱登無助地兩手一攤。「我不確定。我只是覺得似乎沒人知道這是怎麼回事。我們什麼都不能肯定。」

譚輕笑，聽起來卻毫無笑意。「我們什麼都不能肯定。」他緩緩重複，彷彿在反覆品味這句話。「這倒是很明顯。至於訓練……」他接著說，並用目光刺穿凱登。「我們得盡量趕時間。已經沒有時間了。」

這個答案簡直神祕莫測，凱登等著他進一步解釋，但僧侶只是舉起怪矛，以一邊矛頭指向山道。「出發。」

他們以穩定的速度爬上山坡，速度不會惹譚生氣，也沒快到會讓冰涼的肌肉抽筋或撕裂的程度。阿希克蘭附近的路大多不太平坦，這段山道尤其必須格外小心。凱登發現自己進入了他在高峰運動時那種輕鬆的專注狀態。他又冷又僵的膝蓋一開始有點抗拒，小腿也立刻灼燒起來，但爬到半山腰身體就找到合適的步調，抵達頂端時他覺得已經暖身完畢；事實上，現在是他被譚塞進土裡以來，狀態最好的時刻。他吸了一大口清涼的空氣，在肺裡品嚐空氣的滋味。

「如何？」阿基爾在他們抵達彎道時問。「你覺得課程這樣就結束了嗎？」

譚趁他們跑步時走到山道中間一顆大石頭上坐下，矛擺在身側，手裡拿著弓。凱登心想，有烏米爾在他應該要覺得心安，但是僧侶離他很遠，又遠又小。長弓可以射這麼遠，但一定要擅長射擊才能在這種距離下射中目標。盡量善用時間訓練當然是好事，不過如果兩個侍僧落到腦袋搬家的下場，那再怎麼訓練也無濟於事。

「你覺得他是從哪兒弄來那支矛的？」阿基爾瞇起眼睛看向牧地。

「好問題。」凱登回道，腦中浮現在院長書房裡聽見的事，他已經猶豫幾百次是否要和阿基爾分享這些了。晚點再說，他告訴自己。招回獵鷹都比收回說出去的話簡單。等他把寧說的故事消化完畢後，他隨時都可以對朋友說。「這已經不是譚第一次提起瑟斯特利姆人了。我認為他對他們的認識比表面上還多。」凱登說。

阿基爾哼了一聲。「我沒想到他會喜歡傳說。」

「或許他們不是傳說。」

「你在安努見過任何瑟斯特利姆人嗎？」年輕人揚眉。「就算瑟斯特利姆人真的存在，他們也像上週的晚餐一樣死透了。」

發現凱登沒反應，他點頭，彷彿這表示他說得對。「無論如何，那個武器看起來都很猛。你想他有練過嗎？」

瑟克漢血淋淋的面孔浮現凱登腦海中。「希望他有。」

接下來一個小時裡，他們兩個就一直在這四分之一里的陡坡爬上爬下。一開始還算輕鬆的晨間訓練變得越來越吃力。譚不讓他們休息，每當他們路過就輕輕揮手要他們繼續。陡坡令凱登小腿熱痛，下坡消磨大腿的力量，站直的時候腳會發抖。早上用冷水洗臉時還覺得氣溫寒冷，隨著太陽升起，他吸入肺部的空氣變得燒灼。他以前跑過更久，當然，久很多，但是從來沒有在他的烏米爾眼前一直跑。

「落腳小心點。」譚在他們每次路過時都會說。「熟悉山道。」

阿基爾很明智地等到他們抵達最頂端或最底部時才開始抱怨，而且他很擅長把握每次抱怨的機會。

「我不管譚用什麼華麗的詞彙來形容這個訓練，但這不過就是在這座天殺的山爬上爬下，就這麼簡單。」

「你應該要心存感激。」凱登回道。「通常譚想教我新東西時，都會弄得比現在痛很多。」

「我不知道我怎麼會牽扯進來，他明明是你的烏米爾。」阿基爾突然惱火地說。

「八成是有人注意到你擁有驚人的潛能。」

凱登以為他們要這樣跑上一整天。譚要求他們注意山道，阿基爾不停抱怨，他的腳持續哀鳴，肺部也像有火在燒。這樣跑很累，但至少比凍在昂伯池裡昏迷不醒或被譚活埋要好。正當他開始接受痠痛，如同他在阿希克蘭學習多年的那樣甘之如飴時，譚突然叫他們兩個停步。

「現在，」僧侶輕聲說道。「開始上課。」

他從僧袍裡拿出兩條黑布，可能是從某個老僧侶的僧袍上撕下來的。他動作輕巧地跳下大石頭，以他的體型來看，落地時的聲響比凱登想像中更輕。

「戴上這個。」他將布條纏繞過凱登眼前，包住大部分鼻子，在腦後打個結。他一陣子沒說話，應該是在幫阿基爾綁布條。

「繼續。」他綁好眼罩之後說道。

凱登皺眉。

「繼續什麼？」阿基爾問。

「跑步。」譚冷冷回應。「跑上彎道，然後回來，跟之前一樣。」

絕對辦不到。凱登瞪大眼睛在碎石道上踏穩已經很不容易了，戴上眼罩他找不找得到山道都是問題，更別說沿著山道跑。

「你一定是在開玩笑。」阿基爾回道。

凱登聽到一聲巴掌拍在肉體上的脆響，不禁退縮了一下。

「我不是在開玩笑。」

這實在太荒謬了，但凱登可不想跟阿基爾一樣身上多塊瘀青。他可以開始跑，他的烏米爾不用多久就會看出這有多荒謬。

第一趟上坡可能跑了快一個小時，凱登無法肯定，因為他沒辦法透過太陽的位置判斷時間。他平均每跑三步就會摔倒一次，抵達彎道時，可以感覺到兩腳膝蓋傷口的血沿著小腿流下，在他腳趾間黏得像樹脂一樣。他有十幾次都很肯定自己已經完全不在山道上了，阿基爾還堅持要沿著一條乾河床走，吃力地走出十幾步，直到撞上一道峭壁，才被迫折返。

凱登試圖在心裡叫出山道的沙曼恩，發現他只記得片段——一段樹根、一塊利石——在晨間勞動中零星記下的畫面。「刻劃之心」是很強大的工具，但之前他只用來記憶小範圍的靜態畫面，如紅隼的翅膀、血木的樹葉等等。想要在迅速奔跑中記下四分之一里的石道，感覺就像是用手夾住五加侖的水一樣。

「我看不到。」他們終於抵達譚那塊石頭時已經汗流浹背、處處瘀青、鮮血淋漓。凱登對譚說。「我應該記下地形的，但是我沒有。」

四周一片寂靜，凱登突然懷疑譚是不是丟下他們離開大石，回修道院去了。想到他和阿基爾正在附近有會挖僧侶內臟的野獸遊盪的情況下，蒙眼在山道上跌跌撞撞將近一個小時，就讓他呼吸困難。有那麼一瞬，他很想解開眼罩。

他的烏米爾終於回話。「如果你之前沒記下來，那就只好現在記。」

「我們看不到怎麼記？」阿基爾問。

「用你的腳看。」譚回答。「用你的皮肉看。」

「金拉恩。」凱登疲憊地總結。皮肉之心。這整堂課開始有點道理了。至少和他學過的其他東西相比算是有點道理。

「金拉恩。」年長僧侶同意，彷彿這樣就說明了一切。

第二次上坡，如果有什麼值得一提的，大概就是比第一次還累。岩石刺入原本就瘀青的皮膚，陽光無形地炙烤著他們，凱登撞到腳趾兩次，力道重得他以為腳趾被撞斷了。他從前習慣用視覺記憶，研究沙曼恩幾年下來，他已經發展出數十種策略和技巧。這樣在空虛之間胡亂摸索似乎純粹是為了把他逼瘋。

一開始他嘗試拼湊一張地圖，標示每個轉角、每根歪七扭八的樹根，把它們當作是地圖上的墨跡圖案。這似乎是合理的做法，最接近之前所學的方式，但事實證明這樣做幾乎是不可能的。不記得那些東西的原貌，他就沒辦法讓影像待在腦海裡。那些東西都像影子一樣，或像烏雲，不斷變動、反覆無常。他會在心裡繪製一個區域，卻發現有某塊岩石消失，或是距離比預想中更近。他不清楚自己到底走過十步還是二十步，沒辦法分辨扭曲的樹根。阿基爾罵髒話或是喃喃賭咒的聲音時不時會傳來，但盜賊早已落後，凱登只能在他自己的虛無之中前進。

當他抵達下方的牧地，然後又爬回大石時，他已經四肢著地，手掌因為扒抓岩石而鮮血淋漓，膝蓋則被碎石地磨爛。

「你在做什麼？」譚問。

凱登壓抑自己聽來有點瘋狂的笑聲。「我想記憶山道。」

「用你的手？」

「我想如果能用手掌感觸，或許可以拼湊出某種地圖，記下來下一回用。」

「你會用手跑步嗎？」譚問。

這個問題顯然不須要回答，於是凱登沒有回答。

「你會用眼睛喝水嗎？你會用腳呼吸嗎？」年長僧侶暫停片刻，凱登可以想像他正在搖頭。

「起來。」

凱登搖搖晃晃站起身來。

「用走的。」僧侶冷冷地說。

「但是我看不見。」凱登回答。「在心裡也看不見。」

「你的心。」譚啐道。「還在執著你那顆細緻優雅的心。忘掉你的心。你的心毫無用處。你的身體記得山道。聽它的。」

凱登張口欲言，接著突然住口，感覺那支長矛尖銳的矛尖抵住自己的嘴唇。

「不要說話。不要思考。沿著山道走。」

凱登深吸口氣，從黑暗轉向黑暗，宛如星星在無星的黑夜中旋轉般在空白的虛無中轉身，再度踏上旅程。

接下來的二十幾趟爬坡宛如在一種奇特的賦格曲中度過。

他繼續踏步，繼續跌倒，繼續感受腳踝在踏上預料之外的地形時被絆到，但是他發現自己有時可以正常行走幾步了。接著想法就會浮出水面，像是皇宮碼頭的饑渴潮浪。我到那個急彎處了！我只要左轉就好，跨過地上的雪松，然後——然後他會偏離山道，滾下短坡，或是一頭撞上尖銳的樹枝。即使譚吩咐他不要那麼做，他還是粗略畫出山道的地圖，但地圖讓他偏離山道，他也當然無法靠地圖挑選落腳處或執行比較細微的方向調整。然而，他的身體卻似乎真的記得一些細節，並會下意識做出反應，例如踏上一塊碎石讓他越過一座小岩石，或在一道小坡多走幾步以配合地形。過程依然痛苦，想到譚最終允許他拿下眼罩後，自己的臉、手、膝蓋會是什麼樣子就令他心驚膽顫，但他覺得自己漸漸抓到一點金拉恩的概念了。

「天黑了，你知道。」阿基爾在他們於山道頂端碰面時說。

凱登停步抬頭。他發現他朋友說得沒錯，爬坡和摔倒讓他身體溫暖，但是空氣變冷了，白天的鳥叫聲已經被蝙蝠翅膀的細微拍擊聲取代。

「你那個天殺的烏米爾讓我們在這裡待了一整天。」阿基爾說。

「你抓到訣竅了嗎？」凱登問。遮住眼睛沉默好幾個小時後突然和人講話感覺很奇特，有點像是見鬼了，或是自言自語。

「我抓到訣竅了嗎？」阿基爾難以置信地回道。「我只想把你或是那個自稱僧侶的虐待狂抓起來掐死。或是兩個一起掐。」

凱登微笑，不過很快又轉回山道，在身體踉蹌下飄入那個虛實不定、詭異遼闊的空間之中。爬上爬下。爬上爬下。

當他第一百次來到大石頭前時，已經好幾個小時沒有說話的譚突然劃破虛空而來。

「停。拿下眼罩。」

凱登費了一番工夫才用受傷流血的手指解開那個結。遮眼布終於鬆開後，日光照得他幾乎睜不開眼，除了他烏米爾的身影和懸崖高峰的輪廓外什麼都看不清楚。

「已經第二天了。」他愣愣地說道。

「早安。」譚回話。「天亮一個小時了。如果你有在注意，就該感覺出來。」

阿基爾也解開遮眼布，瞇起雙眼左顧右盼，彷彿想要弄清楚周遭環境。

「我可以瞭解貝許拉恩，還有沙曼恩。」凱登說。「追蹤和記憶的能力都很有用。」

阿基爾懷疑地哼了一聲。

「但是這個，有什麼意義？」凱登繼續。「金拉恩？」

譚打量他片刻，然後回答。「有三個理由。首先，依賴身體讓你可以放開心靈，這能讓你朝空無境界跨出一步；其次，辛恩僧侶瞭解空無境界，但他們從來沒有實際運用。從前的辛恩學習空無可不只是學好玩的，他們把空無當作工具使用。奔跑或戰鬥時，少了思想的壓力，你的身體就能移動得更快。」

阿基爾一副想反駁的模樣，不過還是皺起眉頭看向旁邊。之前被譚打腫的臉頰紫了一大片，一邊眼睛都快睜不開了。

「第三個理由呢？」凱登謹慎地問。

譚停了一下才說：「誘餌。」

「誘餌？」凱登努力弄清楚這個詞是什麼意思。「你是指——」

「你們孤身在外，遮住眼睛，沒有武器。我希望殺死瑟克漢的東西找上門來。」

「神聖的浩爾！」阿基爾大怒，轉身面對僧侶，雙手握拳。「萬一牠來了呢？」

「我會射殺牠。」譚說。

「好了，我他媽的很高興牠沒有出現！」

「別高興。」

凱登搖頭。「為什麼？」

「我一動也不動地站在那顆大石頭上，動物絕對不會注意到我，牠會把握機會攻擊。」

「或許那傢伙今天剛好不在這附近，或許在更高的地方。」

「又或許，牠比我們以為的還要聰明。」譚嚴肅地說。「或許牠看到了弓和矛。動物都懂得殺害獵物。或許我們面對的傢伙懂得如何謀劃。」

29

小隊挑選日感覺像是假日球賽和執行死刑的混合體。大部分資深凱卓顯然當它是假日，有人推了幾桶麥酒到主訓練格鬥場上——猛禽為了這件大事特別放寬夸希島上的禁酒令——頭髮花白的老鳥還自備酒杯。他們大部分都從早上就開喝，在格鬥場外圍的石牆上占好位子，和其他每天出生入死的男女互相挑釁羞辱，騰出短短幾小時放鬆警覺，好好享受別人的不安。

「嘿，夏普。」其中一個男人朝葛雯娜叫道。普蘭辰・亦——如果傳言是真的，這傢伙頭腦簡單，但是幾乎不可能殺得死。有人挖了他一顆眼珠，他就拿各式各樣令人不安的東西去填那個洞：石頭、蘿蔔、蛋。今天他的眼眶中突起一顆紅寶石。「我的小隊有空缺，用得上像妳這樣的女士。」他吐吐舌頭，揚起眉毛。

葛雯娜在長凳上轉身，冷冷瞪著他。「如果你想找妓女，我推薦你找山米・姚爾。我的專長是爆破。」

「管好妳的舌頭。」姚爾在幾排長凳外嚷嚷。浩爾試煉並沒有在他身上留下顯眼的疤痕，金髮一如往常悉心打理，但他神情憤怒，沒想到會莫名其妙被人出言羞辱。「如果妳被指派到我的小隊，我或許得把妳的舌頭割掉。」

亦聽得哈哈大笑，沒有聽出或是毫不在乎隱藏在言語之下貨真價實的恨意。這就是小隊挑選日感覺像是執行死刑的部分了。學員走出浩爾大洞至今已過兩天，指揮官們就在這段時間裡決定哪個學員該加入哪個小隊。他們說了算，完全沒得商量。有些新任凱卓會被指派到老鳥的小隊，填補陣亡人員的空缺；其他人則會組成他們自己的隊伍。儘管格鬥場上放了好幾桶酒、現場安努旗幟迎風飄揚、場地外圍的桌子上放了羔羊腿、燉鱈魚，以及十幾種水果，今天某些指派結果還是可能變成死刑宣判。

「夏爾插在木樁上。」甘特喃喃說道，回頭看了一眼。「希望我不會被分派到亦的小隊。」

「我想他只有看上葛雯娜。」萊斯聳肩。

「很好。他的隊員通常都活不長。」

「情況有可能更糟。」萊斯說。「至少亦是老鳥。他見多識廣，也經受過考驗。我們的瓦林將會分到四個學員，而他就跟夏天的小草一樣綠油油的。要說手氣不好——」

「我就坐在這裡，混蛋。」瓦林大聲道。他跟朋友一樣同時感到興奮和焦慮，但兩種情緒都被胸口那股怒氣壓了下來。林本來也應該在這裡，和他們說笑吵嘴，興奮地等著分派小隊。不久之前，他還覺得她很可能會被分到自己的小隊裡。那樣很合理——

他中斷思緒。她走了。此刻坐在格鬥場上的某個人殺了她，是剛剛晉升為正規凱卓的人，還有可能是即將加入自己小隊的人。

萊斯察覺到他的心情轉變，伸手搭在瓦林肩膀上安慰。「她不會再回來了，瓦。」他語氣異常嚴肅地說。「但那並不表示你不能繼續生活。我們遲早都要死，至少她死得很痛快，依然年輕、強壯。」

瓦林搖頭。他必須提醒自己，傷心的人不是只有他。萊斯、甘特，和這個天殺的學員班中半數學員也都很喜歡林、欣賞林。他不是唯一為她哀悼的人。不過，那些學員並沒有在試煉之前吻過她，也沒有任由她在西峭壁上被人打得遍體鱗傷，更不知道她在大洞裡慘遭謀殺。他沒有告訴任何人。他不確定如果她只是在正常試煉中死去的話，他會不會感覺好過一點，但至少他不會受罪惡感和得知此事的重擔困擾。萊斯和甘特道了別，流了淚，就讓林離開，瓦林卻沒辦法停止思索這些。他懷疑所有路過的人，並策劃著一場不成熟的復仇。

他掃視人群。姚爾和包蘭丁離他約莫十來步，吸魔師的獵狼犬在清晨熱浪中流著口水。不管林的死和他們有沒有關係，瓦林都打算在本週或今年的某個時刻重創他們，讓他們為了在西峭壁上對她的所作所為付出代價。此刻他還要擔心其他人，他還沒弄清楚立場的人。他的目光飄到安妮克身上。

她坐在長凳區另外一側，弓平放在她瘦小的膝蓋上。在這種無法看清她雙眼的距離下，他覺得她看起來很像個迷惘又孤獨的小孩。大部分學員都三五成群，安妮克卻總是獨來獨往，沒有人待在她幾步之內的範圍，不過有些老鳥似乎瞇起眼睛打量她。她很有可能被分派到現有的小隊，畢竟她拿弓的時候就和任何年紀比她大一倍的士兵一樣致命，而且和學員顯然沒有任何交流。

現在回想起來，安妮克能活著離開大洞實在太令人費解了。在黑暗的地底下，她的弓根本毫無用武之地。地道歪七扭八，能在史朗獸展開攻擊前拉弓需要奇蹟，這對所有狙擊手而言都是個問題，但大部分狙擊手都比她擅長使劍。瓦林瞇起雙眼，不過沒有什麼可看，就是一個專心看著武器的短髮女孩。

他轉頭看向塔拉爾。吸魔師一樣坐得有點遠，不過看起來怡然自得。有頭史朗獸抓傷了他的臉，傷口在深色皮膚下不算明顯，其中一根爪子只差一點點就劃破他的眼睛。瓦林看著他手腕上有銅、鋼、鐵、玉的手鐲，和嵌在耳朵的耳環及各種寶石，珍貴或常見的都有。吸魔師有可能從那些東西裡汲取能量，也可能通通不是。

「不知道他的魔力源是什麼？」瓦林自言自語地說。

萊斯挑起一邊眉毛。「你又想玩那個猜猜看了？慢慢玩。我敢說過去八年已經把可能的答案減少到一千種……如果你有在留意和做筆記的話。」

「感覺不公平，是吧？」甘特加入討論。

「什麼不公平？」萊斯笑著回應。「你是說我們拿兩把劍和一支火把就進入大洞，而塔拉爾還帶了扭曲自然法則的能力下去？」

瓦林認真思考他的下一個問題。他信任萊斯和甘特的程度就和信任島上其他人一樣，他不打算把手裡的牌攤給他們看，還不想。

「大家帶了什麼下去？」他問。「我前一週累翻了，穿著黑衣揹兩把劍就下去了。」

萊斯聳聳肩。「大部分狙擊手都有帶弓。我想葛雯娜有帶炸藥，我發誓我在底下有聽到爆炸聲。不過那也可能是毒素趁我即將失去理智時在耳朵裡面亂撞的聲音。」

「吃的。」甘特也分享道。「我下船前把口袋都塞滿。我吃夠天殺的生老鼠了。」當然，就連現在他的大手裡也抓著一隻火雞翅，像是戰地將領揮舞指揮棒般揮來揮去。甘特最喜歡《韓德倫兵法》裡的第八章，以「在長期任務中，食物就和戰技一樣重要……」開頭的那一章。

「還有別的嗎？」瓦林繼續問。「有沒有人帶……我不知道，袋子或繩索之類的東西？」

「你是想要帶什麼？」萊斯懷疑道。「拉爾特紅酒和舞會穿的刺繡禮服？」

瓦林抬手作投降貌。如果他朋友有一點像他的話，就會把注意力放在史朗獸和岩石裂縫上，而不會留心其他人帶了什麼裝備。任何人都有可能攜帶綑綁林手腕的利國繩索。那玩意兒又輕又軟，可以塞入口袋或小袋子裡，甚至可以塞進固定褲子的腰帶環。

士兵突然開始歡呼喧譁，接著瓦林轉頭看見賈卡伯·拉蘭步入格鬥場，以枴杖支撐身體大部分的重量。凱卓是唯一不須要穿著正式制服的軍事單位，拉蘭還是為了這個場合換上黑衣，頭髮仔細梳到汗濕的腦袋上。按過往的經驗，身為學員主管的拉蘭會主持這場儀式，竭盡所能辦得風風光光的。格鬥場中央眾所矚目的焦點區有張矮桌和高背椅，拉蘭十分愉悅地坐在一面安努旗幟前，旗上繡的太陽在白布襯托下顯得格外耀眼。

「旗幟。」甘特滿嘴食物嘟噥道。「我第一次在奎林群島上看到這種東西。」

「拉蘭大概覺得只要坐在什麼華麗壯觀的東西前面就能提升他的氣勢。」萊斯指出這一點。

「由他去。」瓦林說。「這是我們最後一次聽這個可悲的混蛋講話。」

等他們分派小隊後，學員就不再是學員。他們將會直接向區域指揮官回報。拉蘭會把注意力轉移到下屆學員，那些尚未通過浩爾試煉的年輕人身上。瓦林應該要為這個事實感到高興，但他看向拉蘭的眼神中夾雜著不信任與不安。學員主管環顧人群時臉上帶著心滿意足的笑容，這傢伙顯然還沒有打出最後的王牌，而他可一點也不喜歡皇帝之子。

「今天，」他在慢慢就坐之後說道，語氣傲慢跋扈。「過去八年在我的看顧下受訓的人將會繼續前進，不是通往更重要的事物，因為世界上沒有比訓練學員更重要的事物，而是前往凱卓生涯的下一個階段。」

老鳥都安靜下來。他們願意對這個傢伙表示一些敬意，不過都沒有專心聽講。跳蚤正用長匕首修指甲，阿達曼・芬恩則不耐煩地點頭，彷彿在用意志力逼迫拉蘭趕快結束前言，直接跳到重頭戲。跳蚤小隊中美艷絕倫的吸魔師席格利・沙坎亞，斜躺在一座石牆邊，閉上雙眼迎向陽光，金髮垂在白皙的臉頰旁。她和其他人不同，穿的不是黑衣；事實上，她根本不是軍人打扮。她穿著一襲完美突顯胸部曲線的紅色連身裙，覆蓋在她的身體及後方石牆上。只有浩爾知道她是從哪裡弄來那套衣服的。瓦林偏開目光。那個女人殘暴的程度超過夸希島上大部分士兵，她不會喜歡被人盯著看。

「為了決定小隊分派，」拉蘭繼續說。「我們考量你們的專長和弱點，還有各小隊的需求。如果你發現你被分派到……不喜歡的小隊，容我提醒你，有一群比你更加細心謹慎的人考量過所有你不知情的變數。」

瓦林瞇起雙眼。那傢伙提到不喜歡的小隊時是不是看了他一眼？微風停止吹拂，頭上的陽光突然變得炙熱，快把身穿黑衣的他烤熟了。他可以聽見四分之一里外海浪沖刷沙灘的聲音，翱翔天際的燕鷗竄入水中抓魚時發出的鳴叫聲。他渴望遼闊大海中的清涼與寧靜，想逃離擠在一起等待拉蘭宣布名單的人群。那些究竟是出於想像，還是他真的能聽見碼頭傳來船纜拉扯的聲音？

「先宣布分派到現有小隊的凱卓。」拉蘭說。

「我不介意分派到跳蚤的小隊。」甘特輕聲說道。

「那得要他的小隊裡有人死掉。」萊斯說。「但是可能性不大。」

瓦林回過頭去。跳蚤還在修他的指甲。席格利依然在曬太陽。紐特，矮小醜陋的爆破兵，身體前傾，漫不經心地摸著雜亂的鬍子，靜靜等候判決。飛行兵琪浩．米及黑羽蜚恩都不在現場。當你觀賞過二十幾次小隊挑選的過程後，或許就不會覺得那麼有趣了。

「即將接受普蘭辰．亦的指揮，」拉蘭開口，戲劇性地停頓片刻，享受在舞台上的快感。「擅長爆破——」

「是我的話，我發誓我會讓你吞下你的睪丸，拉蘭。」葛雯娜以所有人都聽得到的音量說。學員主管神情憤怒地噘起嘴唇，但觀眾都超愛看他的反應。

「那女孩有股火！」亦大聲道，站起身搖晃一根胖手指。「她要不了幾天就會愛上我了！」

「抱歉讓你失望了。」拉蘭語氣不善地回應。「要在普蘭辰．亦手下擔任爆破兵的是……甘特．赫倫。」

瓦林和萊斯轉頭看向他們的朋友。「好吧，我會被弄瞎掉。」甘特喃喃說道。他大概算是班上的吊車尾爆破兵，不過話說回來，根據島上傳言，亦並不在乎妥善安裝和計算用量之類的事情。只要有很多煙和更多火，那傢伙就會心滿意足地闖入爆炸現場，用劍除掉剩下的敵人。獲選是件很光榮的事情，但甘特看起來不太興奮。

至於亦，他已經站起身來，攤開雙手展現失望和憤怒，紅寶石在眼眶中閃閃發光。「你可以把那個叫夏普的女孩分給我，結果我卻分到這個……這個……像牛一樣的怪物？我說過我要奶子！」他用雙手生動地比劃。「奶子！」

「再過兩年，你就會肥到自己長奶的地步。」坐在他附近的芬恩大聲嘲笑。

「神聖的浩爾呀。」甘特雙手抱住他的大頭。「甜蜜神聖的浩爾呀。」

萊斯開心地拍拍他的背。「對我們來說是好消息！至少瓦和我不用拖著你的肥屁股在兩大陸之間跑來跑去。我說真的，有你站在鳥爪上，我的鳥都只能半速前進。」

甘特無視他的笑話，搖搖晃晃地站起身來，去找他的新隊員。他們已經把一根大到不像話的牛角裝滿麥酒，熱切地招呼他。

瓦林有點惶恐地看著他離開。不管萊斯怎麼開玩笑，甘特分派到老鳥隊伍還是讓他覺得有點難受。他是少數瓦林稍微比較信賴的學員之一，少數他希望能一起服役的人。現在可能加入自己小隊的人選變得更少，遇上危險人物的可能性變得更高。

拉蘭又把珍娜・蘭納和快豪爾兩個學員分派給老鳥。他們是好士兵，但是以凱卓的標準而言並不特別出眾。接著就是真正有趣的部分了。班上有三個小隊長，瓦林、山米・姚爾和伊莎——一個手臂和大腿一樣粗的矮小拉爾特女子。今天早上結束之前，他們三個就會統御凱卓部隊最新成立的三個小隊。

「山米・姚爾。」學員主管開口，神情傲慢地指向他桌前的一個位置。

姚爾起身，朝眾人微微一笑，拍拍他幾個朋友的背，然後走上前去。瓦林不知道他怎麼有辦法在和所有人相同打扮的情況下看起來像是個貴族，或許和他趾高氣昂的態度有關。

「來看看誰這麼好運，可以在下一個凱卓傳奇人物手下服役。」姚爾開口，揚起下巴，冷冷打量眾人。

旁觀的老鳥紛紛起鬨，但是姚爾只是得意洋洋地笑著。

「如果有人想要賄賂拉蘭主管，」他補充。「我敢說還不算太遲。」

「說夠了，姚爾。」拉蘭吼道。「你是來聽話，不是來說話的。」

「我是來領導的。」年輕人回道。唱名的時候，他眼睛連眨都沒眨一下。

瓦林不知道猛禽是怎麼決定這些隊伍的，但姚爾隊伍的成員和他之前一起混的那群惡棍差不多：里魅爾．史達，留鬍子的爆破兵；赫恩．安曼卓克，拿指揮部附近的野貓練習射擊的狙擊手；飛行兵安娜．倫卡，小隊中唯一的女人，大概也是姚爾的床伴。據說當他去虎克島上嫖妓時，她就喜歡旁觀，喜歡……鼓勵那些妓女。她長得算漂亮，短短的金髮，柔軟的四肢，但她嘴角流露的暴戾之氣讓瓦林心裡發毛。當然，還有包蘭丁．安豪，長辮子上綁滿羽毛和象牙，正百無聊賴地走到其他殺手身邊，獵狼犬緊跟其後，獵鷹停在肩上。

「好吧。」萊斯倒抽一口氣。「這算得上是最殘暴的小隊了。」

姚爾每聽到一個名字就點一次頭，彷彿一切都在預料之中。他在隊員集合完畢後，得意洋洋地睨了瓦林一眼，上前一步。

「就像我說的，各位都很榮幸能目睹猛禽最強小隊的誕生。芬恩，讓開；跳蚤，小心點。」

阿達曼．芬恩嗤之以鼻。跳蚤的目光甚至沒有離開過指甲。

「這裡沒你的事了，你們都一樣。」拉蘭說，接著他肥厚的嘴唇扯出一抹微笑。「我們得把位子騰出來給帝國之光，瓦林．修馬金尼恩。」

瓦林神色警覺地站起身，走到格鬥場中央。路過山米．姚爾時，還被他用手肘頂了一下。

「上去好好享受一番。可惜他不會唸到荷．林的名字。」

瓦林克制住敲碎他手肘的衝動。

就另一個角度來看，拉蘭把最變態的士兵都分配給姚爾也算是一件好事，這表示剩下兩個小隊長就會分到沒那麼致命，但相對好管理的隊員。瓦林掃視人群。黑髮彼得和金髮彼得，前者很高，後者很矮，是一對很堅實的組合。哈南吸魔師阿查也可以。瓦林並不想要吸魔師，不過阿查比班上最弱的吸魔師塔拉爾高強。場上有些能力不錯的士兵，前提是拉蘭能將他們分派給他。

「接受瓦林指揮的飛行兵是……萊斯．阿坦可。」

瓦林嘴角揚起一絲微笑，他發現這是林去世後他第一次笑。萊斯性子很急，但是個藝高人膽大的飛行兵，也是他朋友。或許上面還是沒有特別刁難他。飛行兵站起身來，舉起雙手回應四周傳來的歡呼和起鬨聲，緩緩轉個圈，從容不迫地走到格鬥場中央。

「希望你喜歡高速飛行，又快又非常非常接近地面。」萊斯來到瓦林身邊站定時輕聲說道。「只要你記住我們其他人都在天殺的鳥身下方就好。我可不想撞到樹梢或煙囪。」

「不保證。」飛行兵笑著回應。

「接受瓦林指揮的吸魔師，」拉蘭繼續道。「塔拉爾．姆希利斯。」

所以，終究還是塔拉爾。瓦林在年輕人走近時直視他的雙眼，卻很難從那雙陰沉的棕眼中看出任何想法。令你害怕的戰士並不值得害怕。你沒注意到的敵人才會在你背上捅刀。又是韓德倫說的。瓦林伸出僵硬的手。

「歡迎。」他說。他願意和吸魔師一起出任務，但並不表示他喜歡這種情況。

「瓦林的爆破兵，」拉蘭眉開眼笑地宣布。「葛雯娜．夏普。」

瓦林吞下一聲嘆息。葛雯娜曾經幫他潛水調查曼克酒館，但如果萊斯算是急性子，她就是火爆脾氣。她站第三班夜哨的次數比班上任何人都多，幾乎全是因為她沒辦法接受任何聽起來像是命令的指示。

「這下好玩了。」飛行兵在他身邊嘀咕。

「閉嘴。」瓦林斷聲道。他可不要他的小隊還沒完全成立就開始吵架。只要他能看好葛雯娜，讓她聽從——

「最後，擔任小隊狙擊手的是……安妮克．富蘭察。」

瓦林五臟翻滾。安妮克，一箭射穿他胸口的人，在安咪身亡當日與她會面的人，可能為了保守某個黑暗祕密而在過去兩個月內連續殺人滅口，說不定還是帶利國繩索進入大洞殺害荷．林的人。面無表情的狙擊手來到其他成員身旁，雙眼宛如天空般空洞。瓦林看不出來她是悲是喜，看不出來她有沒有能力產生那些情緒。

瓦林再度伸手。「歡迎。」這話感覺像在舌頭上撒木屑一樣。

安妮克打量瓦林的手，聳肩，走到隊伍最後站定。

「我謹代表猛禽指揮部，」賈卡伯．拉蘭的語氣顯然帶有一股滿足感。「願浩爾掩護各位飛行，並在接近敵人時守護各位。」

這話聽起來像是判刑，不像祝福。

「你們有一個小時。」芬恩在瓦林所坐的長凳上丟了張地圖。此時的瓦林還沒有從小隊組合的震撼中恢復過來。

「什麼一小時？」葛雯娜邊問邊把紅髮撩到肩膀後方。

「自己看。」芬恩說完就走開了。

「好吧，領袖。」萊斯笑著指向地圖。「領導我們吧。」

瓦林拿起地圖。他希望有機會先和隊員談談，建立一些基本規程，但顯然猛禽那套隨時準備應付意外狀況的信念並沒有因為你獲得自己的小隊而結束。接下來的一個月，他們全都會進入觀察期，開始執行他們自己的任務。在那之前……他攤開那張紙，將地圖指北的那端轉向北方。

「這是一座島。」他看著等高線說道，在地圖底端找尋分辨距離用的比例尺。

「他會是個好隊長。」葛雯娜翻了個白眼說。「一眼就能認出是一座島。」

「夠了。」瓦林嘟噥道。「夏恩島——位於南方十二里格處。」

「這表示我們會用到蘇安特拉。」萊斯說完轉身就走，朝向栓鳥的巨鳥棲息地前進。

「等等。」瓦林叫道。他甚至還不確定他們要幹什麼，但飛行兵只是揮手。

「我會在你弄清楚任務後回來。」

「願夏爾抓走他。」瓦林說著，回頭研究地圖。葛雯娜站在他身後一側，塔拉爾站在另一側，安妮克就坐在長凳上反看地圖。「麻煩你們後退一步。我看完後會跟你們講解。」他說。

「噢，是呀，光輝殿下。」葛雯娜刻意裝作一副戰戰兢兢的模樣。「我們不是想要擠您，高貴的閣下。」她草草行了一個毫無敬意的屈膝禮。「很抱歉，但我就是記不住該用什麼敬語來稱呼您。您喜歡長官、隊長、還是我最高貴最榮耀的大人？」

瓦林努力控制脾氣。或許葛雯娜在測試他，或許她不喜歡被同齡人指揮，但無論如何，在小隊成立當天就和自己的爆破兵吵架，對完成芬恩這個天殺的任務肯定沒有幫助。

「隊長就可以了。」他低吼道。「妳有帶工具嗎？我們不知道任務需要什麼，或許來些鼴鼠彈或是碎星彈？」

葛雯娜綠眼閃爍。「當然有。或許你忘記了新進小隊挑選完畢就會直接進行測試。」

瓦林暗罵自己。他最近都忙著調查殺害林的凶手身分和恢復在大洞中受創的元氣，完全忘了有這回事。但他可不能讓其他人知道這一點。

「很好。」他粗聲粗氣地說。「安妮克，妳有帶弓。」

「不要浪費時間。」狙擊手輕聲說道。她指向地圖。

瓦林阻止自己回嘴，將注意力放回地圖上的線條。

「這是個拿了就走的任務。」他說。「島中央有個目標——沒說是什麼。我們進去取得目標，然後撤離。很基本。」

「其他小隊呢？」塔拉爾問。吸魔師的注意力並不在地圖上，而是在附近的其他士兵身上。

瓦林這才發現他們也有地圖。山米．姚爾彎腰看著地圖，對他的隊員比手畫腳完，又轉回去研究地圖。他們也拿到同一份地圖，而且已經擬定好計畫。

「好吧。」他說，努力放慢思緒和脈搏，但全部宣告失敗。「我們從北方進去——」

安妮克搖頭否決。「不好。」

「有什麼不好？」塔拉爾問，也轉頭去看地圖。

「夏恩島在南邊。」瓦林不耐煩地指出這點。「島上都是叢林，樹木太茂密無法空降，這表示我們必須降落在海灘上。最近的海灘位於北邊，從那裡穿越叢林接近目標的途徑也比較近。」

「問題在於要穿越叢林。」安妮克說，直視他的目光。「如果從東邊進去，路途比較遠，但就可以走這條溪谷——」她指著地圖上一條蜿蜒線條。「逆流直上。不會迷路。涉水的話，不會被樹根絆倒，也不用披荊斬棘。」

瓦林看著溪谷。他不喜歡處於低窪地形，但是狙擊手說的沒錯，這讓他們可以更快離開叢林。好的領袖不會只下令，也會聽取建議。瓦林深吸口氣，吞下他的自尊。「謝謝妳，安妮克。我認為妳說得對。我們從東邊進去。」

「塔拉爾，你的魔力源是什麼？」他轉向吸魔師。

年輕人退開，瞇起漆黑的雙眼。「我不……我不會告訴任何人。」

葛雯娜又翻了一個白眼。「他可不是任何人。他是你的隊長，他想要深入瞭解你。」

「葛雯娜，拜託。」瓦林揚手攔住她，轉回去看塔拉爾。「我須要知道。」他努力和他講道理。姚爾的小隊已經開始朝碼頭前進，伊莎則對著地圖和隊友比劃，顯然正在擬定攻擊計畫。

「我們現在是隊友了，你可以讓大家知道這種事情。」

吸魔師搖頭。「我可以告訴你，在島上能接觸到我的魔力源，但是威力不大。」

「到底是什麼？」瓦林問得有點激動。

「不告訴你。」

安妮克看看吸魔師，看看瓦林，然後又看回去。「你這是很愚蠢的行為。」她冷冷說道。

「這樣會傷害我們小隊。」

「我已經把他須要知道的部分告訴他了。」塔拉爾堅持，聲音不大，但毫不讓步。「我們可以浪費時間爭論這個，或是繼續擬訂計畫。」

瓦林和吸魔師對看。他被自己的隊員挑戰權威，但是其他小隊很快就會起飛，而搞砸組隊後的第一場訓練任務可能會讓情況變得更糟。

「我們晚點再聊這個。」他簡短帶過，轉回去指向地圖。「塔拉爾，你在前領路，希望我們遭遇突襲時，你的能力足以應付。葛雯娜和他保持十餘步的距離。我沿河道右側的樹林前進，萊斯你走左岸。安妮克，妳待在水裡，保持在可以射擊的深度。如果我們把什麼人從樹林裡趕出來，用擊暈箭。」

狙擊手輕輕點頭。

「我們的鳥來了。」葛雯娜比向身後。蘇安特拉在振翅強風中來到他們頭上。

演習的情況不如預期。河水比預想來得深，水流也更急。瓦林的隊伍被迫離開河道，進入岸邊濃密的樹林中。即使拔劍砍路，他們速度依舊緩慢，還發出很大的噪音，給其小隊很多機會逃跑或進攻，端看他們如何選擇。姚爾的小隊選擇進攻。

他們採用標準的捕鼠伏擊策略：三個人待在右岸的樹上，兩個在前方的河道。萊斯在瓦林下達命令前就衝了出去，立刻被赫恩的擊暈箭擊暈。瓦林下令施放煙幕彈掩護他們撤退，但風向不對，正如葛雯娜用大量髒話提醒他的情況一樣。不管塔拉爾的魔力源為何，看來他都沒有機會使用，安妮克才射了一箭，某樣看不見的硬物就擊中她的腦側，使她整個人摔進污濁的河水中。最後，瓦林只能徒勞無功地衝向河道中央，觸發一枚閃光彈，背部撞上泥巴地。他努力揉出眼裡的星星、擺脫耳鳴的同時，看見山米・姚爾站在他面前獰笑。

「倒楣呀，馬金尼恩。」年輕人慢條斯理地說著，啐了一口痰在瓦林臉上。「我必須說，我一點也不驚訝你會輸，但我真的很佩服你能輸得這麼專業。」

「你知道，你和林攜手合作了這麼多年，我一直以為懂得用腦的人是你。」他竊笑。「好笑。搞了半天她不但擁有島上最棒的美臀，而且還兼具了智慧。」他故作遺憾地搖頭。「但是你根本沒有插進去過，是不是？而現在她死了。真是太可惜了。」

憤怒如強酸在瓦林體內猛烈燃燒，他奮力往背後亂抓，想拔出他的第二把劍。姚爾一腳踩上他的手腕，踩到他骨頭都快斷了。「別動。」他表情轉為嚴肅。「我不是不想殺你，只是這樣會影響我的紀錄。畢竟，你也是小隊長，至少在你害死自己之前還是。」

瓦林想找點話說，嘗試拖延時間，但姚爾完全不給他機會。他翻平劍身，狠狠揮下，擊中瓦林的頭顱，天空霎時漆黑。

30

晚春最後幾天，凱登在倫普利．譚的監視下，不分晝夜地找路和奔跑，或是在製陶室裡做碗和畫圖，有時蒙眼，有時不遮。繼瑟克漢的屍體後就再也沒有人慘遭殺害，但年長僧侶還是堅持在學徒離開修道院時伴隨左右。譚隨身攜帶的那把奇怪納克賽爾原本確實讓凱登覺得比較安心，如果他沒有老用矛柄打得凱登鼻青臉腫的話。

訓練剛開始就很殘暴，之後更是變本加厲。懲罰越來越嚴厲，勞動時間越來越長，休息時間越來越短。奇怪的是，從許多角度來看，凱登的烏米爾似乎都比他更瞭解自己——知道他在山泉下多久會溺斃，跑多久才會摔倒，手掌離火焰多遠不至於被燒焦。隨著日子一天天過去，凱登發現他的身體依然畏懼生理上的折磨，心靈卻越來越平和。但能夠獨處幾個小時還是讓他鬆了口氣。

他睡覺的石室很小，只放得下一張薄草蓆、小書桌，以及掛僧袍的小鉤子。牆壁和地板的花崗岩又冰又硬，不過這到底是屬於他的房間，當他關上通往走廊的門時，就能享受隱私和沉浸在獨處的幻象中。他坐在書桌前，看著窄窗外的庭院景象，打開墨水瓶，拿出他的羽毛筆。父親——他在信紙最頂端寫道。就算他能在布勒林．潘諾出發前往大彎時請他代寄，這封信也要隔幾個月才抵達黎明皇宮。信件會從大彎經由船運送往安努，待至信達，凱登想分享的事情都已經過期很久了。儘管如此，凱登還是覺得有必要寫信，雖然他根本沒什麼好說的。可能是因為譚的指導，或最近發生的死亡事件，讓凱登覺得自己心中有某個重要的部分，一根連繫他的過去和家族的人性繩索正被拉扯，如果繼續忽視它，那條繩索可能會毫無預警地斷裂。他停了一下，想到要在信的開頭加上他姊姊的名字。

父親和艾黛兒——

很抱歉這麼久沒寫信。這裡能做的事情不多，但每天還是一樣長。最近——

句子還沒寫完，房門就被人撞開了。凱登扭頭四下尋找能當武器的東西，結果來的只是汗流浹背、氣喘吁吁的帕特。小男孩滿臉通紅，雙眼張大，神色興奮。

「凱登！」他大叫，努力減緩自己的衝勢。「凱登！有人來了，凱登。陌生人！」

凱登放下羽毛筆。修道院鮮少有訪客，極為稀少。當然，每年都會有一批新的見習僧，但他們都是在同一天一起抵達，由布勒林・潘諾從大彎帶領入山。有時候潘諾會從西邊來，但西邊的路又長又難走，途中都是光禿禿的山坡和斷斷續續的沙漠，只能和遊牧民族厄古爾人為伴。無論如何，行腳僧起碼都還要一個月後才會來訪，凱登現在寫信已經算是提早了。「什麼陌生人？」

「商人！」小男孩尖叫。「有兩個，還有裝滿貨物的騾子！」

凱登坐直身子。辛恩僧侶所有生活必需品幾乎都是親手種植或製作的，其餘的東西會在秋天和厄古爾人交易。偶爾會有商人誤信北方偏僻山區的修道院裡藏有大量財寶的謠言，大老遠跋山涉水而來。他們會在發現辛恩的生活有多樸實之後露出令凱登深感同情的失望神色。不太可能有人在年初的這個時候跑來山上，但是聽起來帕特似乎有親眼見到。

「在哪裡？」他問。

「他們去梳洗了，但會來食堂一起吃晚飯。所有僧侶都去，我們可以問問題！是寧說的！」

凱登起身，小男孩雀躍得快從自己的皮囊裡跳出來了。

「你先過去。」他說。「看看你能不能瞧見他們的樣子。我過幾分鐘再去。」

帕特點頭，立刻丟下凱登衝出房間，讓他和沒寫完的信獨處。商人。這個想法比想像中更令他興奮。他彷彿已經忘記真正的興奮是什麼感覺。這些人會帶來世界上的消息，他們家人的消息，凱登想著。他脫下髒兮兮的僧袍，換上乾淨的一套。很少有人來拜訪僧侶，寧會想要在大老遠橫跨瓦許而來的訪客心裡留下良好的印象。

「別想了。」倫普利．譚說。他沒有敲門就走了進來，站在房內，漆黑的雙眼帶著堅決。他的手裡和往常一樣拿著納克賽爾。天知道他為什麼到寢室裡還要帶著它。殺害瑟克漢的東西當然不可能有種跑到阿希克蘭最大的建築之一裡。

凱登遲疑。

「你不會去吃晚餐。」譚繼續說。「你不會跟商人交談。你不會去找那些商人。在他們離開前，你都要待在製陶室裡，不讓他們看見。」

這些話好似一巴掌甩在他臉上。

「他們有可能會待上一週，」凱登謹慎地說。「或更久。」

「那你就在製陶室裡待一週，或更久。」

年長僧侶凝視他，接著就如來時一般突然離開，留下腰帶綁到一半、滿臉難以置信的凱登。

有人造訪是件很不尋常的大事，修道院向來都會準備大餐，他們會宰殺兩到三頭羊，盤子上放滿蕪菁、馬鈴薯、胡蘿蔔，大家都能吃到香脆的熱麵包。但是比大餐更吸引人的是席間的談話。所有僧侶都有機會問一、兩個問題，得知在阿希克蘭牆外持續轉動的世界上所發生的事情。包胡米・諾瓦克會想談政治，當然，希歐・寧也一樣。毫無疑問，胖子法朗・普魯姆會想知道錢納利以及他母親的消息，前者商人肯定知道很多，但後者他們會一無所知。就凱登印象所及，僧侶從未禁止過任何侍僧在客人來訪期間到食堂吃飯。

「只有阿伊知道我幹了什麼會淪落到這個境地。」他自言自語。「但我希望譚有叫阿基爾去掃廁所。」

他脫掉乾淨的僧袍丟到床上。沒道理讓乾淨的僧袍沾滿陶土。他迅速換好衣服，然後在離開寢室時直接撞上橫衝直撞的帕特。

「凱登！」男孩叫道，試圖站穩，同時拉著凱登要一起走。「已經有些僧侶進入食堂了。我們得趕快！」

凱登托起男孩的腋下幫他站好，拂去他身上的灰塵。

「我知道。」他努力不顯露哀怨之情。「但我不能去。記得告訴我他們說了些什麼，還有他們長什麼樣子。你要全部記下來，好嗎？」

帕特凝視他，嘴巴開開。「不能去？凱登，天知道他們是什麼人？我們非去不可！」

把「我」改成「我們」正像是帕特會做的事情，凱登忍不住笑出聲來。「譚派我去製陶室擦碗。如果我出現在食堂附近的話，會立刻被他發現。你去吧。」

帕特腦袋搖得都快從肩膀上掉下來了。「我們不去食堂。」

「但是商人就在食堂啊。」

男孩笑容滿面，顯然很高興有機會幫得上忙。「我們去鴿舍。」

凱登緩緩微笑。鴿舍。真虧帕特還記得那個舊藏身處。

「後面有人嗎？」他問。「會被人看見嗎？」

帕特再度篤定搖頭。「大家都在前面，想要搶在開飯前問那些商人幾個問題。」

「譚呢？」

「他也在那裡！就在希歐・寧旁邊。」

就這麼決定了。兩人朝食堂後方走去，帕特在前方跳躍，凱登則拉起兜帽遮臉，盡量保持低調。他在溜進窄門前回頭瞥了一眼才爬樓梯上空間狹小的二樓，鴿子就住在這上面的小格子裡。他聽見牠們咕咕叫，從胸腔深處發出的輕柔叫聲，甚至連乾草的霉味和鳥屎味都能令他安心，讓他回想起小時候和阿基爾一起躲在陰暗處，逃避他們的工作和烏米爾的情況。那都是倫普利・譚出現之前的事了。他出現之前很久以前的事。

「這裡。」帕特低聲道，扯扯他的袍袖。男孩指向石塊之間一處早就被見習僧挖空的縫隙。凱登覺得自己像個淘氣的小孩，眼睛抵住縫隙，笑著偷看食堂中的景象。

整座長方形的食堂，從石板地到斜屋頂的木梁，都是為了放置供僧侶用餐的寬敞餐桌而建。大部分僧侶已經就坐，不過沒人會在訪客出席前開動。他們低聲交談，幾個年輕見習僧在偷瞄廚房，顯然很餓，但怕被他們的烏米爾發現這種缺乏紀律的行為。凱登眼睛只盯著餐廳大門，所以他在兩個陌生人進門的同時就看見他們。

先進門的是個身材結實的中年金髮男子。他在寒冷的天氣中只穿了一件亮紅色的無袖皮衣。即使距離很遠，凱登還是能看出他手臂和頸部的肌肉。他的長相和英俊沾不上邊，皮膚因為長年曬太陽而顯得有點乾皺，眼距很近的眼睛像鷹眼，渾身散發自信。他的同伴跟在幾步之後。凱登很高興有一面石牆能遮掩自己注視對方的目光。帕特沒提到訪客中有女人。

第二名訪客身穿剪裁合身的騎乘斗篷，身材纖瘦，氣質優雅，半數手指佩戴戒指。乍看之下她似乎很年輕，但歲月在她身上留下細微的痕跡——眼角有幾道細紋，烏黑的秀髮中夾雜幾絲灰髮。凱登猜測她應該已經四十幾歲了。她偏好右腳施力，左側腰部或膝蓋可能以前受過傷，阿希克蘭的山道對她來說肯定是場折磨。

凱登開始尋找倫普利·譚，然後又回頭細看兩名訪客。過去八年來，他沒見過幾個商人，但這兩個傢伙感覺有點奇怪，不太對勁，像是晴朗無風的日子出現在池塘上的漣漪。

「讓我看！」帕特心急地說。「好啦！該我了。」

凱登讓出位置，在帕特爬過他身邊時閉上雙眼，思索對方讓他感到奇怪的地方。他把沙曼恩喚回心裡。因為時間不夠仔細刻劃影像，這幅沙曼恩不算完美，邊緣都很模糊，但畫面中央的細節夠清楚了——那對男女定格在剛剛進入大食堂的畫面中。他細看他們的表情、姿勢、服飾，想弄清楚到底哪裡不對勁。他們在皺眉嗎？害怕嗎？走路怪怪的嗎？他搖頭。看不出來。

「看吧，凱登？根本不用擔心，」帕特低聲說。「譚也在場。他在跟那兩個人說話。」

他烏米爾的名字宛如一桶冰水當頭澆下，將凱登拉回兩個月前在那個男人房間裡，為了山羊屍體場景圖的事被打得皮開肉綻的記憶裡。隨便哪個蠢蛋都能看見表面的景象，你必須看出面前沒有什麼。他覺得不對勁的地方可能不在於他看見什麼，而是他應該看見的東西。凱登再度喚回沙曼恩，重新檢視一遍。

「現在他們在跟院長講話。」帕特輕聲描述。「我都不知道還有那種顏色的衣服。」

院長。凱登凝視著沙曼恩畫面。兩名商人旅行上百里格是為了賣東西而來的，如果他們對修道院有任何瞭解，就該知道希歐．寧才是決定交易成功與否的關鍵人物。他在食堂裡，就站在他們的正前方，但是剛剛跨越門檻時，那兩名商人都沒看他。女人看向上方，似乎在搜索屋椽；男人突然轉向左側，檢查被門擋住的空間。凱登讓靜態畫面繼續前進，之後兩人幾乎同時將注意力轉到院長身上，微笑著走近。

「再讓我看看。」凱登頂頂帕特的肋骨。

小男孩瞪他一眼，稍微移向左邊。「來，可以一起看。」凱登忍受肋骨被對方的手肘頂住的不適，透過牆縫偷看。

希歐．寧簡單正式地介紹自己，兩名商人也一樣，男人輕輕點頭，女人則優雅鞠躬行屈膝禮。她的藍眼睛微微發光，和她手指上明亮的珠寶相互呼應。正常人在辛苦上山後都會十分疲累，但她好奇地打量四周，心思完全放在面前的人身上。他們的姓名，派兒和賈金．拉卡圖，在凱登耳中也很奇怪，從他們緩慢又帶有許多氣音的口音聽來，肯定不是來自安努。

「爬上你們的小山丘花了不少時間。」派兒按摩膝蓋，語帶挖苦地說。「或許你們該考慮弄隻大家都在談論的那種凱卓鳥來用用。」

「我們這裡很看重遺世獨立。」寧回道，語氣依舊客氣。

商人輕笑，有些懊悔地轉向她的同伴。「意思是說，我們根本不該來的。」

「快別這麼說。」寧指向一張長餐桌。「你們已經來了。雖然我不保證會和兩位交易，但我們很樂意接待兩位用餐。」

令人沮喪的是，院長用餐時只閒聊了一些瑣事，談論天氣和牲畜的狀況，好讓他的訪客可以專心吃飯。當法朗清清喉嚨想提問時，寧神色堅決地瞪了他一眼，胖侍僧立刻縮回長凳上。希歐・寧一直等到最後一盤菜裡的最後一點碎屑都被吃乾抹淨後，才向後滑開椅子，雙手放在膝蓋上。「那麼，」他終於開口。「最近世上有什麼值得一提的事情嗎？」

派兒微微一笑，看起來比同伴喜歡講話。「水手對抗海盜，士兵對抗厄古爾人，魏斯特還是很熱，自由港依然冷到必須窩在毛毯裡。」她以一種對整個世界都充滿興趣的女人姿態叨唸這些話，彷彿世界就是為了取悅她而存在。「做母親的向貝迪莎禱告，妓女向席娜禱告，麥酒匠在酒裡摻水，正直的女人還是會貧苦終老。」

「妳呢？」院長親切點頭問道。「妳是正直的女人嗎？」

「我妻子？正直？」賈金嗤之以鼻，比向她手指上的戒指，天然寶石和雕琢過的寶石在燭光下閃閃發光。「她的品味對正直之人來說太昂貴了點。」

「親愛的，」商人一臉受傷地轉向她丈夫。「你這樣會讓這些好僧人以為有狼要來偷他們的羊了。」

這話說到重點，寧放下茶杯，提出下一個問題。

「你們在上山途中沒有遇上什麼不尋常的事物，是吧？」

「不尋常？」派兒漫不經心地轉動手上一枚戒指，思索這個問題。「大概只有比平常更容易斷的輪輻。我們不得不把貨車留在那條你們稱之為山道的荒謬爛路上。」她若有所思地瞇起雙眼。「你所謂的不尋常是指什麼？」

「一種動物？」寧回道。「掠食者？」

派兒看向丈夫，但他只是聳肩。

「沒有。」她回道。「我們該擔心嗎？我聽說這些山區的崖貓可以長到小馬那麼大。」

「不是崖貓。這點我們很肯定。不知道什麼東西最近在殘殺我們的牲畜。幾週前，牠還殺了我們一名弟兄。」

幾名僧侶變換坐姿。壁爐中有根木柴坍落，擾動了一團餘燼。派兒靠在椅背上深吸口氣。凱登凝結那個畫面，然後拉近。聽到這種消息，女人應該會很害怕，至少也要感到困惑或警覺，畢竟她和丈夫白天大部分時間辛苦行走在瑟克漢慘遭殺害的山道上，如果有貨車的話或許還會更久。就算她有能力在強盜和土匪來襲時保護自己，雖然這點從她的年紀和腰來看不太可能，她也應該會在聽說有未知掠食者在山道上獵殺人類和牲畜時感到些微擔憂。

老實說，她有努力裝出擔憂的模樣——她緊抿嘴唇，眉頭深鎖。但這種反應還是少了點什麼。瞪大雙眼、下意識看向丈夫，這些透露真正害怕的反應在哪裡？驚訝的表情又在哪裡？

「真是可怕。」派兒說。「我對你們的損失深表遺憾。」

「我們這些住在空無之神掌心裡的人並不害怕安南夏爾。」

派兒抿起嘴唇，懷疑地看了她丈夫一眼。「我猜那就是我不當僧侶的原因。」

「妳不當僧侶，是因為妳有奶子。」賈金回道。「而妳喜歡男人看妳的奶子。」

「非常對不起。」派兒驚慌地轉回去面對院長。「我丈夫和我孤身趕路幾個月，有時候講話會口無遮攔。」

「不須要道歉。」寧說，雖然他臉色已經不太高興了。

「事實上，」派兒繼續道。「我有點太過依賴我這可悲的人生了。我也不知道為什麼。這樣的生活每天就是跋山涉水、晚上吃煮太爛的食物、睡在雨中、早上又吃沒煮熟的東西，然後繼續跋山涉水。」她噘嘴思索。「我的膝蓋時不時會出問題。偶爾還會有膽結石。」

「儘管如此，妳還是不肯放棄。」寧總結道。

「就算拿你們藏在糧倉裡的金子來換都不幹。」

「這招不錯。」寧回道。「可惜我們沒有糧倉，更別說金子了。」

派兒轉向丈夫。「比想像中還糟糕。」她又看回希歐・寧。「殺害你們弟兄的東西，會讓我們有危險嗎？」

寧揚手安撫她。「你們已經上來了，這是最重要的事實。在室內和中央廣場都很安全。你們下山時，我們可以派人護送。」

「謝謝你。」她說。「再一次，我們為你們的損失表示遺憾。失去朋友很不好受，就算對無欲無求又不怕死的僧侶而言也是一樣。或許我們可以用外界的消息轉移各位的注意力。你們只是偏離貿易幹道一、兩步而已。」

這話打開了洩洪水門，一時之間，穿僧袍的男人爭先恐後擁上來，場面差點失控。寧盡其所能維持秩序，但不只一次有兩個甚至三個僧侶同時開口發問，每個人都努力蓋過其他人的音量。

「歐瑪拉．哈瓦斯特今年掠奪了幾艘船？」鐵匠阿塔夫問。他在成為辛恩僧侶前曾在大彎執業，一直對安努海軍的狀況深感興趣。

查爾默．歐雷基想知道哈南叛亂部落有沒有攻擊帝國。法朗．普魯姆一如往常緊張兮兮地想知道瘟疫最近有沒有襲捲錢納利。「我母親，」他語帶抱歉地補充。「她還住在那裡，至少我離開前她住在那裡。」

「我沒有你母親的消息，十分抱歉。」派兒回答道。「我可以告訴你錢納利的城主曾加倍努力維持街道整潔，之後就沒再發生過瘟疫了。」

「厄古爾人呢？」瑞賓想知道。「今年我們去他們的冬季牧場交易時，聽到一些要開戰的言論。聽說有個新酋長正在統一部落。」

「厄古爾人，」她說著，無奈地將掌心攤向屋頂。「就是厄古爾人。前一天他們跟隨這個巫醫或酋長還是什麼傢伙集結進攻白河。第二天，他們就開始獻祭戰俘、獸姦麋鹿，或是做些他們用來消遣娛樂的事情。」

輪到阿基爾時，凱登的朋友竟然失禮到要求商人「鉅細靡遺地」描述席娜新任女大祭司的身材。派兒哈哈大笑，笑聲悅耳動聽，院長則用明天早上肯定要讓他受罰的眼神瞪他。

凱登待在阿希克蘭的時間久到沒有聽過大部分弟兄問起的人名和地名，它們充其量就是來自遙遠童年裡依稀聽過的回聲，恍如隔世，其中有些可能純粹是幻想。他讓那些奇特的字詞透體而過，聽得如痴如醉。這一刻，他把內心糾結的煩惱及對兩名商人的莫名疑慮通通拋到腦後。光是聽他們問答就夠了。

派兒以具有抑揚頓挫的長篇大論回答大家的問題，賈金的回應則簡短直接。似乎有個叫燃燒王的人試圖統一瓦許東南方的血腥城邦。特沙文・卡拉馬蘭繼續鎮守魏斯特，和從前一樣陰險殘暴。拉比傳出一則奇怪的謠言，據說達維沙漠的部落試圖強行通過安卡斯，不過不清楚他們打算如何在有軍團駐守的安努境內建立據點。他們一直講一直講，直到哈爾瓦・斯咨德終於問出凱登在等的問題：「皇帝怎麼樣？桑利頓還和我二十年前的印象一樣，如同橡樹般強壯又頑固嗎？」

派兒繼續微笑，就和整晚大部分時間一樣，用一種輕鬆隨興、能展現友好和自信的笑容回應。然而，當她點頭時，凱登覺得皮膚底下竄出一股刺痛。「根據記載，桑利頓在古文裡代表『石頭』。果真如此，這個名字就很適合我們的皇帝。想要推倒他需要狂風暴雨。」

要推倒他需要狂風暴雨。這話理應令他感到欣慰，但是那個女人在說謊。凱登十分肯定這一點。最起碼她有在隱瞞某件事實。他尋求晚飯剛開始時在心裡召喚而來的寧靜，絕望地想清空內心，填滿商人微笑點頭的畫面。沙曼恩不肯來。他唯一能夠想到的就是他父親抓著他的小手臂。

我會教你下達困難的決定，能讓你從男孩變成男人的決定……

食堂內的人繼續交談，但凱登離開縫隙把空間全部讓給帕特。男孩痴迷地偷看下方食堂時，凱登向後靠在鴿舍的石牆上。隨便哪個蠢蛋都能看見表面的景象，你必須看出面前沒有些什麼。

他凝望黑暗，想像派兒隱藏了什麼關於帝國的事情沒說，隱藏了什麼關於他父親的事情沒說。

31

「我想深入瞭解你們。」瓦林這麼說，盡可能讓自己的話聽起來通情達理又堅決。

沼澤那場災難發生至今已經過了一週，而他在讓隊員攜手合作方面可以說是毫無進展。葛雯娜依然不服從指令，萊斯依然衝動莽撞、安妮克依然……很安妮克，塔拉爾仍不肯透露他那一點點魔力究竟源自何處。更糟糕的是，瓦林還是在懷疑狙擊手和吸魔師。他們心裡都有祕密，他迅速學會不要相信任何有祕密的人。他不可能一下子解決所有事情，但是得知塔拉爾的魔力源對他領導小隊會有很大的幫助，搞不好還能解開一部分安咪和林遇害的謎團。

塔拉爾緩緩點頭。「我還在想你什麼時候才要找我談。」

他們兩個人面對面坐在裂痕滿布的木桌兩端。現在他們有屬於自己的營房，一間狹窄的木頭房舍，後面是臥房，側邊有個放滿武器和裝備的大房間，前面是「準備室」——放有鐵爐灶、五張椅子，和一張大木桌——讓所有隊員聚在一起挑選裝備、研究地圖或準備下次任務的空間。這裡不是什麼豪宅，但是和之前學員大營房相比，感覺隱密安全多了。如果能和我信任的人住在一起，感覺一定更棒，瓦林陰鬱地想。

另外三個隊員都在大餐廳，瓦林特別請塔拉爾留下來。

「我是這個小隊的隊長。」他開口，努力讓語氣溫和一點。「我必須根據我們的優勢和弱點來擬訂策略和戰術。目前為止我都很尊重你的隱私，但這種情況明顯在扯我們後腿。」

剛開始兩天，他期望能透過適當的觀察去釣出吸魔師的魔力源。感覺應該不難。每當塔拉爾施展能力時就留意四周，列出一張可能的清單，並在他下一次施法時排除清單上的項目，直到只剩一種可能。問題在於，塔拉爾不像瓦林預期的那樣仰賴他的奇特能力。他和多數吸魔師不同，非常擅長持劍格鬥；事實上，他的劍術在小隊中僅次於瓦林，他似乎也比較喜歡傳統戰術，而非奇特的解決方式。就算他真正施展能力，可能的魔力源還是多到無法排除。或許瓦林在某天排除了紅樓花和血，但可能性還是多到無以復加：海、鹽、石頭、光、影、鐵……讓拿帳本的書記花個一年的時間研究或許能找出結果，但是瓦林辦不到，在他努力不讓小隊分崩離析的時候不可能辦到。

「如果你要我在其他隊員面前保守祕密，」瓦林勸他。「我可以這麼做。」

塔拉爾頭搖得有點勉強。「我可以在出任務前告訴你能不能取用魔力源，甚至可以告訴你魔力源有多強大。」

「這樣還不夠。」瓦林急切地說。「我需要後備計畫，應援計畫。我需要所有情報才能隨機應變。」*我還須要知道是不是你弄垮曼克酒館，是不是你殺了安咪和荷・林*，他冷冷地想。除了安咪死亡的時間外，目前還是沒有任何證據能把酒館和兩個女人的死扯在一起，瓦林也沒有停止懷疑這一切是否只是更大更複雜陰謀的一部分。

「我不確定你瞭解你這個要求所代表的意義。」塔拉爾輕聲說。

「情報。」瓦林攤開雙手說道。「就只是這樣，情報而已。」

塔拉爾再度搖頭。「你不懂。」

「那就讓我懂。」

吸魔師深吸口氣。「我成長過程中就和所有人一樣懼怕吸魔師。我叔叔以前會跑來用阿特曼尼的故事嚇我們，那些毛骨悚然的故事。我父親有一次徒步走了三天，只為了去看一個吸魔師被執行絞刑。他回家的時候面帶微笑。」塔拉爾目光飄向遠方。「我們兄弟幾個為了不能跟去而氣得要命。我們苦苦哀求他把經過說給我們聽。他有分岔舌嗎？他有哭血嗎？他死的時候有沒有尿褲子？」

「一週之後，我首度顯露能力。」吸魔師目光空洞，面無表情。「那天我在父親的店裡工作到很晚。我量錯榫舌的尺寸，搞砸了一整晚的工作成果。我咒罵榫舌、咒罵我自己、咒罵椅子，然後突然之間，椅背炸碎了。一開始我只是忙著拔出插在我背上的碎片。接著我理解到剛剛出了什麼事，以及那代表了什麼意義。」

「現場無人目睹，如果有的話，太陽出來前我就會被拉到街上吊死、燒死，或被石頭砸死。但我還是感到羞愧，感到噁心。我是否從未使用過能力根本不是重點。我聽說過那些傳說。只要你有魔力源，它就會來控制你，扭曲你。它會瓦解你體內所有的善意，直到你肆無忌憚地用你的意志扭曲世界。」

他暫停片刻，看著自己的手掌，彷彿掌心上寫了些什麼，或掌紋裡有什麼解釋。「我在穀倉裡找了條繩子，好好打了個套環，緊套住脖子，然後從馬車上退開。」

他又頓了一下，抬起雙眼看向髒兮兮的窗戶外昏暗的陽光。

「然後呢？」瓦林問，不由自主地被這個故事吸引。

塔拉爾聳肩。「我父親發現了我，割斷繩子。他無法理解我為什麼要自殺。三週之後，兩個猛禽的人來到我家。」

「他們怎麼會知道？」

「他們知道要留意什麼跡象。」塔拉爾說。「突然間性情大變、安全的小鎮上發生小孩失蹤事件、毫無道理的自殺。」他冷冷看向瓦林。「我並非特例。沒人會想發現自己是邪惡怪物。」

「你的家人呢？」瓦林謹慎地問。

「他們以為我只是個士兵。這是謊言，但能讓他們感到驕傲。」

兩人陷入一陣沉默，氣氛像鉛一樣沉重冰冷。瓦林隱約聽見四周營房傳來大笑和打鬧聲，更遠處還有凱卓在餐廳裡用餐的餐具碰撞聲。然而，他此刻身處的房間光線昏暗，靜悄悄的。

「我不是你的家人。」瓦林終於說。「我半輩子都待在這裡，奎林群島上。我對吸魔師……沒有那麼強烈的反感。」

塔拉爾直視他的目光，笑聲淒涼。「你很不會說謊，瓦林。或許有一天，你會成為好隊長，但你真的很不會說謊。」

瓦林吸了一口氣。「看到有人能夠辦到自己辦不到的事情，甚至完全無法理解的事情，感覺很不好受。這點我不否認，但現在我們是同一小隊的隊員了，那應該是強過血緣的羈絆。我們必須開始信任彼此。」

塔拉爾認真思考這句話。「那你什麼時候才要開始信任我？」

瓦林覺得自己像在決鬥時踏錯腳步，應該防守時卻出手進攻。

「我信任你。」他辯駁得有些無力。「我信任你。」

「不。」吸魔師語氣冷靜地指出事實。「你比較信任萊斯，葛雯娜差一點，但你完全不信任安妮克和我。」

瓦林靠回椅背上。他以為自己把情緒隱藏得很好，以為他有保持距離，保持專業，就像任何優秀的隊長一樣。「你有——」

「施展能力？」塔拉爾嘴角扭曲，微帶諷刺。「讀你的心？」

聽到對方把這個想法說出口後，瓦林立刻覺得自己很蠢，但他其實不確定吸魔師究竟能辦到什麼，又辦不到什麼。

「沒有。」塔拉爾說。「我會看，會聽。你顯然寧願捅我一刀也不想跟我合作。」他搖頭。「我不是包蘭丁，你知道。他比我強大太多了。不管他的魔力源為何，總之都深不見底，但那不是我們唯一的差別。」

瓦林只能默默點頭。

「既然你這麼想要分享祕密，那我問你個問題。」吸魔師在一段沉默過後說。

瓦林聳肩默許他提問。

「浩爾試煉的時候發生了什麼事？你的眼睛怎麼了？」

我早該知道不會是個容易回答的問題，瓦林想。有些學員離開大洞之後就說個不停，迫不及待地把所有在黑暗之中發生的枝微末節都說給別人聽。塔拉爾不是其中之一，瓦林也不是。他沒有對任何人提過黑蛋和遇上史朗獸王的事情。他中毒之後進入大洞，解毒完就出來，這樣就夠了。沒人須要知道細節，更不必說給吸魔師聽。

但是，他需要吸魔師信任他。儘管瓦林不願意承認，這個年輕人說得有道理，他沒有理由和不願意吐露祕密的人分享自己的祕密。想要奪取領土，有時候你必須放棄領土，韓德倫寫道。

「我找到一顆不一樣的蛋。」

「不一樣？」

「比較大，大很多，而且是黑色的。」

塔拉爾雙眼在燈火下睜得老大。「史朗獸蛋？」

瓦林遲疑地點頭。不論是好是壞，現在他都必須全盤托出了。「我想是的。那個巢穴看起來和其他的差不多。」

「黑的史朗獸蛋。」吸魔師抿嘴沉思一段時間後說道。「你知道它們會改變我們，是吧？」

「改變？」瓦林問。這是他第二次覺得這段談話脫離他的掌握。「什麼是『改變』？誰改變了我們？」

「那些蛋。它們有解毒功能，但同時也有……第二種效果。」

瓦林看著他。他第一次聽說這種事。

「我一開始以為自己只是累了，以為是出自於想像。」吸魔師繼續說。

「想像什麼？」瓦林問，並在洞穴裡將蛋殼裡黑色黏液吞入腹中的記憶湧上心頭時，努力克制音量。

塔拉爾聳肩。「暈眩感。那個過一天左右就消失了。接著是夜視能力，聽覺強化。」

瓦林搖頭，不懂他在說什麼。

「聽。」塔拉爾豎起一根手指說。

瓦林用心聽。附近營房的噪音安靜了下來，但他還聽見其他聲音：海浪沖刷岩岸的聲音，更遠處海浪打在灰暗礁上的聲音。他之前就能聽見這些嗎？他能分辨海浪打在小圓石和邊緣銳利暗礁上的不同嗎？他閉上雙眼。他聽見綁木頭的繩索嘎吱作響，那是船上的索具，來自停泊海灣上的船隻。那個聲音之下還夾雜著船板隨波起伏移動的呻吟聲。

他睜開眼睛，發現自己說不出話來。

「聽覺變好了？」塔拉爾挑眉問道。「更敏銳？更精確？」

瓦林點頭。「神聖的浩爾呀。你認為是史朗獸蛋的關係？」他又側耳傾聽。他聽見遠方有門打開，一道尖銳的嗓音在嘲笑門內某個人，他認為出聲的是琪浩．米。

吸魔師點頭。「這樣說得通。蛋會提供史朗獸孵化前的食物，蛋讓牠們成為史朗獸，在黑暗中生活、在黑暗中成長茁壯的生物。牠們需要強大的聽覺、更敏銳的觸覺，搞不好還有我們不知道的感官。那一切都其來有自。為什麼不能是牠們的食物？」

「現在我們也吃了那種食物。」瓦林總結。有些人吃得比其他人更多。他無聲補充，恐懼之情油然而生。如果蛋的效果是永久的，那也可能會有風險。所有事情都有風險。

「他們不光是為了試煉而派我們下去。」瓦林繼續震驚地分析道。「即使是凱卓，進行可能使半數學員死亡、半數殘廢的試煉也太過分了。他們必須派我們進入大洞，是因為那些蛋不光是為了解毒。」

「它們還改變了我們。」塔拉爾同意。「不是很重大的改變，稍微產生一些變化而已。」

「這就解釋了我們那些天殺的訓練官為什麼總是能夠搶先一步。」瓦林有點義憤填膺。「他們每次都能發現我們接近。那些浩爾姦過的混蛋大老遠就能聽見我們的聲音。」

塔拉爾點頭。他有更多時間思考這件事情，他的嘴角微微上揚。「他們是混蛋。」他認同。「不過是聰明的混蛋。」

「還有誰知道這個？」

吸魔師搖頭。「很難說。妲文・夏利爾沒有大肆宣揚此事，我只能想像大部分的小隊都和我們一樣……其中有幾個人發現了，或許更多。可能有些人永遠不會發現。」

「但你推測出來了。」

塔拉爾再度恢復警覺的神情。「我猜，這是吸魔師的天賦之一。當你跟我一樣長久以來接觸魔力源後，你就會……留意到一些事情。你會留意到一些小變化。」

瓦林突然大笑。「好吧，我很高興有你解釋給我聽。要是讓我自己去想，大概只會想到那個天殺的玩意兒有多臭……」笑聲在他喉嚨中消失。「但是我找到的那顆蛋——」

「——不一樣。」塔拉爾點頭說。

「我該吃的蛋不是那一顆。猛禽都沒有料到這種事。沒人知道它有什麼效果。」

「好吧，它沒害死你。」

「還沒。」

「我用我的劍打賭，你眼睛的變化就是因為它。」

瓦林點頭，同時感到恍然大悟與不安。「還有其他的事情——」他喃喃說道，接著在想起他在和誰說話時卡住。

「——不過你不想告訴我。」塔拉爾接話，表情毫不驚訝，但卻有點傷心。

瓦林深吸口氣。他現在走在鋼索上，要是太偏一邊，吸魔師就永遠不會放下心防；太偏另外一邊，他吐露的情報就比獲得的更多。

「我可以感覺到一些東西。」他不情願地承認。

塔拉爾湊上前來。

「我發現荷．林時，我還沒走近就已經知道前面的地上有東西。」他閉上雙眼，回想當時的情況，在他皮膚上打轉的氣流，鼻子裡聞到她頭髮的香氣。離開地洞後，他就忽略了類似情況，或許是因為在那之後，他一直處於被正常感官淹沒的狀態：統領新的小隊、訓練任務、和葛雯娜爭吵。然而此時此刻，他閉上眼睛，放慢呼吸，靜靜等候……

他意識到，牆上有道裂縫，位於他左上方數呎處。微風吹起他後頸上的寒毛。他可以聽見油燈燈芯嘶嘶作響。他可以……他眼睛閉得更緊一點……他不確定自己是看見還是感覺到，但他很清楚塔拉爾坐在哪裡，甚至知道他的坐姿。

吸魔師一聲不吭，動也不動。

「我知道是她。」瓦林繼續輕聲說，眼睛依然緊閉。「當時我不相信。我不願意相信，沒辦法相信，是林。」他搖頭。「我知道是她。即使她死了，即使一片漆黑，我仍然知道是她。」

睜開眼睛時，他目光泛淚，但還是倔強地面對吸魔師的雙眼。*她是我朋友，他對自己說。因為她落淚沒什麼丟人的。*這是自從發現她的屍體後，他第一次允許自己落淚。接下來很長一段時間，眼淚就這麼不停流下，默默地積蓄在桌面凹痕中。最後，淚停了，他用手掌擦擦臉頰。

「如果你對別人提起此事，」他聲音尖銳地說。「或跟小隊裡的任何人說，我就扯出你的喉嚨，就算隊上沒有吸魔師也無所謂。」

「鐵。」塔拉爾回道，聲音很輕，但很堅定。

「你他媽的在說什麼？」

「鐵。」吸魔師又說一次，指向他腰帶上的匕首，還有兩手腕上的手環。「我的魔力源。當然，我們不會隨身攜帶多少鐵，但是鋼裡也有很多鐵，足夠我完成任務。」

瓦林雙掌貼平桌面，控制自己的情緒，同時消化他的說法。吸魔師很有可能是在騙他，而他完全無法肯定此事。他凝視那雙黑暗寧靜的眼睛。

「為什麼威力不大？」

塔拉爾聳肩。「大部分時間附近的鐵都不夠多——幾把劍、幾枚箭頭。通常夠我汲取，但很少能多到發揮巨大威力。」

「如果我們要進攻強化過的防禦工事，你能弄坍它嗎？」瓦林謹慎提問。

「不可能。」

「如果不是石造建築呢？沒有那麼堅固的建材，比方說木柵欄？」*或是用木樁打地基的酒館，曼克酒館行嗎？*

塔拉爾考慮他的問題。「如果現場有很多鐵，像是人數眾多的戰場，或許可以。還要那棟建築結構本身就有問題。」他攤開雙手。「這種情況我或許能辦得到，也可能不行。」他悲哀地搖頭。「很抱歉，瓦林。我曉得你希望隊上的吸魔師能力更強悍些。只要魔力源夠強，阿查或許能弄坍石造警衛室。大部分吸魔師都可以。」他皺眉。「你運氣不好。我的力量足以害我被吊死，但又沒有強到能保護自己。這就是我必須練好劍術的原因。」他比向交叉掛在背上的兩把劍。

這個事實就是最讓瓦林懷疑的地方。士兵會著重在他們的專長，訓練官也會努力引導他們發揮專長。安妮克走到哪裡都帶著弓箭，萊斯喜歡待在鳥背上，葛雯娜不炸東西就不開心。不管是不是騙人，他很難相信如果塔拉爾能依賴神祕又強大的魔力源，他還會花那麼多時間去練劍。當然，什麼事都有可能，但有時候你必須往可能性大的方向想。

「包蘭丁呢？」瓦林謹慎地問。「他有辦法搞垮房子嗎？」

塔拉爾緩緩點頭。「他把實力隱藏得很好，但我曾目睹他幹過一些……」他雙眼飄向回憶之中，然後又跳了回來。「他很危險，不光只是因為他很殘暴。」

「對於他的魔力源有什麼想法嗎？」

「沒有。」

「你能猜猜看嗎？」瓦林逼問，謹慎之中又帶點不耐煩。

「我有上千個選項。」

「他到哪都帶著狗——」

「那很明顯。」塔拉爾同意。「但顯而易見的答案通常不會是正確答案。我們都有各自的偽裝。」他指向掛在脖子上的石製護身符，還有耳朵上的金耳環。「而且必須刻意欺瞞。開始跟你一起飛之前，我會避免隨意施展我的能力，就算會輸掉演習或測驗也一樣，只為了不讓別人猜出我的魔力源。」他苦笑。「這種日子可不好過。隨時都在騙人，隨時都想誤導其他人……」

瓦林從未這樣想過。在吸魔師的故事中，他們全部都是壞蛋，是心思惡毒的幕後主使者，操弄人心，讓世界隨著他們不自然的能力起舞。他從未想過他們的能力會強迫他們起舞。

「謝謝你告訴我。」他終於有點尷尬地說。

「我一直知道我遲早會告訴別人，那種祕密憋在心裡太久——」他緩緩搖頭。「——天知道會造成什麼影響，天知道我會變成什麼人。」

32

門沒上鎖，但自派兒和賈金抵達那天晚上起，凱登已經在製陶室裡當了三天囚犯。那天他和帕特及時溜出鴿舍，衝回製陶室，差點來不及點燃油燈、緩下心跳冷卻皮膚、整理好表情，譚就來查崗了。

「晚餐如何？」凱登淡淡地問。他很想問烏米爾如何看待派兒奇怪的行為，如果還有別人能看出不對勁，肯定就是譚了。但是當然，如果讓譚發現他躲在鴿舍偷聽，那就只有阿伊知道他要面對什麼樣的懲罰了。

「普通。」譚回答，檢查凱登的工作成果。「你沒有什麼進展。」

「進展就是目標。」凱登語氣無辜，盡量不露出沾沾自喜的模樣。也該輪到他拿辛恩那些格言來唬人了。

「明天繼續。」

「那今天晚上呢？」凱登問。「我該回寢室嗎？」

譚搖頭。「睡這裡。想上廁所就用陶罐。明天早上會有人來清。」

凱登還沒想出該怎麼把話題轉回派兒、賈金，和晚餐上，譚就已經離開了，把他留在堆滿瓶瓶罐罐的小石室裡。凱登又工作了一會兒，有事情忙可以暫時放下心裡那些煩惱，之後縮進僧袍裡，窩在石板地上睡覺。他半夜被冷醒，打著牙戰爬到硬木長凳上去睡。窄凳睡起來很不舒服，但至少不會散發寒意。

他本以為阿基爾會來。晚餐結束前，凱登趁僧侶還在喝他們黑漆漆的茶時，交代帕特帶個口訊給他朋友：午夜鐘響後來找我。然而，午夜鐘響時，黑暗中只有一股陰森感，沒有年輕的僧侶前來。

接下來兩天，他就在製作陶罐陶杯中度過，譚也根本沒來檢查。他晚上繼續窩在長凳上，盡可能縮在僧袍裡禦寒。他的夢都是沒有情節的噩夢片段畫面——他父親對抗一群敵人，派兒漠不關心地站在旁邊觀看。他已經許久沒作噩夢，事實上是很多年了。辛恩相信混亂的夢境來自混亂的心靈。最年長的僧侶宣稱他們完全不作夢。凱登很樂意成為他們的一員，但是那些畫面不斷浮現，一晚接著一晚，只要一閉眼就會看見。終於，到第三天晚上，阿基爾來了，在午夜鐘響過後溜進木門。

「好壺。」他欣賞著凱登最新的作品——雙握柄紅河陶土大口壺。「可惜沒有紅酒配。」

「去夏爾的壺。」凱登的語氣比預想中糟糕。「已經兩天了，外面究竟是什麼情況？有人查出是什麼東西在殺山羊嗎？那兩個商人後來怎麼樣了？」

阿基爾神色睏倦地一屁股坐上長凳，攤開雙手。他看起來無聊又沮喪，本來就不太乾淨的僧袍上沾了塵土，顯然和凱登一樣整天都在勞動，而不是和陌生人閒晃。他撥開眼前一束頭髮。

「商人的情況就和所有來此的商人一樣。很多歌，很多舞。」

「什麼意思？」

阿基爾聳肩。「派兒和賈金想賣垃圾給我們。寧說我們不需要。派兒說：『但你們當然會喜歡質料這麼好的僧袍』。院長說他喜歡粗布袍。你沒有錯過多少東西。」

凱登沮喪地搖頭。「那兩個傢伙有點怪怪的，總之……不大對勁。」

「他們是很蹩腳的商人，這點無庸置疑。」阿基爾瞇起雙眼。「等等。你怎麼會知道？譚一直把你鎖在這裡。」

「我有溜去鴿舍。」凱登承認。他把當時的情況很快講過一遍——商人進門時的奇怪反應、派兒表現得親切有禮說話卻有種不盡不實的感覺，還有凱登心裡那股說不出所以然但又異常強烈的疑慮。「關於……關於我父親的事情，他們沒有全部說出來。」他的語氣不太肯定。

阿基爾皺眉。「聽起來是你想像力太豐富了。」

「我沒有亂想。」

「哈爾瓦總說，我們只會看我們想看的東西。或許你現在就是這種情形。當然，如果我也只看想看的，那派兒的胸部肯定大多了。」

「我有什麼理由會想看到我父親出事？」

「這不是說你期待壞消息，但會擔心父母是很自然的事情，只要你知道父母是誰。幸虧我沒有這種煩惱。」

「我在看派兒的臉。」凱登心中浮現沙曼恩。這是他第一百次想弄清楚那女人的表情究竟哪裡讓他覺得不對勁。「有地方……不對勁。」他嘆氣。「不對勁，但我看不出來哪裡不對勁。」

「看來你花了太多時間埋在土裡和蒙眼跑步了。那會對人造成影響，對心靈造成影響——」

「我的心理沒有問題。」

「這個有待商榷。」阿基爾回嘴，看到凱登眼中燃起怒火後，連忙揚手投降。「我們暫時假設你說得對。倘若如此，寧或譚或是其他年長僧侶不該注意到嗎？我是說，你很擅長沙曼恩沒錯，但是他們已經使用它幾十年了。」

凱登無奈攤手。

「當然，」他朋友繼續說，笑容有點奸詐。「古老的辛恩之道是很不錯，但我們還是有其他辦法打探到……比較實用的消息。」

凱登看著他。那種笑容表示阿基爾制定了一個計畫，一個被寧或譚發現就會被打得半死的計畫。看來他們必須想盡辦法不被發現。「繼續說。」

阿基爾狡詐地傾身向前，搓著手掌，終於在進門之後首度打起精神。「我在監視那個女人，派兒。」他噘起嘴唇品頭論足。「和我認識的那群妓女相比，她算不上多有姿色，但是在山裡，我想也還能將就將就。」

「你監視她？」

「說『督導』比較好聽。總而言之，她有溜出修道院幾次，通常是黃昏時分，趁賈金和寧討價還價的時候。」

「或許她是去欣賞風景。」凱登回道。他希望阿基爾有所發現，但這點證據有些薄弱。

「她往東走，和日落反方向，和所有美景都反方向。再說，寧第一天晚上就告訴過她有東西在獵殺山羊了。你見過哪個女人會在聽說附近有未知掠食者扯下並啃食山羊和人的腦袋時，還喜歡在峭壁邊的陌生修道院附近午夜漫步的嗎？」

凱登點頭，開始同意他的想法。「確實奇怪。所以她去哪裡了？」

「不知道。」阿基爾回答。「我一直沒有機會跟蹤她，過去三天我都在幫白河一條支流挖掘水道。不過今晚……」他微笑。「我想或許可以試試我們的辛恩追蹤技巧。」

貝許拉恩，所謂的「拋擲之心」，最初是用來找尋迷路牲畜或獵殺掠食者的。凱登兩個月前就是靠它找出慘遭殺害的山羊。地上有足跡可跟固然很好，但阿希克蘭附近大部分都是岩石，而非土地。足跡只要一進入花崗岩山峰的範圍肯定就會消失，此時僧侶須要靠別的辦法。

貝許拉恩是讓心靈溜出腦海，拋擲到另外一個生物體內，不是以跟蹤山羊之人的身分思考，而是山羊本身。擅長貝許拉恩的僧侶有辦法在光禿禿的岩石地上追蹤動物，用難以想像的方式放棄人類的自我，聞出青草的氣味，尋找山羊偏好的碎石地，在暴雨中透過巨石的掩護移動。凱登在這方面偶爾運氣不錯，甚至有幾次他感覺真的有成功把自己「拋擲」到獵物的腦袋裡。不幸的是，他從來沒有追蹤過人類。

♛

「來吧。」凱登在溜出修道院朝東邊崎嶇山道前進時，對阿基爾低聲說道。當晚是凸月，眼睛適應黑暗後，四周的光線足以視物。石塊和岩石依靠彼此而立，在月光下投射陰影。杜松被風吹得彎彎曲曲的樹枝朝他們伸來，隨時都會勾住僧袍或劃過眼睛。在微風吹拂下，修道院裡的聲音幾乎細不可聞。

「在屋裡的時候我覺得這是個好主意。」阿基爾語帶嘲諷，卻目光警覺地在一顆顆岩石間迅速巡視。看來凱登不用提醒他殺死瑟克漢的東西還在附近等待了。他們必須寄望從羊欄拿的木棍和腰帶匕首就足以嚇阻牠。畢竟派兒每天晚上都會溜出來，而她可還沒死，凱登和自己講道理。

「我們很快就好。」他試圖安撫他朋友，也安撫自己。

「我割那個錢包之前也是這樣告訴自己的。讓我得到這個烙印的錢包。」阿基爾指著自己的烙印說道。「我想你沒辦法弄暗你眼中的火光。女神上過你曾曾曾祖父當然很好，但是這種眼睛有點太招搖了。」

「或許他們能嚇跑該嚇跑的東西。」

阿基爾輕哼一聲。

「好吧。」凱登說，在僧袍底下發抖。「妳是派兒，帝國來的女商人。妳離開舒舒服服的修道院房間，偷偷溜到岩石堆來，為什麼？」

阿基爾微笑。「我想找個身材魁梧的小僧侶來搔搔他僧袍內的肉體。」

凱登考慮過這種可能。從來沒有女人造訪修道院，或許會有幾個僧侶不介意和派兒獨處一段時間——阿基爾八成會跑第一個。

「如果是和人會面的話，會選在哪裡？」他問。

「我不住這附近，我會去別人叫我去的地方。」

「那，我們就當一下這個假想中的僧侶。你想和派兒碰面，你會叫她去哪裡？」

「南方廢墟的低矮牧地，不過那裡有點遠。或許去鴿舍，有點浪漫氣氛的地方。」阿基爾眨眼。「你必須好好招待女士。」

「我敢說她很樂意在群鴿環伺還拉屎的地方跟你上床。東邊呢？」他指著眼前的岩石問道。「你說你看到她往這個方向走。你會叫她到那邊碰面嗎？」

阿基爾遲疑，然後搖頭。「那裡只有山溝和裂岩。我可不想躺在都是小石頭的地方。」

「所以她是獨自外出。」凱登總結道。「僧侶會叫她去別的地方。」

「聽起來很合理，但幫助不大。」他指向面前崎嶇的岩石迷宮問道。「你是她的話，會往哪裡走？」

凱登在微弱的月光下考慮他的選項。有六條山羊小徑通往崎嶇的山上，那個女人有可能沿著任何一條路上山。大部分小徑都很明顯，對有在山上待過的人來說就像幹道一樣顯眼，但是派兒不是住在山區的人，至少沒在這個山區住過。他試著以陌生人的角度看待眼前的地勢。

「溪床。」他終於說。「她會沿溪床走。」

阿基爾不以為然地往水道揮手。「在有很好走的小徑可選時，她有什麼理由到溪水中弄濕腳踝？這樣毫無道理可言。」

「因為，溪床看起來不像溪床。」凱登回道。「在晚春時節，溪水是乾的，溪道寬敞，相形之下也比較平坦。對於不是在這裡長大的人來說，那會是比較適合穿越岩區的通道。她不會知道大圓石不方便落腳，而且搞不好根本沒發現山羊留下的小徑。如果沒有走過一遍的話，那些小徑其實並不顯眼。」

阿基爾上下打量他。「你這些年有背著我自己跟蹤女人嗎?祕密行動?」

「我幹嘛把我的祕密說給你聽?你是賊耶。」

「太傷人了,弟兄。你傷了我的心啊。我是個謙遜的僧侶,全心投入在我的神身上。」

「好吧,至少這個小時全心投入在這件事情上。」凱登指向小溪說道。

入山十幾步後,他們就發現了女人的蹤跡——一塊翻開的石頭。接著又在軟泥上找到一個靴印,及另一塊離開草地原位的石頭。他們跟著對方留下的痕跡走了四分之一里,接著阿基爾看見一小堆石塊。石塊並不起眼,只是在一大堆石頭之中的幾顆大圓石,沒受過訓練的人不會留意,但是河床裡的石頭不會堆成那樣,春洪會把它們順著溪道沖走。

「好啊,看看這個。」阿基爾從石堆中撿起一塊石頭。「瞧瞧好商人在這裡藏了什麼。」

他笑容滿面,雙眼在月光下閃閃發光。凱登就沒他那麼興奮了。溪床並不寬敞,但在柔和的月光下讓他覺得自己就是個標靶。夜晚氣溫涼爽,他卻汗流浹背。他舉起木棍,提醒自己瑟克漢是落單的時候遇襲的,努力相信兩個拿著木棍和匕首的年輕人就能恫嚇對方。當他無法說服自己時,他就利用辛恩的訓練放慢心跳,一直到呼吸恢復正常後才彎腰檢視石堆。

派兒在石堆下塞了兩只油布袋,凱登小心翼翼拿出來,分一包給阿基爾。他花了點時間研究繫繩,計算如果聽見女人回來的聲響是否來得及重新綁好袋子。他的手指被凍得不太靈活,好不容易鬆開袋子,阿基爾已經把他那個袋子裡的半數東西攤在一塊平坦的石頭上。凱登在他朋友吹聲口哨時探頭看了一眼。

「乾淨的上衣,乾淨的襪子,錢袋輕得令人失望。」他說著,拋起一個小布袋,落在他手上時發出錢幣碰撞的聲響。

凱登皺眉。

「帽子，」阿基爾繼續。「二十碼左右的繩索……」今晚整個過程緊張刺激，結果卻稀鬆平常。這些都是商人長途旅行時會帶的東西，沒有能和凱登空穴來風般的疑慮扯在一起之物。

接著阿基爾拿出那些匕首。

當然，所有人都會攜帶匕首，商人又比大部分人更需要它。趕路時要修補挽具、挖出卡在騾蹄上的碎石、割斷磨損的繩子重綁、切肉乾當晚餐等等。凱登可以想到上千個商人攜帶好匕首的理由。然而，正常商人不會需要十幾把匕首。阿基爾把它們一一擺在石頭上，六對一模一樣的八吋匕首，安努格鬥場上格鬥用的那種，銳利明亮的刀刃在冰冷的月光下閃閃發光。

「拿來賣的嗎？」他的語氣少了點雀躍男孩的興奮之情。

「賣給修道院？」凱登問。

他們盯著那些武器一會兒，之後阿基爾比向凱登手上的油布袋。

「裡面裝了什麼？」

凱登解開最後一個繩結，伸手進袋子裡，摸到木頭和鋼材。他把裡面的東西拿出來，發現自己拿著一把弩弓。

「說不定都是為了防身。」阿基爾指出。「大草原是很危險的地方。厄古爾人通常不會騷擾商人，但你永遠不知道自己會不會成為活人獻祭的祭品。」

「如果只是為了防身，藏在石頭底下幹什麼？」凱登問。

他們又看了一下那些武器，接著彷彿接收到什麼無聲指令般，開始把所有東西收回原處。阿基爾臉上的玩世不恭消失了，怒氣沖沖地把東西塞回袋子。飛速收好那些武器後，他們把袋子埋回石堆下。當阿基爾把最後一塊石頭放上石堆時，溪床下嘎啦作響，像是石頭撞擊石頭的聲音。

凱登轉身凝望黑暗。

「你有聽見嗎？」他喃喃說道，試圖看清黑影和其中的東西。

阿基爾點頭，把木棍舉在身前。凱登握住匕首，暫時沒先拔出來。他沒學過什麼打鬥的技巧，如果對方接近到必須用匕首的距離，他多半就死定了。

一朵雲飄過月亮前方，溪谷變得比之前更黑。凱登只能勉強看見數呎之外的阿基爾。他身後聳立著高山峭壁的輪廓，不過那比較像是他感覺到的，而非真的看到。他緩緩轉一圈，舉平木棍，搜尋光源、動靜和任何能警告他危險來襲的跡象。

「你有看到什麼嗎？」他輕聲問道。

阿基爾唯一的回應就是悶哼，像是一直沒有離開胸口的咳嗽。凱登立刻轉身，剛好看見他朋友癱倒在溪床上。在他出聲之前，一隻強而有力的手掌摀住他嘴巴。

凱登並不軟弱。在山上做了八年苦工確保了這一點。他可以從河邊扛自己體重四分之一的水走上數百步，或是在崎嶇的岩石山道跑上一整晚。他應該可以反抗，但摀住他的那隻手就跟用花崗岩刻出來的一樣堅硬。對方另一隻手臂在他掙扎時勾住他脖子，勒住他的氣管。這就是下錯決定的後果。他心裡還能思考的部分想著。情急之下，凱登手肘一頂，希望能頂開他的敵人。對方的腹部就和手臂一樣硬。凱登無聲慘叫，當即昏了過去。

33

他在一張硬木椅上醒來，四面都是石牆。他想睜眼，被幾根點燃的蠟燭亮晃了眼，燭光直接往他腦中灌注一股刺痛感。他輕哼一聲，再度閉眼。他不知道自己身在何處，但剛剛遇襲的狀況浮現心頭，他立刻準備逃跑或反抗。沒人綁住他的手或腳，他眼睛睜開一條縫，開始尋找門的位置。他們不可能把他抬得多遠，他應該還在阿希克蘭，這點從簡陋的花崗岩牆壁就能看出來。只要他可以……

「我們花了很大的精力才把你安安靜靜地帶來這裡。請勿大聲喧譁，辜負我們的苦心。」

他認得這個像生皮一樣乾硬的嗓音，不過一時之間想不起來是誰在說話。

「要年輕人服從命令為什麼這麼困難？」那個嗓音繼續說。

是院長，他驚訝地發現，於是不顧刺痛，再度強迫自己睜眼。他坐在希歐・寧的書房中間，就是幾週前寧和譚透露坎它祕密的簡陋石室。寧和其他僧侶一樣睡在寢室的房間裡，但有要事必須處理時，他就會在書房待到很晚。一般而言，出現在院長書房裡絕對不是什麼好事，今天的情況顯然比正常還糟，只是凱登的腦袋依然痛到無法好好審時度勢。

壁爐上燃起一個小火堆，那是書房裡唯一令他心安的東西。寧坐在他的木書桌後面，十指撐著下巴，目光深邃地凝視著他，彷彿凱登是他陷阱裡捕獲的新品種松鼠。倫普利・譚站在書桌旁邊數呎之外，望著小窗外的漆黑夜晚。他什麼話都沒說，甚至沒看自己的學徒一眼，凱登頓時感到內臟糾結、腦袋抽痛、雙腳痠軟。他開始呻吟，又習慣性壓下那個聲音——年長僧侶絕不會因此而同情他。

「阿基爾呢？」他無力地問，感覺好像被人用粗羊毛刷過嘴。他朋友不在書房裡。「阿基爾在哪裡？」

「不在這裡。」院長冷冷回應。通常這種回應會讓凱登沮喪地閉上嘴，但剛剛發現的匕首突然浮現心頭，還有摀住他嘴令他無法呼吸的大手……

「那兩個商人，他們——」他們什麼？他自問。有帶匕首？他要如何解釋阿基爾和他去搜查對方私人物品的事情？「是誰要殺我們？」他決定這麼問。「你們抓到人了嗎？」

院長偏開頭，看著凱登左肩某個不特定的地方。倫普利・譚搖了搖頭，還是沒有轉過來。凱登看看他們兩個，但是他們似乎都沒有說話的意思。

「你們抓到人了，是不是？」他問。他想要站起，但無力的雙腳讓他又摔回椅子上。書房裡陷入一片死寂，宛如夜空般荒蕪冰冷。

院長終於開口了，不過不是對他說話。「你跟我說他有進展。」

譚嘟噥一聲。

「我沒看到任何進展。」寧繼續說道。「我只看見一個盲目衝動的男孩緊緊綑綁自己，完全動彈不得。」

正常情況下，這種言語的羞辱會刺傷他，特別是說話的人語氣還如此淡漠。然而，遇襲時的記憶和對阿基爾的擔憂沒給他多少自尊受創的空間，凱登只得降低血管裡的血壓，試著讓自己的語氣不帶情緒、充滿理智。

「院長，」他低聲說道，對於自己的語氣能如此冷靜也感到很驚訝。他本來覺得自己都要顫抖和尖叫了。「你顯然早就知道了，因為你救了我。那些商人表裡不一，他們之中有一個或是兩個一起抓了阿基爾和我──」

「多久？」院長抬手打斷他。「譚當你的烏米爾多久了？」

「那和這個有什麼關──」

院長沒有提高音量，再次打斷他說話。「多久？」

「兩個月。」凱登重拾耐心回答。

「經過兩個月，你還是沒辦法在他接近到足以殺你的距離時認出他來？」

凱登困惑地將視線轉向他的烏米爾。譚終於轉身，目光就和往常一樣高深莫測。「我按照慣例去製陶室找你。」僧侶開口。「發現你不在，我就追蹤你，把你帶來這裡來。阿基爾沒事。」

凱登目瞪口呆。

「你帶我來這裡！你是怎麼追蹤我的？」

「貝許拉恩。你的心智很單純，不過狹隘受限。」

他不理會羞辱。「那些商人呢？你為什麼不直接叫我過來？為什麼要攻擊我？」

「你會爭辯。」譚簡單答道。「而那個女人快要到了。我沒時間。」

凱登努力克制自己的情緒。他已經醒來好幾分鐘了，但還是沒有弄清楚狀況。他打定主意別讓自己繼續出糗，於是花點時間理清思緒。譚又回去窗口站定，彷彿已經沒有什麼好討論的，但院長仍直視著凱登。

「你叫我待在製陶室不是為了懲罰。」凱登片刻過後說道。

「或許是。」譚回話。「反正你表現得這麼差勁。」

「但你不是。」凱登固執地說。「如果是這樣，你根本不必在漆黑中打昏我，不須要這麼晚還跑來這裡。你在溪床找到我時，就會直接叫我去挑一整晚的水，或是去禽爪岩罰坐到天亮。那樣的話，我們就會遇上那些商人。」

「你不是不讓我見到他們，」他繼續，慢慢瞭解了整件事情。「你是不想讓他們看到我。」

凱登僧袍下的身軀抖了一抖。待在阿希克蘭這些年裡，帝國王座四周的陰謀詭計都變成了遙遠的記憶。凱登經常在想，或許把他送到修道院不是為了學習什麼，單純是為了讓他安安穩穩長大。有沒有可能是安努的政客找上門來了？

「和我父親有關。」他非常肯定這就是事實。

「怎麼這麼說？」院長緩緩回應。「你覺得你父親出事了嗎？派兒．拉卡圖說皇帝和往常一樣健壯，賈金也同意。」

「我知道。」凱登緩緩吸氣。現在要說的事情會讓他遭受更嚴厲的懲罰，但反正已經身處沸騰的滾水之中了，他必須知道真相。「派兒看起來不太對勁，他們兩個都一樣。你們顯然已經知道匕首和弩弓的事情了，但還不只如此。第一天晚上，食堂在用餐時，我躲到鴿舍裡偷看。」

譚臉色一沉，沒有說話。院長揚起一邊眉毛。

「派兒進門時沒在看你。」凱登繼續。「然後，當她回答我父親的問題時，感覺很……」他頓了一下，當時的影像再度清楚浮現心頭。他已經檢視對方的表情上百次了：女人輕鬆的笑容、順勢揮手、低頭看向其他坐在餐桌旁的僧侶時的角度。一切似乎都很正常。凱登吐出憋在胸口的那口氣。「感覺很……不對勁。」他越說越心虛。

院長冷冷看他一段時間，然後對譚說：「我收回剛剛的話，朋友。這孩子進展很大。」

「還不夠大。」譚頭也不回地說。

院長舉起細瘦的手指指向凱登。「雖然還說不出所以然來，但世界上有幾個人能察覺到他看見的東西。幾十個？」

「更多。」譚語氣輕蔑。「梅許坎特的大祭司，大部分情緒吸魔師，瑟斯特利姆人——」

院長輕笑。「我是指人類，我的朋友。我知道你又開始磨你那把老劍，但是重點在於，已經有上千年沒人見過瑟斯特利姆人了。」院長的目光彷彿能洞察一切，令凱登深感不安。但他的烏米爾卻只是聳聳肩。「或許有幾個情緒吸魔師散布在安努境內，但數量很少。」寧繼續說。「我懷疑就連他們也未必能看出這孩子注意到的東西。」

譚張口欲言，被院長搶了話。「辛恩僧侶自從來到修道院後就會在嚴密看管下展開訓練，儘管如此，這裡有誰注意到派兒．拉卡圖有問題？你和我。或許一、兩個年長弟兄。」他神色幾乎有點哀傷地看向凱登。「這孩子是當僧侶的料。」

「注意到什麼？」凱登問。「我注意到什麼了？」

「當僧侶不光是靠預感和猜測就好。」譚回道。

「他不是猜，他靠觀察。」

「我觀察了什麼?」凱登又問。

譚輕輕搖頭。「他現在的狀況很危險。有足夠的觀察力能看出事情的疑點，但不懂什麼時候該閉上嘴。」

「我知道你是想要我別問了。」凱登壓下心中沮喪說道。「但我不會停止的。我究竟觀察到什麼了?」

「一瞬間的遲疑。」院長不理會他激動的反應。「多眨幾下眼，嘴角微微緊繃。」他輕揮手。「個別看來，這些細節都無關緊要。」

「全部加在一起，也可能毫無意義。」譚補充。

「但你並不這麼認為。」凱登插嘴，喉嚨裡湧出一股噁心的恐懼。「你認為派兒有話沒說。我們為什麼不直接去問?叫他們交代武器的事情，叫他們說出我父親的事情。」

他在譚轉身面對他時閉嘴。

「如果我沒找到你，你現在可能已經死了，而不是在院長的書房裡像個小鬼一樣抱怨。」

凱登難以置信地看著他。

「謊言。」他的烏米爾繼續。「欺瞞。這對男人和女人來說並非罕見的特質。對於做買賣維生的人而言更不算什麼。派兒・拉卡圖特別的地方在於她說謊的技巧高超，欺瞞的能力出眾。」身材高大的僧侶走到小學徒面前。「衣料的價格和駕馭馬車的技術只是那個女人最微不足道的技能之一。她學過如何壓抑最基本的生理反應。等你扮演完魯莽的王子後，或許該問問自己，受過

34

不管瓦林和塔拉爾之間建立了多脆弱的信任，對他們日常訓練都沒產生任何幫助。觀察期已經過半，快要去飛他們第一個真正的任務了，他們卻還沒贏得任何一場競爭。指揮部會派我們去菜攤站崗就該偷笑了，更別說飛往瓦許東北部找凱登。瓦林天亮前在床上翻來覆去，嚴肅地想。

並非小隊成員能力不足。事實上，各自作戰的話，每個成員都卓然出眾——葛雯娜不用一個小時就能在月光下炸毀整座橋，塔拉爾能潛水游過整條阿金海峽。至於安妮克，當然能在任何距離、天氣、時刻下射中任何目標。

儘管個別成就非凡，他們卻沒辦法不扯小隊後腿。葛雯娜炸橋時，萊斯和瓦林都還在橋上，衣服被燒了大半，人直接炸到水裡去；塔拉爾橫越海峽後卻被安妮克的擊暈箭射中後腦；而安妮克的高強箭術只有讓她越來越看不起小隊，彷彿她是這群小鬼裡唯一的專家。

瓦林翻身平躺。外面依然一片漆黑，晨鐘也還沒響，但在輾轉淺眠幾個小時後，他睜開雙眼凝視著上方的床位。他可以分析隊員的行為、責備他們的錯誤，弄到自己臉色發青為止，但事實的真相在於他沒有肩負起領導的責任。擬定每個任務計畫是他的工作，確保手下瞭解自己的職責是他的工作，在隊員的私人問題開始影響小隊完整性前搶先解決也是他的工作。截至目前為止，他在各方面表現都很糟糕。

他的思緒飄到與荷・林相處的回憶上——打鬧、開玩笑、輕鬆的相處。當她站在他身邊或坐在對面時，他感到平靜又實在的慰藉。這些年來，他一直沒有發現自己有多依賴她，他總是認定她永遠會待在身邊支持他。之前幻想自己領導小隊時，林始終都在旁邊挑剔他的小決定，但絕不會真的質疑他。他一直下意識仰賴她的支持。然而，在真正重要的時刻，他卻令她失望了。

低沉的晨鐘打斷了他黯然的思緒，鐘聲尚未消逝，他的腳就已經踏上地板。如果以過去一週的情況作為判斷依據的話，今天肯定又會是失敗的一天，但無論如何都比躺在床上凝視罪惡的黑暗、擔心自己做得不對搞砸工作要好。危險已經悄然迅速地接近凱登，他哥哥，現任皇帝了。

「快起床，打起精神。」他喊道，穿好靴子，從火爐中取了塊餘火點燃油燈。

葛雯娜在上鋪咒罵一聲，但沒有任何起床的動作，更別說要打起精神。

瓦林穿好上衣，用肩膀頂開房門進入準備室，發現安妮克已經坐在大桌旁。她穿戴整齊，以流暢的動作幫箭上油。這是瓦林第一百次好奇那雙冰冷的眼睛後面究竟在想些什麼。打從試煉前他們在醫務室交談以來，他一直沒機會與她獨處。每次他想找機會跟她說話，不是附近有人出現，就是她莫名其妙消失。她已經讓他相信狙擊測驗時並沒有殺他的意圖，但她依然是個謎團，而任何謎團都很危險。他微微顫抖，想著她能在離他這麼近的漆黑環境中起床、著裝、保養弓箭，完全沒發出任何聲音。*安咪究竟為什麼去找妳？這個問題他已經問過自己上千次了。妳到底在隱瞞什麼？*

塔拉爾翻身下床，換上黑衣。葛雯娜還在床上賴床。萊斯拒絕下床。

「十分鐘內任務簡報。」瓦林宣布，走回寢室，用力踢床，想把飛行兵震醒。

「夏爾甜蜜的哺乳妓女。」萊斯咒罵，翻離燈火照明範圍。「你何不直接打我一頓，放火燒我頭髮，幫小隊省省麻煩？」

「我很樂意放火燒你頭髮。」葛雯娜低吼。她掛在自己床緣，伸手梳理一頭亂髮。她的單薄上衣完全無法掩飾乳房的曲線，瓦林尷尬地偏開目光。凱卓部隊沒有男女之防，他過去八年都和夥伴同吃同睡，一起游泳和拉屎。最好早點習慣，芬恩之前常這麼說。要是色迷迷地盯著身邊士兵的屁股看，你在戰場上就發揮不了作用。瓦林本來很習慣，但他來奎林群島後一直都是和男人分享營房，現在走進寢室看到葛雯娜或安妮克光著屁股或衣服穿到一半，可不只是一點小小的分心而已。他閉上雙眼，伸手擋在額頭前，希望葛雯娜沒有注意到。盯著她的乳房看對他的小隊沒有任何幫助，再說，他覺得這樣是在背叛荷．林。

你這個白痴，他咒罵自己。你跟林又沒怎麼樣，況且葛雯娜寧願挖出你的腸子也不會想要吻你。這是事實，全都是事實，但他還是覺得罪惡。

葛雯娜還在騷擾萊斯。「或許我們的皇家領袖會想要我今晚在你床上裝點炸藥。我敢說我能弄出些叫你起床的東西。」

「妳是邪惡的婊子。」萊斯哼道，翻身仰躺。「拉蘭為什麼不把甘特分配到這個小隊來？」

「因為甘特的能力就和長梅毒的妓女差不多。至少我炸了你，你會知道我就是要炸你。」

「什麼？」飛行兵回嘴。「就像昨天那樣？」

「你當時不該待在橋上，你這個白痴。」

「講那些都沒有幫助。」塔拉爾輕聲說道。他坐在自己床上繫鞋帶。

「幫助什麼？」萊斯問。「肯定對摧毀我的睡眠有幫助。」

「好了。」瓦林在他們繼續爭吵前介入。「今天有很多事要做，時間已經不夠了。」從流程來說，這是任務簡報才該提的東西，但他們從來沒照規矩來過。*那又何必從現在開始？*他想。

「什麼？」安妮克問。她已經放下弓開始檢查箭羽了。她沒有在瓦林轉身時抬頭看他。

「桶降。」他說。

「噢，看在夏爾的份上。」葛雯娜哀號。「還來？」

「好呀、好呀。」萊斯終於坐起身來，隨手掏掏牙縫。「看來我搞不好一整天都不會受傷。」

「那是你。」葛雯娜說。「真的在下面桶降可比你在上面飛困難多了。」

「其他小隊一週前就不用練習桶降了。」安妮克冷冷指出這一點。

「我們還要練習。」瓦林的語氣比想像中重。

「今天訓練是誰負責的？」塔拉爾低聲問。

「不要是芬恩。」萊斯在床上呻吟。「不要又是芬恩。」

「跳蚤會監督今天的訓練。」瓦林努力保持語氣平穩。

所有人謹慎地互看彼此，現場陷入一片死寂。

「好吧。」葛雯娜終於哼了一聲，跳下床，瞪大綠眼看向瓦林。「我卓越的隊長大人，今天是很適合讓一切步入正軌的日子。」

至少天氣晴朗。瓦林閉上眼睛想著，靠向他的安全皮帶。強風拂過他的頭髮和衣服，試圖把他吹下蘇安特拉的爪子，巨鳥強健的翅膀緩慢拍擊所造成的勁風也從上方直撲而下。

就算在島上待了八年，瓦林還是對凱卓鳥的力量與優美感到驚奇。沒有凱卓鳥，就沒有凱卓部隊。這種鳥趕路的速度比任何品種的馬快，比三百槳的槳帆船還要快，能把無法攻破的城牆當成地面上的一條細線翱翔而過，降落在高塔上，幾分鐘內甩開任何追兵。必要的時候，凱卓鳥還能直接作戰，鳥喙和利爪能把血肉和護甲如布料般撕碎。

在瓦許和伊利卓亞境內，所有酒館都有人在傳頌巨鳥的事蹟，還說牠們會吃人肉。當然，大部分人都沒見過凱卓鳥，畢竟全世界只有寥寥幾隻，帝國更將牠們嚴密看管。近看蘇安特拉絕對不會讓人比較不緊張，牠明顯是掠食者，具有體型較小遠親的獵食特徵：彎鉤狀的鳥喙、銳利的鳥爪。黑白相間的羽翼讓牠可以乘著暖氣流而上，或是以能把騎師的眼睛吹到腦後的高速俯衝。毫無疑問，牠是專門狩獵的鳥，翅膀展開有七十呎的掠食者是很恐怖的生物。

乘風翱翔的感覺很棒，但除非可以迅速上下巨鳥，不然對作戰而言用處不大。凱卓兵通常都會降落在有很多敵軍巡邏的地點，多花幾秒鐘在解開皮帶和釦環上就有可能攸關生死。桶降訓練士兵在海面上降落，聽起來很容易，低飛，解開安全帶，拋下裝滿武器和裝備的裝備桶（該動作以此命名），跳下水。然而在實務上，桶降的難度介於恐怖和死亡之間。

首先，凱卓鳥的速度比衝鋒的戰馬快多了，以那種速度落海，海面已經不像是水，比較像磚頭；其次，降落人數共有四人，外加一大堆皮帶和釦環，和這些東西相撞就能撞瘀肋骨或劃破臉頰。另外，還有裝備桶本身。有些狀況不需要額外的裝備，隊員可以只帶背上的武器和衣物跳水。但有很多更複雜的任務需要偽裝和額外的乾燥軍火，如果得在戰場上多待幾天的話，甚至還需要食物。那些東西全都裝在裝備桶裡，總重可能超過五十磅，將宛如巨石滾落陡坡般重擊海面。會有士兵死於桶降過程，而瓦林已經開始認為他的隊員裡有人會是下一個。

最主要的問題是萊斯。飛行兵和小隊其他四名成員不同，飛行中不是待在鳥爪上，而是凱卓鳥背的改裝鞍具上，在鳥頭後方。那裡視野較好，從鳥背控制鳥比在底下操控簡單多了。這樣的結果就是飛行兵駕馭巨鳥的感覺如同在騎馬，而其他隊員可能就是那些貨物。在學員時期，萊斯已經建立起無畏無懼的名聲，把自己和他的鳥都操到超越生理極限的地步。蘇安特拉是他的寵物，他撫養牠，訓練牠，有時候彷彿能心靈相通。在地上看他們飛行，操作幾乎不可能的旋轉、翻滾和急彎，會覺得是很厲害的特技表演。不幸的是，他們兩個都不太在乎乘客。凱卓鳥經過訓練會在飛行時放下雙爪，這點蘇安特拉有做到，但是萊斯似乎一點也不甩剛好待在鳥爪上的人。

飛行兵駕馭巨鳥開始俯衝時，瓦林的胃直接跳上胸口。他轉頭一看，只見葛雯娜眉頭深鎖，使勁抓住綁在鳥爪上的皮套環。*或許今天是一切開始上軌的日子*，他在蘇安特拉加速下衝時心想。亮藍色的海面急速逼近，占滿他的視線範圍。*或許是*，他在強風威脅著要把他衣服剝光時更正，*或許不是*。

所有飛行兵都會試圖在高速中桶降，迅速來去能讓敵軍沒有機會瞄準你。但就和其他的一切一樣，桶降也有標準程序，老鳥會傳承給新小隊一個經過多年改良的固定角度，讓他們能在速度和安全之間取得最佳平衡。萊斯不太在乎正常程序，也不把最佳平衡放在眼裡，他似乎打定主意要把所有隊友撞死在急速逼近的海面上。隨著巨鳥俯衝，瓦林覺得他的腳從鳥爪上滑開。片刻過後，他已經隨風飄盪，全靠安全皮帶和手上的安全吊環撐著。他的叫聲完全淹沒在耳中的勁風呼嘯和蘇安特拉的尖嘯之中。

塔拉爾第一個發現瓦林的困境，伸手想將他拉回來。然而，在這種速度下，狂風亂竄，波光耀眼，這麼做肯定徒勞無功。

「解開皮帶！」瓦林吼道，瘋狂比劃手勢。他的肩膀被拉力扯得幾乎脫臼，但他暫時對此無能為力。如果其他人可以按照計畫進行桶降，瓦林或許可以設法掙脫。「自行降落！」

葛雯娜已經讓裝備桶擺脫蘇安特拉的爪子，她奮力拉開最後的套索，鬆脫的裝備桶直接撞上瓦林肩膀。他在上臂肌肉撕裂時痛得大叫，又在萊斯於海面上方數呎處拉平鳥身時咬到舌頭。

安妮克率先落水，在海面上彈了一下，然後遁入浪花之中。接著是塔拉爾。而因為拋桶累得面紅耳赤的葛雯娜沒抓好距離，和塔拉爾撞成一團。

剩下瓦林了。萊斯飛得太低，瓦林的靴子都能碰到浪峰，每碰一下就讓他的肩膀宛如火炙。巨鳥已經平飛，他本應該可以重新站回鳥爪，但他的左手臂動作不順，海面又一直拉扯著靴子。他用另外一手去解腰帶釦環，那天殺的玩意兒在全身體重的拉扯下緊得不像話，不管怎麼弄都解不開。瓦林咬緊牙關。這次桶降已經是場災難了，塔拉爾和葛雯娜八成摔得鼻青臉腫，只有阿伊知道裝備桶在哪裡；而瓦林自己，小隊的隊長，在每一下心跳後都離他的隊員更遠。他眼睜睜看著海面逐漸遠去，萊斯已經操縱巨鳥緩慢爬升，對於瓦林還被纏在下方的吊環上一無所知。

他們又失敗了。他失敗了。此刻除了先解開手腕上的吊環減輕肩膀的劇痛，再重新固定好安全皮帶，等待萊斯折返去接其他隊員之外，沒有其他更好的辦法了。

然而，他們現在是在實操演習，如果這是真正的任務，他就必須不顧一切和隊員會合。他低頭看向雙腳之間，吞了一大口口水。蘇安特拉爬升的速度沒有俯衝那麼快，但他們也已經距離海面四十呎高，而且還在持續攀升中。瓦林拔出腰帶匕首，又有點猶豫了。裝備工作室的沙爾會為了他割斷裝備的事情大發雷霆，而且在無法控制跳水角度的情況下，他會像顆石頭一樣撞上海面，很可能會撞斷他已經受創的肩膀。

「該死的夏爾。」他喃喃說道，揮刀割斷厚帆布，一頭扎入下方殘酷的海浪中。「如果我死在這裡，至少就不必再來一次。」

♛

「好了，真是慘不忍睹。」跳蚤輕聲說道。

瓦林僵硬地點頭，這個動作引發一陣從頸部竄至手臂的刺痛。他後來又跟隊員重飛六次，儘管肩膀受傷還是拚命上場，每一次結果都比之前更慘。他要求萊斯放緩速度，採取更小的俯衝角度，但是飛行兵似乎聽不懂「慢」或「小心」是什麼意思。八年來，他一直挑戰極限飛得驚心動魄，經歷兩週失敗的訓練也完全沒有改善他這種衝動魯莽的老習慣。最後一趟重飛時，瓦林、葛雯娜、安妮克，和塔拉爾四散在海面上，與彼此間的距離遠到直接游上岸都比等萊斯來接還快。

跳蚤在一座俯瞰海灣的海角上看他們搞了一個上午。當瓦林帶著多處血流不止的傷，終於把渾身濕透的自己拉出海面，爬上懸崖頂時，年長士兵沉默了，以其冷淡的目光打量著他。這下，麻煩大了，瓦林心想。

跳蚤和他自己的小隊沒有任何問題。他的小隊是傳奇——黑羽蜚恩，全世界最強的競賽弓箭手；無畏無懼的飛行兵琪浩·米，隨身攜帶小銀杯，專門盛裝敵人的血來喝；警語家紐特和席格利·沙坎亞，他們隊上醜到極點的爆破兵與美到極點的吸魔師，這兩個人是唯一從尖塔和梅許坎特的殘暴祭司手中逃出來的人；當然，還有跳蚤本人。

八歲的瓦林剛到奎林群島時，曾睜著大眼睛問這個微微駝背的矮壯士兵，為什麼大家都叫他「跳蚤」。男人當時扯開嘴角笑答：「因為我小小的、黑黑的，還很煩人。」他這個回應令瓦林驚訝又不安。之後不到一週，瓦林就聽說了真正的原因。

帝國東境前線，那片並未延伸至厄古爾大草原裡的地區，緊鄰血腥城邦——瓦許東南部十幾座獨立城邦。那些城邦通常都忙著互相征戰和背叛彼此，不會對安努造成多大威脅。但這種情況在凱希米爾·丹密克掌權之後起了變化。

丹密克是個天才軍事將領、權謀高超的政客，同時自稱為神的吸魔師。安努人嘲笑這種說法，但在他一連串難以想像的勝利後，血腥城邦的人民相信了，於是數百年來，帝國首次面臨一支由擁有神一般能力的男人領導的聯合大軍。將領會被一里外發射的弓箭擊斃，土石噴泉擊潰騎兵，整條河改道溺斃在盔甲中掙扎的敵人。短短一季之間，他摧毀了東帝國軍團，帶著五萬大軍進逼大彎。

帝國派出凱卓部隊應戰。

令人震驚的是，凱卓部隊竟然失敗了。

丹密克很快就俘虜了三支小隊，俘虜、閹割、肢解並斬首。那是猛禽史上最慘烈的失敗。丹密克在大彎東方的營區裡大放厥詞，說凱卓在他眼裡就和他大灰獒犬身上的跳蚤差不多。

四天之後，他死了。

在奎林群島上，任務指派乃是機密，沒人會問誰執行了什麼任務，也沒人會吹噓自己做過什麼。然而，不出幾天，一個沒沒無聞的小隊長安金．瑟拉塔，突然獲得了一個新綽號：跳蚤。

那還只是傳奇的開端而已，瓦林在做好挨罵的心理準備時提醒自己。

但是跳蚤一句話也不說。他默默等所有隊員到齊，然後揮手讓他們解散。瓦林遲疑了一下，不確定該如何反應，最後轉身準備隨其他人一起離開，卻被跳蚤叫住。

「不是你。」

好了，瓦林明白。*要來了。*至少指揮官沒有在他的隊員面前痛罵他。

「慘不忍睹到了極點。」跳蚤等其他人離開後又說一次。

「是，長官。」瓦林意志消沉地說。「真是一團糟。」

「出了什麼差錯？」男人聽起來真的很好奇，不像在生氣。

「什麼地方沒出差錯？」瓦林忍不住爆發，他搖搖頭。「首先，我們沒能及時解開天殺的皮帶。而且攻角完全錯了，這讓我們老是撞在一起，裝備桶連續兩次差點撞斷塔拉爾的腦袋。他現在必須去醫務室縫合傷口，而且把他頭皮拉開，你甚至能看見他頭骨的一小塊露出來。」他神色痛苦。「問題在於萊斯的飛行風格。」他不太情願地做出結論。「那是所有問題的根源。」

跳蚤心不在焉地拔著拇指上一道新疤，沒有回應。

「我知道我是隊長。」瓦林說著，揚起雙掌作投降姿勢。「我知道這是我的責任，我也接受這份責任。我已經跟萊斯解釋標準程序十幾次，也有把理由都說給他聽，他就是辦不到……不願意……我不知道，但說到底就是他俯衝時速度太快，角度太陡。其他的問題都源自於此。」

跳蚤皺眉看著海面，彷彿想要識別遠方某個模糊的輪廓。

「你的隊員令你沮喪。」他終於開口。

瓦林壓抑想承認的慾望。「他們是我的隊員，長官。我們會想辦法解決的。」

跳蚤點頭，並沒有收回停留在地平線上的目光。「你領導的小隊不對。」他說。

瓦林瞪大雙眼。他不知道小隊分派的程序為何，但跳蚤顯然知道。「隊員不是我挑選的。」

瓦林謹慎回應。

「我不是那個意思。你在領導你期待中的隊伍、你想要的隊伍。」

「長官？」瓦林搖頭問道。

跳蚤輕哼一聲。「你想要嚴守規則、按部就班的專家，而你的隊員都不是那種人。」

「一點也沒錯。」

「那就不要領導你想要的隊伍，開始領導你手頭上的隊伍。」

瓦林花了一些時間思索這句話。他一整天都在想辦法讓萊斯遵守桶降程序，而他失敗了。如果有什麼值得一提的，那就是飛行兵對一再失敗感到沮喪，最後一次重飛時俯衝得比之前更快更陡。一切的關鍵就在於速度和角度：桶降的順序、裝備桶的位置、跳海的時間。如果他要繼續讓萊斯待在駕駛位上，他們就必須變更一切，重新規劃桶降程序。凱卓在進行任何步驟前會先制定程序是有原因的。

「我有參與小隊分派。」跳蚤打斷瓦林的思緒。

瓦林驚訝地看著跳蚤。「選出這個小隊也有你一份？」他問道，盡量不讓語氣中的怨懟顯露出來。

跳蚤聳肩，他的麻子臉上依然面無表情。「不是我挑的，但我有批准這份名單。」

「為什麼？」

「我覺得你們會成為很好的隊伍。」指揮官回答得十分簡單。

瓦林開口想要諷刺幾句，接著又閉上嘴巴。這人可能是在奚落他，不然就是在指導他。領導你手頭上的隊伍，不是你想要的隊伍。那表示要丟掉整個桶降程序，重新擬定一套做法。

「所以你的意思是，長官——」瓦林試圖弄清楚他的暗示。

跳蚤打斷他說話。「現在沒空。我得走了。」

瓦林環顧四周，神情困惑。「你要去哪裡？」

「桶降。」跳蚤嘟噥一聲，指向自己背後遠處一道朦朧的鳥影。

「像我們那樣桶降？」

「希望比你們好。我打從學員時期開始，就沒見過這麼爛的桶降。」

瓦林試著用他疲憊的心去思考此事。「你們為什麼還在練習桶降？要修改什麼嗎？」

「沒有要修改什麼。」跳蚤回答，漫不經心地拔著拇指上的老繭，似乎沒注意到急速接近的巨鳥。

「但那是入門訓練。」瓦林不解。他聽說過老鳥小隊訓練內容的傳言：玫瑰與刺的局面、不可能的定點降落、高速多名傷兵撤離……「老鳥小隊不會做桶降訓練。」

跳蚤聳肩。「會噢。」

這樣毫無道理可言。跳蚤和他的隊員都是專業士兵，已經和神差不了多少了。這就像是聽到劍術大師還要為了做飯練習切菜一樣不可思議。

「多常？」瓦林問，並後退給巨鳥空間接近。琪浩・米，跳蚤的飛行兵，飛行的速度很快，角度很陡，甚至比萊斯還衝，飛行高度低到足以把她的隊長撞下懸崖。跳蚤甚至沒有轉頭去看身後飛來的巨鳥，只是舉起一手，一邊思考瓦林的問題。

「大概每天吧。」他回答，雙眼出神，像在回想過去幾天、過去幾週、過去幾年。「對。」他做出結論，一副得到解答的模樣。「幾乎每天。」

巨鳥在一陣令瓦林無法站穩的狂風中來到他們頭頂。跳蚤身體微微前傾，抓住彷彿平空出現的皮吊環，輕輕鬆鬆上了鳥爪。瓦林還沒弄清楚怎麼回事，琪浩已經急速轉彎，整個小隊轉眼消失在懸崖邊緣。

35

凱登已經在冥思廳的地窖裡待了兩天，用鏟子和鶴嘴鋤挖掘滿是岩石的土地。譚說他想要地窖更深一點，但沒明說要深到什麼程度。凱登認為他故意不說就表示自己將會面對很多工作。他把大醋桶和啤酒桶移開，堆在遠處的角落裡，然後開始幹活。地上有很多石頭，非常難挖。他常常得花幾個小時找出一塊大圓石的邊緣，再花更多時間利用各式鋤頭和鐵撬把它撬出地面。這個單調乏味的工作讓他的背和手有事可做，心裡卻一直想著過去一週發生的種種。

派兒和賈金·拉卡圖不是商人，這點非常明顯，他們是為了凱登而來的。看來帝國宮廷中的陰謀惡鬥已經將觸手伸到了阿希克蘭，這個想法讓不停勞動的凱登打了個寒顫。這數百年間，黎明皇宮掛滿絲綢的走廊上出現過許多間諜和殺手，但在這個距離他父親的皇宮上千里格的地方，可沒有艾道林護衛軍能守護自己。

凱登想不透的是，間諜會想從他這裡探出什麼消息。儘管他有權繼承王座，但在經歷八年阿希克蘭的生活後，他對政治形勢的認知比最無能的笨蛋還不如。派兒和賈金旅行上千里格，不太可能只是為了看他在文納特峰跑上跑下，或在製陶室裡轉陶碗。

所以他認為對方是殺手的可能性比較大，這令他非常不安。安努出事了，父親出事了，而這不是第一次有敵對勢力試圖利用皇帝之子來對付皇帝。小時候，凱登和瓦林曾遭心懷不滿的布利塔城主阿梅爾・赫夫綁架出宮。他們兩個在那傢伙寒冷的高塔石室中待了幾週，每天晚上都深怕會在黎明時遭受處決。然後凱卓出現了。

當時四歲的凱登對這件事只有零散的記憶：慘叫、鮮血、火焰，以及在一片混亂中，三名黑衣人如暗處的暗流，揮舞煙鋼劍砍殺敵人。離他最近的士兵一把抱起他，凱登現在仍能感受到那隻有力的手臂環住他的腰，在巨鳥起飛時緊緊抱著他，將他們帶向空中，遠離黑暗惡臭的房間。

待回過神來，凱登和瓦林一起發誓長大後他們要加入這些英雄的行列。他們在垂掛繡帷的大廳裡拿著和凱卓劍一樣的短木劍揮舞追逐，差點搞瘋可憐的皇宮僕役。瓦林去實現他們的夢想了，在他哥打包去修道院的同一天上船前往奎林群島。在凱卓部隊受訓八年之後，瓦林絕對不會害怕派兒和賈金。

「但你不是瓦林，對吧？」凱登一邊把鏟子插入土裡，一邊喃喃自語，在油燈幽暗的光暈下瞇起眼睛。「你也不是凱卓。」他惱怒地發現自己竟然如此沒用，但這種情況已無法挽救。他受過繪畫和耐心方面的訓練，繪畫在此刻看不出有什麼用處，至於他的耐心則遠不足以應付眼前的情況。他不知道譚要讓他在地窖裡躲多久，但肯定是要躲到所有危險的跡象通通消失為止。

第三天晚上，正當他終於把一塊和他上半身一樣大的石頭挖出地面時，譚來找他了。

「丟下。」

凱登站直，忍住不伸手去揉背後的痠痛處。要是讓他看到，他搞不好會要我一整年都來搬石頭和打掃地窖。

然而，譚完全沒管石頭和他的背。他目光停留在凱登臉上。「跟我來。」他過了一會兒解釋。

「除了商人，還有別人來找你。」

年長僧侶領著凱登從大廳後門出來，進入兩棟建築中間的狹窄走道。在地窖裡待了這麼多天後，凱登必須瞇著眼睛才能面對午後的日光。等眼睛適應光線後，他發現石階上放著一桶水，旁邊還有一套乾淨的僧袍。譚指向它們。

「梳洗一下。」他像石頭一樣面無表情地說。

「誰來了？」凱登問。

譚再度指向水桶。確定得不到解答後，凱登一頭沉入冰水中，然後開始處理手指間的污垢。他花了好幾分鐘才把最髒的部分擦掉，清理指甲縫裡的積土，撿地上的粗石猛刷身體，刷到都要脫層皮。譚顯然不打算在他洗完之前讓他前往任何地方，所以他加快動作。清理完畢後，他把乾淨的僧袍套到頭上。

「好了。」他說。「我們要去哪裡？」

「暫時哪裡也不去。」譚回答。「我們先從冥思廳的窗口看看你這些訪客。」

「我們為什麼不直接去見他們？」凱登問，好奇心蓋過他對烏米爾的尊重。

僧侶的語氣十分堅決。「從冥思廳，我們看得見他們，他們看不見我們。你或許應該開始想想陶罐和空無境界以外的事情了。」

凱登聽得差點摔倒。譚成為他的烏米爾以來，唯一的訓練目標就是空無境界。凱登所做的一切，從晨禱到午後勞動到晚上躺在石頭上的床板睡覺，一切的一切都是為了這個目標。當然，還有一些附加的挑戰，沙曼恩、伊維特、貝許拉恩、金拉恩，但那些都是梯子上的橫槓而已。他一臉迷惘地凝望烏米爾，但譚沒再說話，領著他進入冥思廳，來到一扇窗後打量中央廣場。

有兩個男人似乎在跟院長爭論什麼，還有一群僧侶隔著一些距離圍著他們。來人衣著華麗到幾乎令凱登忘記呼吸。他和辛恩僧侶一起生活八年，早就習慣光頭和樸素的棕色僧袍。繫皮帶就算鋪張浪費，皮製涼鞋更是奢華無度。然而眼前這兩人彷彿直接從他童年的奢華生活裡走出來。

個子較高的那人穿戴全副鎧甲，明亮的鋼鐵閃得凱登想偏開目光。胸甲和放在腳邊的大盾牌上都繪有代表帝國王座的金太陽。男人腦後方突出一把凱登這輩子見過最大的闊劍劍柄。他把頭盔夾在手上，這是唯一對炎熱氣溫做出的讓步。即使在這種距離下，凱登還是認出那雙深邃的藍眼，和看起來像是用鐵砧鑄造而成的臉。來人長相並不英俊，但十分眼熟。他發現對方是密希賈・烏特，嘴角隨即揚起微笑。

「艾道林護衛軍。」譚輕聲說道。

凱登轉向身旁的僧侶，再度好奇他在來修道院前究竟是什麼人。烏特肩膀上的金色肩章明白表示他是皇帝私人護衛軍的成員，但艾道林護衛軍很少離開首都，譚怎麼會認得？

「指揮官。」譚補上一句。

凱登看回金色肩章，驚訝發現共有四枚。離開黎明皇宮時，擔任第一護盾的是葛倫強・蕭，他看起來和帝國本身一樣老，但在凱登出生前就一直將護衛軍統領得井井有條。凱登和瓦林每次要偷溜出去進行幼稚的冒險時，蕭總是能逮住他們，對他們展開長篇大論的帝國職責論，把他們壓在椅子上打屁股，對他們的釋放要求充耳不聞，忽視他們聲稱自己是王子要他服從命令。兄弟倆還很小的時候，曾有一次蠢到去向父親抱怨他的第一護衛如此對待他們。桑利頓一笑置之，還為了「教育及守護他兒子」多發給葛倫強・蕭一筆津貼。看來那個老人死了。密希賈・烏特身掛代表第一護盾的四枚肩章告訴他這個事實。縱使凱登的童年幾乎都是在和老指揮官對抗中度過，內心還是感到有些空虛。辛恩僧侶會將那股鬱悶歸類為幻象，但他依然認得那是哀傷。

凱登離開首都時，密希賈・烏特還是葛倫強・蕭之下四大指揮官之一。身為黑護衛的隊長，他會在午夜鐘和晨鐘之間的時段負責皇室家族的安全。凱登對他印象很深，拘謹嚴肅的男人，缺乏許多艾道林護衛軍擁有的魅力。他每晚都會全副武裝巡邏，即使在黎明皇宮內也一樣，總是皺著眉頭，在燭光下幾乎看不清楚他的臉。瓦林和凱登一直覺得他很可怕，雖然他負責保護他們。

不過，在阿希克蘭度過八年後，凱登已經不是小孩了。密希賈・烏特是他這八年中第一個見到來自過去的熟人，就算譚告誡他要等待觀察，凱登還是迫不及待想要出去問對方一大堆問題。他父親的第一護盾大概就是最適合弄清楚黎明皇宮現況的人選。不論派兒・拉卡圖隱瞞了什麼祕密，既然烏特來了，祕密就藏不了多久。凱登轉向冥思廳大門想出去，但譚拉住他，將他的注意力轉回外面的情況。

艾道林指揮官伸手指向院長，手指幾乎戳中他胸口。風聲暫歇後，凱登聽見了他的聲音，語氣堅決，聽起來比較習慣下達命令，而非協商。「……無關緊要。他會來此是因為王座需要他來此，現在王座……」又一陣風蓋過了那句話的結尾。

凱登皺眉。他所認識的烏特並不平易近人，固執起來比生鐵還要頑固，但他從不粗魯，從不仗勢欺人。讓他來此的原因肯定令他神經緊繃，才會表現得這般冷酷。

第二個人似乎很樂意讓他的同伴出面發言。凱登看不見他的臉，只看到紅絲帶綁著的長長黑髮垂在背後。即使路途艱辛，山區氣候難測，他還是穿著合身的紅絲外套，中央鈕釦的樣式顯示他是帝國最高階的大臣。他的脖子旁圍著一圈低領圈，金色袖口反射陽光，讓凱登眨了眨眼。只有密斯倫顧問，最高階的非軍事大臣，袖口和領口會都是金色的。這個男人是全帝國少數地位高過他身旁艾道林指揮官的六名大臣之一。

顧問突然轉頭。凱登吃了一驚，發現他用來綁頭髮的帶子，其實是完全遮住雙眼的厚遮眼布，但他精準地對準凱登身處的窗口，然後伸手拍拍士兵的手臂，彷彿在安撫他。與烏特不同，凱登沒見過這位密斯倫顧問，他肯定天賦異稟才能在凱登離開安努的短短八年間通過複雜的帝國官僚體系爬到現在的位置。風又停了，這次凱登聽見顧問的聲音，宛如他身上的絲袍般柔順。

「耐心，我的朋友。他會來的。」他轉向院長問。「告訴我，修道院建立多久了？」

「將近三千年。」寧回道。他沒有因為接待兩個全世界最有權勢的人而顯得侷促不安，以沉著的耐心回覆，就像在書房裡和見習僧講話一樣。

「儘管如此，」男人若有所思。「帝國圖書館裡有些地圖，我相信是從瑟斯特利姆人手中取得的地圖，顯示這裡早在那之前就建有一座堡壘。當然，這種地圖未必可靠，通常都是謠言和神話的產物。」

「當初挑選這個地點有很多原因。」院長回應。「其中之一就是現有的地基，有人早在我們之前就在此地蓋過建築。我不敢說是不是瑟斯特利姆人。那座建築並不大，你或許感覺得出來，我們這裡沒多少空間，但是從地基來看，之前的牆壁很厚，很堅固。」

「內瓦利姆人？」顧問歪頭推測道。

院長搖頭。「根據我所讀過的故事，內瓦利姆人從未建立過堡壘。他們完全不建設——這就是瑟斯特利姆人能摧毀他們的原因之一。」

穿絲袍的男人輕蔑揮手。「啊是呀，故事、故事、故事。誰知道該相信什麼？首都有很多人宣稱內瓦利姆人根本不曾存在。」

「我承認，我們對這種事情的瞭解也不多。」寧回答。

隨著一陣風帶走兩人的交談聲，譚轉頭看向凱登。「你認識他們嗎？」

「那個艾道林名叫密希賈・烏特。」凱登回答。「他之前是黑護衛隊長，現在顯然已經晉升為第一護盾。」他目光移向另一人，在記憶中翻閱。「但是穿絲袍的人……不，我不認識。」

在觀察廣場情況的這一小段時間裡，凱登的興奮之情早已蕩然無存，就像洗澡水放太久不去洗一樣。密希賈・烏特和從前不同，有些地方改變了；而另外一人還是個徹頭徹尾的陌生人。更重要的是，他越看這兩個人，心裡就越感到焦慮。他父親絕不會為了社交拜訪就把他的私人護衛和最高階大臣派來瓦許另外一端。事情不太對勁，非常不對勁。

「好吧。」譚終於說。「我們去看看，艾道林第一護盾和帝國密斯倫顧問來找一個連圖都畫不好的男孩幹什麼。」

36

在接下來的三天中，瓦林小隊把所有空閒時間都花在裝備工作室裡，試著重新設計蘇安特拉鳥爪上的皮帶和釦環。過程並不順利。他們已經接受了如果要以萊斯的速度進行桶降，就必須用更快、更有效率的方法解開釦環。然而每個人對於新裝備該如何設計都有自己的看法。

葛雯娜認為只要手抓吊環就夠了，不需要備用安全帶。

「如果你抓不穩那個天殺的玩意兒，」她指著瓦林說。「或許我們該直接把你丟進海裡。」

塔拉爾搖頭。「短程飛行沒有問題，但是你難道會想抓著吊環一整天嗎？萬一我們必須帶傷兵撤退呢？」

安妮克的反應更直接。「不，我要兩隻手才能射箭。」

桌上攤了一大堆釦環、皮帶、鉤子、把手、挽具、繩索，甚至還有一個老舊皮馬鞍，雖然沒人知道那些玩意兒該用在哪裡。裝備工作室裡的工具夠他們搞出十幾套裝備，但仍沒人能想出該怎麼把它們組裝成有用的東西。葛雯娜一直忙著打繩結，再將鉤眼綁在皮帶上；塔拉爾則一次拿起一個零件，認真地依次研究它們。不過依然沒有絲毫進展。

起初，萊斯只是靠在椅子上，忍著笑聽他們討論。他拿著一顆從餐廳帶出來的火果，似乎更關心要怎麼把籽吐進垃圾桶，沒把隊友亂七八糟的工程計畫放在心上。

「過去幾年中都是你在駕馭這隻天殺的鳥。」瓦林說。「有什麼要補充的嗎？」

「提到我的鳥時放尊重一點。」萊斯說，又朝垃圾桶吐出一粒籽。沒進。「女人來來去去，但蘇安特拉過去幾年都對我忠貞不二。」

「真是浪漫。你有什麼有用的點子嗎？」

飛行兵聳肩。「我都待在牠背上。我當然希望你們能想出好的解決辦法，但我認為鳥爪上的問題不是我的問題。」

「那他媽的是我們的問題。」葛雯娜怒道。「因為你從沒學會正確的飛行方式。」

「正確的飛行方式？」萊斯故作沉思。「我認為這種事情沒有必然的對錯，而是各有偏好的選擇，每種——」

「噢，看在浩爾的份上，」瓦林插嘴。「暫時別跟我扯那些馬糞。」他凝視著他朋友。萊斯很聰明，但只要他認為整件事和他的角色無關，就不會投入他的聰明才智。當然，如果發生了什麼逼得他不得不關心的狀況……

「不如，讓兩個士兵坐鳥背？」瓦林一臉天真地建議。「就像萊斯說的，鳥背比較好坐。」

塔拉爾想要反對，但在察覺瓦林的意圖後閉嘴。

「兩個？」萊斯氣急敗壞，讓椅子四腳通通著地。「第二個要坐哪裡？」

「坐你後面，我想。可以抱住你的腰。」

「任何白痴在我們進行飛行動作的時候抱我的腰，都會把我拉下鳥！」

「那幸好，」塔拉爾順水推舟。「我們不是白痴。」

安妮克翻白眼。

「我要說的是，」瓦林趁勝追擊。「我們必須提出所有可能。如果我們想不出讓四個人都待在下面的辦法，或許該在上面多放一個人。」

之後萊斯就把剩下的火果丟進垃圾桶，開始全心投入討論。

問題的關鍵是在速度和安全之間取得平衡點。要執行迅速桶降很容易，只要不搞太多東西阻礙你進行必要的動作；換句話說，傳統的釦環和繩結非常安全，你甚至可以掛在鳥爪上睡覺，但會影響桶降的效率。

「我們該做的是不要搞那麼多釦環。」萊斯在他們反覆討論將近一小時後忍不住大叫。「那玩意兒為什麼不能直接炸開？」

葛雯娜噘起嘴唇，然後緩緩點頭。

「不。」瓦林在她開口前阻止她。「我們不能在自己身上或釦環上裝炸藥。」

「用量很少。」葛雯娜的綠眼閃閃發光。「如果小心一點，就可以達到效果。我們只要加條慢燒火芯——」

「不用炸藥！」瓦林一拳捶在桌上。「我們或許是全島最爛的小隊，但至少手指都還在。」

「暫時還在。」萊斯補充。

「很抱歉，我最卓然出眾的隊長。」葛雯娜回嘴。「我以後會努力不亂講話的。或許王子殿下想要把我嘴巴塞起來？」

瓦林超想塞住她的嘴，但他正努力讓隊員攜手合作，而不是用威嚇的手段逼他們服從命令。

「我有根東西可以放到妳嘴巴裡。」萊斯以一副純真又邪惡的模樣提議。「或許能同時解決我們兩個的問題。」

葛雯娜面露友善笑容，講話卻帶刺。「好呀。」她說。「我最愛吃嫩肉了，咬起來輕鬆。」

安妮克輕哼一聲，不知道是覺得有趣還是噁心。

「我們可以嘗試放慢速度。」塔拉爾輕聲建議。「其他小隊都是這麼做的。」

萊斯兩眼一翻。「你講話好像我祖母。願她安息。我們有馬，但她依舊堅持用走的，她說如果貝迪莎想要我們狂奔的話，當初就會賜給我們四條腿和獸蹄。總而言之，如果我放慢速度，任何拿弓的人都可以把你們射下來。我們直接在蘇安特拉的腳上綁死肉比較快。」

「如果其他小隊都這麼做，」安妮克指出。「那就是正常程序。」

「妳不是都自己打造箭頭了嗎？」萊斯問。「妳什麼時候在乎過正常程序了？」

「等等。」瓦林打斷萊斯，專心思考他剛剛說的話。「先別說話。」

所有人盯著他看了好一會兒。

「你有話要說？」萊斯終於問。「還是要拉屎？」

「鉤子。」瓦林回答，專注在這個想法上。「肉鉤。」

小時候，他曾病態地迷上皇宮地窖深處的肉品儲藏室，喜歡看一排排屠宰後的豬、牛、羊掛在駭人的鋼鉤上。他和凱登常常會溜進那裡，互相挑釁地吹熄油燈，在黑暗中亂晃，伸手推開那些屍體。他就是在那裡學會心臟、腦和肝臟，第一次瞭解只要把身體割開，放光裡面的血，動物就會死。那似乎不是學習戰鬥知識的好地方，但他們當時也沒有太多選擇。

「我們用鉤子，不用釦環。」

安妮克瞇眼，側頭思索，然後點頭。「好主意。」狙擊手是他背上的芒刺，但她反應很快。其他隊員就沒那麼快了。「鉤哪裡？」葛雯娜問。

「高處。」瓦林回答，為其想法加溫。「蘇安特拉爪子的高處，比我們的頭高一點的地方。我們將腰帶的其中一圈繩索掛在鉤子上，利用體重固定位置。」

萊斯搖頭。「那和釦環的問題一樣，只要你的身體壓在上面，就沒辦法脫離鉤子。」

瓦林微笑。「如果你想要遵守標準桶降程序的話，那確實是問題……」

「啊。」塔拉爾豁然開朗。「隨著我們下降的角度越陡，套環會朝鉤子的開口處滑去。」

瓦林點頭。「俯衝到近乎垂直時，套環就會直接滑脫。這樣我們落鳥就完全不用動手。」

「聰明。」葛雯娜皺眉說道。「但那就表示我們會同時落鳥。」

「只要稍微改變鉤子的角度就行了。」萊斯回應。「第一個落鳥的人角度最小，最後一個最大，再配合蘇安特拉俯衝的幅度，你們就會一個接著一個落鳥。」

塔拉爾點頭。「非常合理。」他讚歎道。「為什麼其他老鳥小隊不這麼做？」

「因為他們的飛行兵服從命令。」瓦林看向萊斯。「鉤子在更淺的攻角不會生效。那是理論上桶降時該採用的攻角。」

「這表示我們可以不用遵從命令了嗎？」

第一次，瓦林發現自己以笑容回應。這是一小步，真的，可能比一小步還要小。他們甚至還沒有實作這套系統，也還沒有測試，但儘管如此，這是他第一次開始瞭解跳蚤的話：指揮你手頭上的小隊，而非你想要的小隊。這是他們第一次證實可以透過合作解決大家的問題。誰知道？他帶著淺淺的微笑心想，說不定我們最後可以合作無間。

突然，工作室的門被人猛力推開。

妲文．夏利爾步入屋內，身後跟著阿達曼．芬恩和他的四個隊員，全部全副武裝。

「別告訴我，你們要我們潛水繞游夸希島一圈。」萊斯呻吟。

瓦林暗自發笑，但笑聲消失在喉嚨裡。門口的士兵沒笑，就連一絲微笑也沒有。事實上，瓦林突然腸胃打結，他意識到對方在門口擺開標準的攻擊隊形，彷彿準備掃蕩敵人基地。他上前一步接近夏利爾，試圖提出正確的問題，芬恩立刻拔劍出鞘，直指瓦林喉嚨，逼他停下腳步。

「不要動。」男人語氣嚴厲。「仔細聽。」

夏利爾掃視現場，最後轉向瓦林。她看起來就像正在做家事的家庭主婦一樣平靜，但是開口時的語氣十分冷酷。

「瓦林．修馬金尼恩。」她說，以目光震懾住他。「從現在起，你的小隊禁止執行任何訓練和戰鬥任務。你們可以在夸希島上自由活動，但禁止離開本島，禁止攜帶武器，禁止接近其他小隊、指揮官或學員，直到我們調查結束。」

瓦林從未聽說過這種話，這聽起來像是法律程序。

「什麼調查？」他問，縱然被芬恩的劍指著，他依然憤怒發言。「妳到底在說什麼？」

「你和你的隊員都很清楚。」夏利爾繼續說。「凱卓規章禁止對平民進行未經授權的攻擊行動，不管對方是不是帝國的公民。我剛剛得知你隊上某個隊員可能參與過這種攻擊行動。」

「什麼?」瓦林努力站穩腳步,想搞清楚狀況。「是誰?妳又是怎麼『得知』的?」

「山米・姚爾。」夏利爾回應。「根據他的說法,數週前,虎克島上有一名年輕女子,名叫安咪的妓女,沒有姓氏。姚爾呈交了非常有力的證據,顯示你們的狙擊手——」她朝安妮克點頭。

「——涉案。」

「山米・姚爾?那坨醃豬糞?」葛雯娜站起來大聲嚷道。「你們怎麼會相信他嘴裡吐出來的鬼話?」

「管管你的手下,隊長。」夏利爾說,目光一直沒有離開瓦林的臉。「免得他們受傷。」

「妳可以對著我說,妳知道。」葛雯娜上前一步。「我人在這裡。」

「葛雯娜。」瓦林喝道,那種命令的語氣連他自己都有點訝異。「現在別惹事。」

一時之間,他以為她會和自己作對,但塔拉爾及時伸手搭上她的肩膀,葛雯娜氣得發抖,接著咒罵一聲,坐回椅子上。

瓦林的胃彷彿開了個洞。他很想大叫說這是不可能的,姚爾是在耍他,耍夏利爾,耍天殺的所有人。他很想大叫說安妮克是無辜的,但他辦不到。據他所知,姚爾可能說了實話。

「他在哪裡?」瓦林問。「我想和他談談。」

夏利爾搖頭。「我今天早上派姚爾的小隊去出任務了——他們的第一個任務。再說,在調查結束前,規章嚴禁這種接觸。」

「為什麼禁飛我們所有人?」萊斯問。至少他還待在椅子上,不過他激動地向前傾身,手握腰帶匕首。「如果你們要查的是安妮克,為什麼不直接把她關起來,別牽扯我們?」

「我姑且將你這種不恰當的發言當作是震驚下的反應，士兵。」夏利爾冷冷地說。「根據猛禽的經驗……在隊員接受調查時禁飛整個小隊是比較謹慎的做法。我們不希望應付任何不周詳的『救援行動』或『最後一戰』。小隊忠誠是很強大的羈絆。」她上下打量他們。「儘管就你們而言，這應該不是問題。」

「劍和弓，我們全部要帶走。」芬恩說。

「在調查結束前攜帶腰帶匕首以外的任何武器，就會被當作叛國處置。」夏利爾補充。「調查結束前，你們五個應該當自己是普通公民。」

37

凱登和譚走過去時，密希賈·烏特目光陰沉地看著凱登，那雙眼睛比他印象中的黑暗冰冷。男人沒有微笑，甚至沒有點頭，只是轉向院長說道：「這孩子毫髮無傷算你走運。」不管他們剛剛在爭論什麼，凱登都很佩服寧絲毫沒有讓步。他知道老僧侶並不軟弱，但烏特的目光讓冰如遭熱火刀切，亦使鋼鐵看起來脆弱。

院長張嘴欲言，但烏特已經轉身面對凱登，單膝跪地，護手抵著額頭，他的同伴擺出一樣的姿勢，兩人同時開口，聲音融合在一起，彷彿練習過很多次。

「光之後裔、世界之長心、天秤持有者、守門人萬歲。」這些頭銜，來自童年宮廷走廊的頭銜，在凱登腦中迴響。古老的頭銜，和帝國一樣古老，宛如黎明皇宮的石塊般堅硬不變。他在父親登上王座時、離開皇宮踏上諸神道時，以及出席國宴時聽過上千遍。小時候他對此習以為常，但此時此刻，這些頭銜似冰冷的鐵釘般刺入他的脊椎。他知道接下來會聽到什麼消息，知道此事會如何收尾，他想哀求兩人住口，不想看著他們繼續冷酷無情地說下去。「驅退黑暗之人萬歲。皇帝萬歲。」

凱登如墜深淵。他的心不停翻滾，試圖抓住某樣真實熟悉的東西。在這個由院長、安努人、他自己，和譚組成的小圈圈外，僧侶忙著他們的日常工作，在兜帽下低頭，雙手縮在袍袖裡，步伐從容不迫，彷彿世界沒有任何變化。他們錯了，一切都變了。對除他父親以外的任何人稱呼這些頭銜乃是嚴重叛國罪，將會遭受古老恐怖的瞎眼活埋酷刑。大臣和艾道林會如此稱呼他，只代表一件事——他父親死了。

往事一幕幕躍上心頭。他父親耐心地反覆拉弓，讓他和瓦林用他們的小弓模仿流暢的動作。父親看著綁架兒子的男人伏法時的冷酷神情。父親穿上華麗的金護脛靴上陣面對同盟聯邦大軍。安南夏爾似乎不太可能在五十歲前帶走如此精力旺盛、氣勢恢弘的人，不可能。但是烏特和顧問已經來到這裡，還對他說出了無可挽回的話。

他不確定自己在那裡站了多久，最後是院長把他從恍惚中喚了回來。

「凱登。」他低聲提醒，指向那兩個男人。他們繼續跪著，雙掌抵頭。凱登先是好奇他們為什麼跪在那裡，隨即在驚訝中醒悟他們就和成千上萬跪在父親面前的人一樣靜靜等候。他們在等候他們的皇帝。他很想哀鳴。

「請起。」他輕聲說道。「請起來。」

他們站起來，一身鎧甲的烏特動作不比顧問慢。正當凱登收斂震驚的情緒，將思緒轉為合理的提問時，客房的門被猛地推開，派兒．拉卡圖漫步至庭院，她的丈夫緊跟在後。

商人上衣最上方三個繩孔沒有繫緊，看起來像整個下午都在午睡，她漫不經心地搔搔耳朵，等丈夫跟上。然而，當看到中庭人群時，她停下腳步評估情況，接著她帶著燦爛的笑容毫不猶豫地走向前。她一副來參加鄉村集市的模樣打量著烏特和顧問，似乎把他們當成肥胖的農家婦女，或醉醺醺的鐵匠、魚販和雜貨店員，總之就是能敲一筆的對象。賈金一直跟在她身後，不自覺地拍了拍背心側面，想撫平縐摺。派兒向艾道林指揮官微微點頭示意。

「願尊貴榮耀的桑利頓萬壽無疆。」

艾道林面無表情地瞪她，回她話的卻是顧問。

「一生宛如白晝般明亮的桑利頓已經去世了。妳此刻應該下跪，因為妳面前這位乃是凱登・伊桑利頓・修馬金尼恩，皇室家族第二十四任皇帝。」

「這個小鬼？」派兒神色懷疑地笑著，上下打量凱登。這是女人第一次看見他，儘管故作風趣詼諧，她的眼神中依然透露著一絲謹慎和慎重。

凱登尚未反應過來，烏特的闊劍已經出鞘，猛力揮砍而出。派兒完全沒動，甚至沒有畏縮，而密希賈・烏特的寒劍已經架在她脖子上，劃出一道細細劍痕。商人雙眼圓睜，顯然出於驚嚇。她遲疑地伸手想擋劍，隨即打消了這個念頭。

烏特的目光停留在派兒身上，對凱登說道：「光輝陛下，我是該砍下她的腦袋，還是割下她的舌頭？」

凱登凝視他們兩人。他印象中的那個密希賈・烏特究竟怎麼了？那個黑護衛隊長，在數不清的夜裡看顧他和弟弟，小心翼翼地確保他們在床上安然無恙的男人去哪了？是皇帝之死造成他這種改變嗎？艾道林護衛軍誓死捍衛凱登的父親，如果烏特自認要為桑利頓之死負責……那會改變一個人，即使是凱登印象中那麼堅強的男人。

這個想法在他心中翻騰，混合著對父親的悼念和困惑——一切都令他感到困惑。過了好一陣子他才想到烏特的劍依然架在商人的脖子上。派兒雙眼空洞，身體一動也不敢動。她看起來像要伸手去碰闊劍，但又不敢動彈分毫。十分鐘前，凱登還是個在挖地窖的侍僧，現在一名女子的性命懸在他下一句話裡。他戰戰兢兢地搖頭。

「不。」他說。「不。放了她。」

艾道林指揮官還劍入鞘，發出金屬摩擦的聲響。烏特沒有露出鬆懈或失望的表情，凱登不安地發現這個男人完全把自己當成皇帝意志的延伸，他的意志。只要他一句話，派兒就會人頭落地。商人似乎也得到相同的結論，伸手輕揉脖子上的血線，誠惶誠恐地跪下。賈金在她身後幾步的地方照做。

「你還不熟悉皇帝的特權和尊嚴。」顧問透過遮眼布對凱登微笑說道。「我就是為此而與代表團同行。我叫塔利克·阿迪夫，過去五年擔任你父親的密斯倫顧問，如果你願意，我也會繼續為你服務。」

凱登內心依然天旋地轉。他試著專注在此人的言語和臉孔上，但全世界都在晃動，像是透過蕩漾的水波看出去。

「這個人，」阿迪夫指著艾道林指揮官說。「我相信你之前就認識了。兩年前，葛倫強·蕭不幸但也不算意外地去世之後，密希賈·烏特從黑護衛隊長晉升為第一護盾。」烏特再度像長矛般挺然而立，雙眼直視前方，完全看不出剛剛有出過手的模樣。而阿迪夫的語氣就跟在評論甜菜價格沒什兩樣。「他指揮你的私人護衛。」顧問繼續說。「此行是為了護送你安全回到安努。」

凱登呆呆看著他，阿迪夫又接著說：「當然，我們並非單獨前來。你大部分的隨扈都在山下的大草原等候。山道狹窄……不適合帶一百個人和兩百匹馬上山。幾名僕役片刻過後會帶著禮物抵達。我們兩個搶先趕來。」

「如果可以的話，光輝陛下，我建議我們今晚在此用餐留宿。你可以交代此地未盡之事，我們明天一早出發。大彎有船隻在等待，補給充足，隨時可以出發前往安努。越早出發，就能越早上船。這只是建議，光輝陛下，但此事刻不容緩。皇帝不在首都，帝國就會陷入混亂。我很不想這麼說，不過有人會想要對付你。」

「好。」凱登簡短答道，深怕自己說太多會失聲痛哭。沉默片刻之後，他想起派兒還跪在石板地上。「請起。」他尷尬地說。「請起來。」女人用沒有受傷的腳撐起身子，目光始終低垂。抵達修道院以來那種神氣活現的態度現在蕩然無存。

「可以的話，我有話想說，光輝陛下。」她猶豫地說道，手指一直去摸脖子上的傷痕，動作彷彿受到鮮血吸引。

凱登等她說話，在發現女人沒有繼續說下去後，他說：「請說。」

「希歐・寧告訴我們修道院附近有危險——有東西在獵殺你們的羊，甚至是你們的弟兄。如果可以跟你們一起南行的話，我們將會感激不盡。」

凱登回想女人在食堂中躊躇的模樣，現在以全新的角度來看待她。派兒宣稱自己是商人，而商人會像交易商品一樣交換傳聞。干城有叛軍起義或是自由港爆發白喉病，都和銀價波動一樣會影響他們挑選商品和行程的決定。她肯定聽說了皇帝過世的消息，但決定隱瞞不說。凱登突然被這場庭院中的小型朝見弄得不知所措。烈日當頭，背上的汗水如小溪般不停流下。

「我會……考慮。」他語氣不穩地說，腦中依然一片混亂。「現在，我想要悼念我父親。」他轉向院長。「我可以跟你去書房談談嗎？」

「當然。」老僧侶回答。

「這是舉國哀傷的時刻，對你來說更是如此。」阿迪夫恰如其分地發言。「如果我們能提供任何幫助或慰藉，請不要客氣立刻傳召我們。僕役很快就會抵達此地為你搭建主帳，並且準備晚餐。或許，趁你交代事情時，可以請好心的修道院長派幾名弟兄帶我們認識環境。」

「這個自然。」希歐．寧說。「我會請查爾默．歐雷基去房間找你們。他是最熟悉阿希克蘭歷史的人。」

「感謝你。」阿迪夫點頭回應。「那就今晚見了，光輝陛下。」他再度低頭下跪，烏特也在一旁同步跪下。

「起身。」凱登說，突然覺得這輩子都要對各種身分的男女重複這個簡單的命令有多累人。

直到他們回房，庭院中再度陷入寧靜後，凱登才發現他不知道父親是怎麼死的。奇怪的是，他根本沒想到要問。

38

我還沒準備好。

這個想法像空洞的旋律在凱登腦中揮之不去。我沒準備好。他坐在三天前的那張椅子上，院長也和那晚一樣安安靜靜坐在他對面。壁爐裡生了一小堆火，驅趕高山的寒氣，也讓書房裡充滿煙和杜松的氣味。凱登聽見窗外傳來法朗・普魯姆和亨特・連趕羊去擠奶時的羊叫聲。沒有什麼不同的地方，但是一切都已經改變了。凱登十分慶幸老僧侶沒有在他面前下跪，或是稱他為光輝陛下，但寧穩健的藍眼中卻透露出新的疏離感，彷彿老院長已經放棄他了。

「看來我終究還是不能當個好僧侶。」凱登終於開口，無力地笑了笑。

「人生很長。」院長回道。「有很多條路可走。」

凱登搖頭回想適才荒謬的景象。「我沒準備好。」

好了，他說出口了。起了這個頭，其他的話就泉湧而出，彷彿大酒桶底的塞子被拔掉一樣。

「我什麼都沒學到，我什麼都不知道。你們是在訓練我當僧侶，不是當皇帝。」

老人的反應就是挑起一邊眉毛，僅此而已。一週前，這樣大聲喧譁會讓凱登被罰去跑渡鴉環五圈或在禽爪岩上待一晚。他現在很希望院長像往常一樣高聲斥責他，叫他停止幼稚的行為，管好自己的情緒，然後罰他去黑池打水。但是你不會叫皇帝去打水，凱登心想。確實，寧的反應是很冷靜謹慎的。

「我之前解釋過了，你不是來當僧侶的。」

凱登張嘴欲言，接著發現自己無言以對，於是又閉嘴。

「我對你的損失深感遺憾。」片刻過後，僧侶開口道。「首先，因為每個兒子都應該有機會認識他父親，不是小孩對守護者的那種認識，而是男人對男人的那種認識。再者，更重要的是，我為帝國擔憂。正如你所知，桑利頓在完成你的教育前去世。他本應教導你複雜的政治，那是我們這裡完全不會接觸的東西。自從阿特曼尼逝世以來，安努一直都是最強大的帝國。千千萬萬人的命運都取決於你的知識。」

「還有死門。」凱登補充。他望向窗外，在鋸齒狀的高山中尋找逃避的方式。「我還是沒有學會空無境界。我不能使用死門。」

院長嚴肅地點頭。「你很接近了，非常接近成功，但是接近沒有意義。如果你在沒有達到空無境界的情況下試圖通過坎它——」他搖頭，伸出布滿斑點的手掌比劃。

「空無之神。」凱登總結道。

「空無之神。」

凱登在提出下一個問題前遲疑了一下。「這裡有坎它嗎？我可以看看嗎？」

院長搖頭。「從前伊辛恩會在死門外圍建造堡壘，藉以看守它們，但阿希克蘭……我們不知道地基是誰鋪設的，這裡沒有坎它。如果有的話，你父親隨時都能來看你。很多坎它都消失了，而據我所知，方圓百里格內沒有任何瑟斯特利姆死門。」

「所以……怎麼辦？」凱登問。「我必須從大彎乘船好幾個月回到安努。而阿迪夫說我沒有那麼多時間。」

「這種情況很不尋常。」寧說。「你父親和他父親都在這裡完成了訓練。或許我們可以說服倫普利．譚跟著你回去。」

凱登抑制住絕望的笑容，但希歐．寧察覺了他的表情。

「你覺得這樣不好？」他問。

「我只是在想像全身被埋在土裡的模樣。」凱登回答。「我的臣民大概不會太尊敬經常被罰掃廁所的皇帝。」

「確實不容易。」院長輕點他的禿頭表示同意。「但我不覺得有其他辦法。」

「阿基爾怎麼樣？」凱登問，首度想起他朋友。

寧揚起一邊眉毛。「什麼他怎麼樣？」

「他可以……」凱登越說越小聲。倫普利．譚跟隨代表團回安努是一回事，期待阿基爾就這麼離開修道院又是另外一回事。僧侶可以隨時離開修道院，但阿基爾還是侍僧。除非完成訓練，不然他不能離開骸骨山脈。「沒事。」

「不要緊握你現有的一切。」院長建議，語氣比往常和藹一點。「你必須要準備好放開家園、朋友、家人，甚至你自己。唯有如此，你才能獲得自由。」

「空無境界。」凱登疲憊地說。

院長點頭。

「告訴我。」凱登在一段沉默過後問道。「你真的相信瑟斯特利姆人尚存於世，隱身在某個地方策劃陰謀？」

「我相信我能看見的東西。」院長說。「而我所看見的就是世界是由人類統治，有好人也有壞人，絕望的人，以及有原則的人。我或許弄錯了，阿伊知道我不是第一次弄錯，但我沒見過瑟斯特利姆人。」

「但譚——」

凱登話沒說完，房門已經被人推開。說人人到，倫普利．譚步入書房，一手拿著羊皮紙，另一手拿著那把奇怪的納克賽爾。他額頭冒汗，下顎緊繃。

院長轉頭。「凱登和我在私下交談，弟兄。」他語氣嚴厲。

「等等再說。」譚簡短回應。「阿塔夫看見殺羊凶手，就在低矮牧地那裡。他畫下來了。」

僧侶把一張羊皮紙攤在桌上。凱登努力研究紙上畫的是什麼——黑線貫穿白紙，描繪出許多附肢和爪子。鐵匠畫了一種看起來像蜘蛛的生物，八隻腳、硬殼、一節一節的軀幹。只不過殺死山羊的東西體型太大，不可能是蜘蛛。

「這東西有多大？」院長說。

「跟大型狗差不多。」

體型還是最不駭人的部分。那怪物看起來像是從最深沉的夢魘裡爬出來的，腳銳利如刀鋒或剪刀，是某個殘暴的神專門設計來砍削和碾碎的凶殘部位。更可怕的是它有數十顆眼睛，宛如鮮血般的玻璃珠，突起於身體各處，就連腳上都有，彷彿透過什麼邪惡的力量鑲進去似的。凱登待在阿希克蘭期間曾研究過上千種生物，有像白化流蟹和火焰蛾這樣奇特的生物，還有就算連作一整年夢都夢不出來的植物。不過那些都只是奇特而已，算不上非自然。如果阿塔夫的畫和真實情況扯得上邊，這種生物就有很不對勁的地方。有什麼東西被扭曲了。

「我從未見過這種東西。」院長在一段漫長的靜默後說道，十指交抵，看向另一名僧侶。

「那是因為它早該在數千年前就已經絕種。」譚回應。

「看來你知道那是什麼？」寧問。

「如果沒猜錯——」僧侶冷酷地說道。「但希望我猜錯了。那是邪惡的產物。邪惡與不可能的產物。」

凱登皺眉。「邪惡產物」這種字眼不會出現在辛恩的字典裡。因為它隱含了仇視，情緒。

譚眉頭深鎖看著畫，彷彿正努力接受看到的東西，然後繼續道：「阿塔夫畫的東西看起來像是阿克漢拿斯。」他指著鋸齒狀的腳和爪子。「瑟斯特利姆人的怪物。」

凱登深吸口氣。

「所以他們真的還在。」他發現沒人回應後，又說：「但是我們贏了。雷密克・艾昂哈特在埃附近的戰場上殺了最後的瑟斯特利姆人。」

「或許。」譚說。

「或許。」寧神情疲憊地點頭回應。

「現在阿塔夫看見了這個怪物，這個阿克漢拿斯。」凱登插嘴。「你認為瑟斯特利姆人回來了嗎？」那是不可能的事情，就像新神再度降世一樣。

「很難說。」寧回應。這一次，他幾乎顯露出真實年齡，久歷風霜的額頭下呈現疲憊神態。「我相信看得到的東西，而我尚未看見一切。或許你的烏米爾弄錯了，又或許他猜得對。但即便如此，看見瑟斯特利姆人的怪物並不表示瑟斯特姆人還存活世間。他們肯定很不容易遇上。」

「『肯定』是種不可能的概念。」譚補充，眼中流露冷淡堅定之色。「世界變化無常，危險處處都有。一定要等到有把握才出手的人幾乎都等太久了。」

「但這是什麼東西？」凱登以恐懼又驚奇的目光打量那幅畫。

「瑟斯特利姆人製造的怪物。」譚回答。「沒人能夠肯定是怎麼製造的。貝迪莎編織所有生物的靈魂，在生物誕生時紡入現實，但阿克漢拿斯不是誕生而出的。它們是被製造出來的。」他暫停片刻。「這本該是不可能發生的事。」

「製造？」凱登問。「製造出來幹嘛？」

「嗅聞獵物。」譚目光堅定地說。「追蹤獵物，騷擾獵物，獵殺獵物。」

39

進門時，凱登幾乎認不出這間食堂。密斯倫顧問聲稱這頓飯是「不正式的小型餐敘」，只帶了六名僕役上山，但他們肯定整整忙了一下午。屋梁上掛著長長的象牙色旗幟，用金線繡出代表馬金尼恩家族的旭日。凹凸不平的石板地上鋪了一張布滿螺旋花紋的巨型席特地毯。牆壁的燭台架上都換上了銀油燈，以六個巴斯克瓷器固定的花邊桌巾上放著奢華的銀燭台。

凱登謹慎地打量左手邊的空位，不知道這裡會是誰坐。一天之前，這個問題會讓他興奮，但是不斷有人造訪修道院感覺並非好兆頭，他可不想再看到其他陌生面孔。阿希克蘭以外的世界幾天前還對他充滿吸引力，現在卻給他一種陰森感，充滿背叛、困惑、死亡和失望。

塔利克·阿迪夫坐在凱登右手邊的一角，在直背木椅上微微前傾。密斯倫顧問依然纏著他的血紅遮眼布，不過他似乎正筆直凝視著凱登，彷彿可以看穿那塊布。密希賈·烏特坐在桌對面兩個座位中的一個，挺直的背脊就像靠在木椅上那把觸手可及的闊劍一樣。據凱登所知，寧和譚沒把阿克漢拿斯的事告訴任何人，但話說回來，在任何情況下時刻警惕都是艾道林護衛軍的職責。

希歐·寧和他們一起用餐，當然，阿迪夫不太可能不邀請他。穿舊僧袍的老僧侶在高大的艾道林指揮官旁邊顯得格外矮小。凱登也堅持要倫普利·譚一同用餐，這點阿迪夫的反應比譚優雅多了。「你應該在用功，而不是出席宴會。」僧侶說。

他們很有禮貌地要求其他辛恩僧侶當晚進行齋戒。凱登很肯定這個要求會引起阿基爾反彈。凱登已經很多年沒看過阿基爾激動了，顯然帝國代表團的出現會讓他在阿希克蘭多年費心埋葬的舊時仇恨再度浮出水面。凱登不知道該怎麼在這突如其來的改變下和阿基爾說話，他就像擔心著離開修道院回安努一樣擔心這件事。

然而，此時此刻，他必須專注在扮演皇帝上，避免出糗。他完全不認為自己已經準備好了。他再度看向那個空位。

「還有別人要一起用餐嗎？」他問，試圖讓語氣輕鬆一點。

阿迪夫遮眼布底下露出了一個狡黠的微笑。「我說了，光輝陛下，我們帶著禮物前來。」

凱登必須提醒自己，父親之死對目前的他而言是道尚未癒合的傷口，但對阿迪夫和烏特及所有來自安努的人來說，他們有好幾個月的時間來適應這個事實，無疑早已哀悼完畢。即便如此，他還是很難在內心如此悲痛——多年訓練尚未消磨掉的悲痛——的情況下參加宴席。

每張座位後面都有一名僕役，凱登身後的男人幫他拉開椅子時目光始終保持低垂。凱登有點坐立難安。經歷八年坐硬板凳和自己去廚房拿食物的生活後，他覺得帝國宮廷的習慣很陌生，也沒有必要。不過現在他是皇帝了，皇帝要有皇帝的樣子。

遮眼布似乎沒讓阿迪夫錯過太多細節，他嘴角揚起一絲笑意。凱登開始認為這傢伙能察覺他的尷尬，甚至樂在其中。一段沉默過後，顧問的笑容擴大。

「皇帝不該獨自飲食。」他終於說道，攤開雙掌，清脆俐落地拍了一下手。食堂對面的雙扇木門立刻開啟。

凱登睜大雙眼。門外站著一名年輕女子，身體一半隱藏在陰影中，一半暴露在燈火照明下。光是這樣就足以吸引他的目光。畢竟，阿希克蘭是修道院，而凱登八年沒有離開過了。派兒的到來就已經引起許多侍僧的目光與討論，如果讓阿基爾看見這……

女商人擁有一種獨特的優雅，但門外的女人像直接從富麗堂皇的幻景中走出來的，彷彿美夢的實體化身。她身穿一襲由席特絲綢製成的晚禮服，衣料鮮紅如動脈血液，柔順似水。那套禮服的裁縫師是頂尖高手，剪裁完美突顯出她渾圓的乳房和臀部曲線，一條脖領布環繞她的脖子，在下巴下方繫了一個雅緻的蝴蝶結。

比衣著打扮更令人驚艷的是女子本身。黎明皇宮裡到處都是美貌女子——城主的妻子、知名交際花、數十名女祭司和公主——但凱登非常肯定他從未見過如此美麗的女人。如夜色般的烏黑秀髮披肩，襯出一張有著豐唇和高顴骨的白皙臉龐。她看起來像是童年床邊故事裡描述的內瓦利姆人，美麗絕倫、優雅至極的生物。當然，如果內瓦利姆人真的存在過，也早就死光了，但眼前的女人非常真實。凱登將童年故事從腦中撇開。

阿迪夫側耳，彷彿在聆聽那驚訝的寂靜。片刻過後，他淺淺一笑，顯然非常滿意這種反應，開口道：「她名叫崔絲蒂。脖子上的蝴蝶結是要讓你親手解開的。」他轉頭以其令人不安的遮眼布面對凱登。「不過，是我的話就會等到用餐結束再把她剝光。辛恩僧侶禁慾苦修是有名的，但我想如果她以貝迪莎創造出來的模樣出席晚宴，會讓我們難以專心交談。」他說著，傲慢地比個手勢。「崔絲蒂，走過來讓皇帝好好欣賞妳。」

年輕女子慢慢走近，目光始終保持在粗石板地上，但她的步伐毫不羞怯，扭腰擺臀的慵懶姿態擄獲了凱登的目光。他匆忙起身，差點撞翻了椅子，連忙出手抓住椅背，同時暗罵自己的莽撞。隔著整間食堂，她豐滿的體態讓他誤以為她年紀比自己大，是個成熟的女人。在近距離下看，他才發現她有多年輕——頂多十六歲。他不禁懷疑是不是有人點燃壁爐，讓他僧袍下汗流浹背，彷彿跑了好幾個小時。

「妳該向皇帝問好，崔絲蒂。」阿迪夫鼓勵道。「妳被賜給偉人，應該心存感激。」

她緩緩抬頭，凱登看出她紫色的大眼睛中充滿恐懼。

「我的榮幸，光輝陛下。」她說，語氣微微顫抖。突然間他感到慾念中混雜著一絲羞愧，為徹底沉浸在她的美貌之中深感羞愧，為幻想她可以是他的，像新衣服一樣包裝好送到他面前而羞愧。他彎腰解開她脖子上的蝴蝶結，她混合檀香和茉莉花的香水，使他頭暈目眩。

他覺得那個簡單的結自己解了快一分鐘，尷尬地意識到自己的指節壓在女孩緊實的皮膚上，而宴會與會眾人的視線全集中在自己背上。他不敢直視她的臉，於是將目光定在她脖頸那宛如項鍊般精緻的刺青上。

「快呀。」阿迪夫慫恿道。就連綁著可怖遮眼布的男人，都能感受到他有多麼窘迫！只有阿伊知道譚和寧現在在想什麼。「她不會感謝你讓她一直站著。」

凱登滿臉通紅，過去八年來學的所有冥想和調節心跳的能力都消失了。痛苦是一回事……但這種感覺與痛苦截然不同。他覺得他可能再也沒辦法直視譚的眼睛。絲結終於打開了。

他想要幫她拉開椅子，結果發現僕役已經拉好了。他尷尬地請她入座。阿迪夫再度拍了拍手，心情似乎不錯。

「陛下如此安靜，看來是不太習慣如此……賞心悅目的禮物。你很快就會習慣這些符合你崇高地位的小細節，光輝陛下。」

凱登偷瞄了其他賓客一眼。密希賈・烏特直挺挺地坐在椅子上，雙臂交抱胸前。兩名僧侶面無表情地看著凱登。他偏開頭去，手足無措地望向崔絲蒂，絞盡腦汁想要找點話說，一些正常的修道院話題，但過去幾年中他每日每夜在聊的那些話題突然都變得十分單調乏味。這個女人不會在乎崔烏利冰河的融雪程度，或在渡鴉環發現崖貓的事情。他試著想像他父母在珍珠殿招待賓客的模樣，從容不迫地任由僕役倒酒和擺設餐盤。

「崔絲蒂，妳家鄉在哪裡？」他終於開口。這話在他腦中感覺不錯，但一離開嘴，聽起來就很荒謬，立刻變得沉悶尷尬。這是你會去問商人或水手的問題，而不是在美女剛入座時提出來的問題。崔絲蒂瞪大雙眼，張嘴回答，不過還未出聲，阿迪夫就已經接話了。

「她家鄉在哪裡？」顧問似乎覺得這個問題很有趣。「或許她今晚會在枕邊告訴你。然而，現在是用餐時間。」

崔絲蒂閉上完美的嘴唇，在那短短一瞬間，凱登看到她目光閃爍。他本來以為那是恐懼，但並不是。那種感覺比恐懼更深刻久遠。他本想靠近一點去看，女孩已經垂下目光。阿迪夫一聲令下，眾人就座後先行撤離的僕役再度穿越側門，帶著擺設典雅的精緻餐盤回來。

布置好食堂後，密斯倫顧問的手下又接管了廚房，拿出大老遠從安努市集運來的食材烹煮。凱登無法辨認出所有味道和香氣。有炸蝗蟲、梅醬鴨、某種讓他回想起南方夏天的美味奶油湯，還有辣得讓他直冒汗的香腸麵。每一道菜都有搭配麵包或餅乾，餐點間還有以小銀碗盛裝的薄荷或檸檬冰，或松精鋪飯，幫用餐眾人清理味蕾。

每道菜都有搭餐酒，自由港內地的精緻白酒，和內克北方平原來的濃烈香醇紅酒。凱登每杯只小啜幾口，但由於這些年來只有喝茶和山泉水，他還是很快就有點醉了。崔絲蒂喝光每一杯放在她面前的酒，多到凱登都擔心她會不舒服。片刻後，阿迪夫揮手指示僕役不要再幫她倒酒。

連上好幾道菜後，眾人總算逐漸安靜下來。凱登深吸口氣，讓自己冷靜，準備問出自從那兩人跪在他面前口呼古老頭銜以來，就一直在他心中盤旋的問題——一個他不知為何忘記問的問題。

「顧問……」他開頭有點遲疑，接著直接提問。「我父親是怎麼死的？」

阿迪夫放下叉子，抬起頭來，但沒有說話。隨著寂靜蔓延，凱登覺得愈發暈眩，彷彿自己正站在懸崖邊，低頭凝望打在下方岩石的無數浪花。他目光從阿迪夫臉上移開，專注在眼前的餐盤上，顧問這時才開口回答。

「叛變。」他終於說道，語氣隱含怒意。

凱登點頭，眼睛依然瞪著面前的桌子，突然對木頭紋理產生濃厚的興趣，欣賞起蜿蜒複雜的線條。桑利頓當然有可能是被食物噎死、從馬背摔下來，或單純是壽終正寢，但凱登隱約猜到——可能是從烏特冷酷的變化看出來的，或是阿迪夫想盡快趕回安努的態度——父親不是自然死亡。

「一個祭司。」阿迪夫繼續說。「英塔拉的大祭司，自稱烏英尼恩四世。我們在他審判前出發，現在他的腦袋肯定已經和肩膀分家了。」

凱登拿起面前的鴿翅，又原封不動地放下。他依稀記得英塔拉的壯麗神殿，但是從來沒聽過這個祭司。

「為什麼？」他過了一會兒問。

阿迪夫聳肩。「誰知道凶手心裡在想什麼？或許是怨恨你的家族自古以來與女神的關係。那傢伙是個自命不凡的農夫。他公開散布安努應該接受祭司的引導而不該由皇帝統治的思想。你父親同意和他私下會面，讓那個垃圾有機會痛下殺手。」

這個想法令凱登頭痛，他很想把臉埋在手掌裡。然而，現在不是顯露孩子氣的懦弱時刻。他忽地想到一個赤裸裸的事實，就是從今以後再也沒機會顯露孩子氣或懦弱了。

「帝國對他的死有什麼反應？」

「不好受。」阿迪夫回答。「只要你一天不登上王座，就一直會有人擔心皇位繼承的問題。另外，厄古爾人也趁這個機會進逼東北戰線。」

最後那句話讓烏特首度加入討論。「遊牧垃圾。」他咬牙切齒地說道。「我們會把他們當作米糠掃掉。」

「安努和厄古爾人開戰了？」寧眉頭深鎖。

「會開戰。」阿迪夫回應。他攤開雙手。「雖然很遺憾，但會開戰。有人煽動他們。有個酋長還是巫醫的人開始統一部落。傳說他擁有神力，或許是吸魔師。」

「吸魔師和普通人一樣會死。」烏特語氣堅決地說。「只要厄古爾人一起兵，我們就會剿滅他們。」

「你說得好像他們很好解決一樣。」譚說。這是凱登的烏米爾整晚首度開口，當他轉頭面對艾道林指揮官時，凱登驚訝地發現這兩個人看起來有多像，相似處和不同處都很明顯。兩人都很硬朗，但烏特比較像是鍛造金屬，為了特定目標而千錘百鍊；譚則讓他聯想到石頭，毫無情緒，似不屈不撓的懸崖和山峰。

「北方軍團很快就會擊潰他們。」烏特回道。

譚瞇起雙眼，若有所思地打量這個軍人，不受烏特具威脅性的體格或態度影響。「我和厄古爾人打過交道。」僧侶開口。「他們的小孩還不會走路就開始學騎馬，就連最弱的人也能在馬背上射中五十步外的敵人心臟。」

烏特嗤之以鼻，不屑地揮一揮手。「個別而言，他們很強，但是他們缺乏紀律。相反地，安努士兵從入伍開始就接受團體作戰的訓練，和其他士兵一起受訓、一起吃飯、一起睡覺。如果要大便，他的同僚會幫他拿矛；想要上女人，其他人會幫忙守門。你沒見過安努步兵上戰場的模樣。數以千萬計的士兵彷彿在一隻手的操控下移動。而厄古爾人——」他聳肩。「是狗。凶猛的狗，殘暴的狗，但就只是狗而已。」

阿迪夫遺憾地點頭。「一生宛如白晝般明亮的桑利頓從來不想跟他們開戰。他計畫簽署和平協議。大平原上沒有足夠的利益打平軍隊遠征的開支。厄古爾人沒有城市、沒有財富、沒有可供徵稅的耕地。他們是一群遊牧暴徒。」

「儘管如此，還是有傳言指出皇帝打算出兵跨越白河。」希歐・寧輕聲回應。

艾道林指揮官看著院長，目光冰冷銳利。「你在世界盡頭的高山上消息還挺靈通的。」

寧聳肩。「厄古爾人是我們的近鄰。待在冬季牧場的時候，他們偶爾會來和我們交易。」

阿迪夫的聲音似身上的絲綢般柔順。「正如我所說，帝國希望不要招惹這些人。但過去十年來，他們一直在攻擊我們的邊境堡壘。」

「你們在他們那一岸建立的堡壘。」譚反駁。

阿迪夫舉起雙手，做出一個撫慰的手勢。「問題不光是安努堡壘。他們的人開始相信奇怪的預言，那種救世主即將出世，幫助人民擺脫枷鎖的預言。所有被征服的國家都有這類故事和傳說，安努人自己也有，在克拉希坎國王暴政統治期間。正常情況下，這些故事都無傷大雅，但是這個新酋長激勵了厄古爾人，在垂死的故事裡灌注新的生命，讓他們突然之間瘋狂到想開戰。」

「不幸的是，我們必須鎮壓他們。即使他們並不是帝國的一分子，這場叛亂也會助長其他叛亂。我們可以容忍在距離安努上千里格的邊疆偶發性的掠奪事件，但如果他們的叛亂使自由港人想起從前的歷史，讓偉斯提德人著眼羅姆斯戴爾山脈以南，打起艾爾加德或厄倫沙的主意呢？要是巴斯克人再度認定鐵海可以抵抗安努海軍？那可不行，當我們還在和特沙文．卡拉馬蘭人和魏斯特的叢林部落打仗時不行。」顧問搖頭。「一定要剷除反叛勢力，即使我們不想這麼做也一樣。」他轉向凱登。「這也是我們急著找你回去繼承王座的原因之一。」

凱登內心混亂，一方面是因為酒精，一方面是突然間落在他身上的龐大職責。特沙文．卡拉馬蘭人？偉斯提德人？阿迪夫提到的人有一半是小時候故事裡聽過的，另外一半連聽都沒聽過。看來他要好幾個月甚至好幾年才能搞懂形勢，稍微瞭解該怎麼做才能確實管理好帝國。

「那現在呢？」他問。「我父親去世後是誰在統治安努？誰在照顧我姊姊和帝國的需求？」

阿迪夫點頭，彷彿早就料到他會有此一問。「你姊姊不需要照顧，她是個很聰明的女人，並且你父親的遺囑任命她為首席財務大臣。至於統治安努的事宜就落在朗．伊爾．同恩佳身上。」

顧問回答。

凱登搖頭，又是一個沒聽過的名字。

「你離開時，伊爾·同恩佳才剛晉升為拉爾特駐軍指揮官，所以你沒聽過他的名字。」阿迪夫解釋。「我第一次見到他時，他是北方軍團的指揮官。後來你父親晉升他為肯拿倫，並將他召回安努之後，我就一直和他密切合作。」

肯拿倫。一個古老的頭銜，可以追溯到黃金年代，阿特曼尼人在南方首都統治伊利卓亞的時代。不過，後來他們發瘋並摧毀了一切。安努人借用了一些阿特曼尼人的古老術語，希望這些悠久的名號和頭銜能為他們的統治增添一種古老氛圍，這是在特利爾·修馬金尼恩僅憑長劍和意志從共和體制的廢墟中建立帝國時所欠缺的。肯拿倫是帝國最高軍事官員，統領四大軍團將領。凱登覺得塔利克·阿迪夫和朗·伊爾·同恩佳這兩個他沒聽過的人，能夠出任皇帝之下地位最高的兩個職位似乎有點奇怪。

「拉爾特的駐軍指揮官怎麼能在短短八年內爬到肯拿倫的位置？」他的心仍在痛，試圖弄清楚所有事情。他盯著自己的掌心，彷彿能在其中找到答案。

「這個問題由密希賈來回答比較合適。」阿迪夫回答。「我對軍隊的瞭解就只是一般官僚的程度而已。」

一開始，凱登以為烏特什麼都不打算說。接著他轉換坐姿，鎧甲上的鋼板互相擠壓，發出令凱登皺眉的聲響。

「當尼許到錢納利的部隊都顧著玩弄政治時，伊爾·同恩佳打贏了不少重要戰役。」他終於說道。「厄古爾狗蠢蠢欲動，一生宛如白晝般明亮的桑利頓沒過多久就發現了這個地方指揮官擁有多大的潛力。他提拔伊爾・同恩佳指揮北方軍團。幸好他這麼做，因為任命一個月後，那群暴民就大舉來襲，首次渡過白河進攻。而此時布利塔和尼許的步兵團依然待在西方一千里外，說什麼要預防自由港突然起兵。」烏特嘴角扭曲。「如果你父親接受我的做法，我就會把所有隊長的腦袋插在木樁上。」有一瞬間，高大軍人氣得說不出話來。與僧侶相處多年，凱登已經忘了憤怒可以讓人變成什麼樣子。烏特的表情比凱登印象中還要醜陋。最後，艾道林指揮官再度開口，語氣緊繃而簡潔。

「拉爾特只能派出五千步兵，還沒有馬。當暴民進攻時，伊爾・同恩佳的部隊已經疲憊不堪且人手不足。大部分將軍都會崩潰，但肯拿倫並非大部分將軍，他把部隊分成四四一隊，然後屠殺敵軍，每殺十個厄古爾人，不分男女，就把一顆腦袋插在河道西岸的木樁上。」烏特笑容陰森，彷彿對此回憶感到非常滿意。「之後，東部部落好一陣子沒再來打擾我們。」

「獲勝之後，你父親任命伊爾・同恩佳為肯拿倫。就連伊瓦・弗克都沒有反對。至少他還懂得羞恥，知道要自殺謝罪。」

這是烏特抵達阿希克蘭之後說過最長的一段話。

「朗・伊爾・同恩佳是好人。」阿迪夫補充。「你父親信任他，你也該信任他。此刻他擔任攝政王，在你回去之前照顧你姊姊和帝國。」

突然間，凱登感到疲倦至極，彷彿揹著帕特跑了十幾圈渡鴉環。他不認識的人在統治他父親的帝國——他提醒自己現在是他的帝國了——決定政務，下達他才剛剛開始理解的命令。他要在不到兩個月的旅程中惡補八年的歷史和政治形勢，還要記下數百個甚至數千個新的人名，包含城主、大臣、使節和前線的隊長。如果相信烏特和阿迪夫的話，帝國此刻正陷入困境中，一旦坐上那個冰冷的王座後，他就必須拿起韁繩。

他試著找出辛恩僧侶花了八年時間教導他的內在寧靜，這種寧靜能讓他清晰地看待世界，並正確判斷它。然而，他找不到。他感覺得到自己的心在胸腔中沉悶地跳動，思緒在他的腦海中像野貓一樣追逐著，但此刻他無法控制任何部分。希歐．寧說他已經快達到空無境界了，當他坐在這裡，試圖弄清楚過去、看明白未來時，他卻覺得自己只是個迷惘的孩子，就像多年前離開安努前往某個沒聽過的修道院時，那個迷惘的男孩一樣。

40

「操。」葛雯娜一手握著腰帶匕首，一手指著桌子對面的安妮克質問她。「什麼鬼？」

她能等到小隊全員回到寢室關上大門後才開口已經是奇蹟了，瓦林根本不期望能控制住此刻的局面。事實上，他也不想這麼做。經歷數週隱忍、思量、反覆猜測後，他只想知道天殺的真相。如果安咪真的是安妮克殺的，那她肯定也是殺害荷·林的凶手。如果不是她，好吧，或許她至少可以說出安咪死亡當天她在虎克島上幹什麼。他對於姚爾這招詭計感到憤怒，天知道他們會被軟禁在島上多久，但不可否認，真相即將大白也給他一種奇特的解脫感。

「不要激動。」他低吼。「所有人都別激動。」他比向矮桌旁的椅子。「坐下。這是姚爾在整我們。以我們對他的瞭解都知道是這樣。我們必須問自己一些尖銳的問題，我也想要知道答案，但不能像狗一樣互相亂咬。」

「我們現在也只能用咬的。」萊斯語氣充滿怨懟，朝背上的空劍鞘比了比。

「只要確定是姚爾在說謊，我用咬的就夠了。」葛雯娜說著，露出牙齒，一副打算說到做到的模樣。

「姚爾可以晚點再說。」塔拉爾插嘴。「我們必須先來談談。」

「同意。」瓦林說。「我們都有問題，一個一個來問，一定要問出答案。」最後那句話是說給安妮克聽的，他還刻意瞪了她一眼。試煉之前，她的目光會讓他緊張，但現在，經過漫長的沉默後，先偏開頭去的是狙擊手。她比他印象中嬌小，垂頭喪氣坐在椅子上，彷彿少了她的弓，她就只是個小孩，憤怒又失落。

「首先，」瓦林說。「也是最重要的──」

「妳他媽的殺了那個女孩嗎？」葛雯娜搶過話來直接問。她繞到安妮克面前，距離近到狙擊手肯定能感受到她嘴裡吐出來的氣息。「我們只須要知道這個。」

安妮克手指抽動，但是沒有抬頭。「沒，」她簡短回答。「我沒殺她。」

如果這麼簡單就好了，瓦林陰沉地想。如果你真誠提問，別人就會真誠回答的話就好了。

「但是妳有去見她。」萊斯平常那種玩世不恭的語氣消失了。他憤慨地湊上前去，甚至有點激動。或許，對他而言，安咪真的不是普通的碼頭妓女，瓦林心想。這些年來萊斯光顧過十幾個虎克島上的妓女，但那不代表他沒有對任何女孩付出感情。「莉安娜說她妹妹在曼克酒館坍塌當天早上有和一名士兵碰面。」飛行兵說。「她遇害當天早上，妳是唯一去過那裡的凱卓。」

「我和她碰面。」安妮克顯然很不願提起此事。「但我沒殺她。」

「為什麼？」瓦林問，克制內心的不耐與憤怒。「妳為什麼和她碰面？」

狙擊手看向窗戶，彷彿薄薄的窗格外有一條逃生通道。情緒宛如風暴前的烏雲般迅速掠過她的臉龐。瓦林發現她受困了，受困的野獸是很危險且難以預料的。他的手移到腰帶匕首上，眼角餘光瞥見塔拉爾移動腳步，讓桌子擋在他和女孩之間。安妮克持弓時非常恐怖，但此刻她看起來十分脆弱，幾乎赤裸。她的目光在眾人臉上游移，彷彿在尋求支持。在發現沒人支持她後，她抿緊嘴唇。

「為什麼？」瓦林又問一次。

她張嘴又閉嘴，再度看向窗外。「就和其他人和她碰面的理由一樣。就和萊斯一樣。」

「但是……」葛雯娜困惑地搖頭。「妳是……噢。」

狙擊手嘴唇緊閉，拒絕回應。

塔拉爾攤開雙手，實事求是地說：「好吧。她是妓女，妳付錢購買她的服務。」

瓦林轉向萊斯。「你……認識安咪。你有聽說這種事嗎？她接女客？」

飛行兵緩緩搖頭。「她看起來很喜歡老二——」

安妮克倏地竄到他面前，在所有人反應過來前拔出匕首抵住他的喉嚨。飛行兵慢慢舉起雙手。白痴，瓦林暗罵自己。快就是快，與武器無關。

「好了、好了。」他謹慎地打圓場。「安妮克——放輕鬆。」

「她不喜歡老二！」狙擊手對著萊斯震驚的臉嘶吼。「不喜歡你的錢，不喜歡你那根天殺的老二。但是她很窮，所以她戴上面具，勇敢接受那兩樣東西。」這是瓦林聽安妮克說過最長的句子。她滿臉怒容，脖子暴出青筋。

「好。」萊斯慢慢點頭說道。「我很抱歉。我不知道——」

「你不知道，因為你不在乎。每次喝醉想找個洞，你就搭船過去。你不在乎對方是誰。你幹她姊姊的次數沒有比較少。」

飛行兵深吸口氣，小心翼翼地搖頭，避免脖子被匕首劃破。「我在乎。」他說。「或許在乎的方式不對。在乎有很多不同的形式。我不愛她，但那並不表示我不喜歡她。我付錢買性，但那並不表示我沒有溫柔對待她。妳比我更關心她，我看得出來。但請相信我，我和妳一樣想要找出殺她的凶手。」

狙擊手冷冷瞪著他，良久後她點頭，把匕首插回鞘裡，癱回自己的座位上。一旁的塔拉爾鬆了一大口氣。

「夏爾插在木樁上。」葛雯娜喃喃說道。「你們這群人全都瘋了。」

一時之間，他們就坐在那裡，安妮克目光呆滯地看著窗外，葛雯娜因為怒火無處宣洩而悵然若失，瓦林努力思索這個新得到的消息，和他已知或懷疑的線索比對。這是他第一百次希望能和林好好討論，但是林已經不在了。現在房裡這四個士兵是他的隊員，他不確定自己能不能信任他們，但他很肯定絕對不能信任其他人。

吸魔師是率先順著這段崩潰話題找到新切入點的人。「我自己也有一些保守祕密的經驗，而我相信安妮克。她無法預料到姚爾的指控，或夏利爾會因此突然出現。我們剛剛看到的情緒不太可能是她裝出來的。」

「你算什麼？」葛雯娜問。「欺瞞大師嗎？」難得她語氣中疲憊感大於挑釁的意味。

「我是吸魔師，吸魔師很小的時候就要學會說謊，不說謊就得死。我或許會弄錯，但我相信安妮克的話。」他看向其他人，彷彿歡迎任何人反駁。看到沒人說話後，他繼續說下去，聲音很輕但語氣堅定。「不過，我們還是得把事情搞清楚，齊心合力可以加快速度。」

狙擊手遲疑，轉身面對屋內。「好，開始想。」她簡短回答。

瓦林看向塔拉爾，點頭致謝，然後轉向安妮克。

「妳那天早上有和安咪碰面？」

「大概一個小時。」安妮克回答。「我們去離曼克酒館幾間外的民宿開房。」她剛才表現出的迷茫和絕望已然消失，就像冬天結冰下的激流一樣，被凍住了。她或許沒殺安咪，瓦林暗自想道，但她還是很危險。

「不是我和林發現屍體的那棟？」

「不是。那在碼頭另外一端。」

「妳離開時，她有說之後要幹嘛嗎？」他繼續問。

「賺錢。」安妮克冷冷回應。「去碼頭。」

「接客。」

「對，接客。那就是我最後一次見到她的情況。」

「好吧。」萊斯頓了一下。「我們排除了一個沒殺她的人，但還有好幾百個人有嫌疑。確定不是安妮克後，我們甚至不能肯定對方是不是士兵。」

瓦林咬牙。事情還不只如此，安咪手腕上的痕跡，也在荷·林的屍體上出現過。他的隊員不知道這件事情，但他不確定該不該分享這條線索。自從林死後，他一直不信任任何人，悶不吭聲地疑神疑鬼，立誓要靠自己的力量找出殺害林和他父親的凶手。獨自調查不與人討論，他就不太可能遭人背叛。也不太可能查出任何新線索。他在林死後開始打這場個人戰，努力奮鬥，卻節節敗退。

《韓德倫兵法》最後一章裡的句子浮上心頭。盡可能計畫，但是要記住，戰爭很混亂，所有士兵遲早都會面對要賭一把的狀況。以這個老指揮官的經驗來看——據說他享年八十四歲，在床上壽終正寢——他肯定知道些什麼。不過，也沒人企圖把韓德倫天殺的家族從世間抹除就是了。無所謂。如果瓦林解不開眼下幾個謎團，他就會以囚犯的身分死在這座特訓士兵的小島上，還得眼睜睜看著某個暗中行動的陰謀組織殺害他哥哥，接著是姊姊，之後如果還把他視為威脅的話，會再來殺自己。他的隊員也許會和他一起死——他之前都沒有這樣想過。任何膽敢策劃暗殺整個馬金尼恩家族血脈的人，都不會在乎多出幾具屍體，特別當那些屍體可能知道些不該知道的事情時。塔拉爾、安妮克、葛雯娜和萊斯都有危險，因為猛禽指揮部把他們分配到自己的小隊，而他們甚至不知道這個事實。

「我認為是凱卓士兵殺了安咪。」瓦林終於說。「而且我認為同一個凶手在浩爾試煉中俘虜了林，然後殺害她。」

一時之間，他們全看著瓦林。萊斯和葛雯娜一副難以置信的模樣，塔拉爾神色困惑，安妮克依然面無表情。

「是史朗獸殺的。」萊斯說。「你在把她扛出來後也看到傷口了。」

「整件事情疑點重重。」葛雯娜同意。「但荷．林死得其所，符合士兵的死法。」

「有些傷是史朗獸造成的。」瓦林努力控制他的怒火。「但大部分傷口都是上好鋼鐵割的。不只如此，她手腕上有痕跡，繩子的痕跡。」

「繩子？」塔拉爾問。「她被綁過？」

瓦林嚴肅點頭。「利國繩，那種緊密的繩紋，和其他繩子大不相同。」

「這跟安咪有什麼關係？」安妮克語氣緊繃地問。

「安咪也被同樣的繩子綁過。是我和荷・林找到她，割斷繩索將她放下來的。這也是我們懷疑凶手是凱卓的原因之一。」

現場安靜下來，所有人都開始思索這條新線索，凝視著桌上的油燈，彷彿搖曳的火光裡隱藏著某種答案。

「還有其他人可以取得利國繩。」萊斯在一段時間後指出。

「沒那麼多。」葛雯娜說。「一般碼頭惡棍不會把那麼寶貴的東西浪費在綑綁妓女上。」話一出口她就想起了有誰在聽，她瞄了安妮克一眼，隨即臉色漲紅。「我只是說，瓦林說得對，事情很奇怪。」

「林的事，你確定是繩痕嗎？」塔拉爾繼續問，有點沮喪地搖頭。「我們試煉過後全都遍體鱗傷——」他指向自己的手臂和臉。「我有好幾十處割傷、擦傷和切傷。」

「手臂還被史朗獸咬了一口。」萊斯認同。「底下的情況很野蠻。林很強，強得超乎想像，但只要運氣稍差，我們隨便哪個都有可能……」他皺眉。「這是有可能的事，瓦。可能單純是史朗獸幹的。」

「有可能，但不是。」瓦林盡量保持冷靜地說。「我在試煉後看過很多史朗獸造成的傷口，我也看過林身上的割傷。不一樣。我在火葬前確認過她的手腕，兩隻手腕。或許安咪手上有同樣的痕跡只是天大的巧合，但我們可以肯定一點——只有學員有進入大洞。有一個學員殺了荷・林，我敢拿我兩把劍跟一桶尿來賭，殺她的人就是殺害安咪的凶手。」
「神聖的浩爾呀。」萊斯喃喃說道。「我們天殺的學員之一。誰？」
「我不知道，」瓦林回道。「但還不只如此。」
說出林的事情後，他理所當然就把整件事情原原本本都交代出來，包括船上的艾道林士兵和暗殺他的陰謀，所有的一切。他們凝視著他，眼中反射火光，五官在陰影晃動中若隱若現。此事難以置信，就連說的人也這麼覺得。他說完後以為他們會大笑，但沒人笑。就連萊斯都沒說笑。
「這就是你要我去調查曼克酒館的原因。」葛雯娜一掌拍在桌上。「你不光是在扮演疑神疑鬼的王子。真的有人想要殺你。」
「曼克酒館？」塔拉爾問。瓦林沒在虎克島上見過吸魔師，他可能沒聽說過酒館坍塌的事。
「一間酒館。」安妮克回答。
「一座糞坑。」萊斯補充。「不過是我喜歡的糞坑。」
「艾道林士兵的警告讓我懷疑曼克酒館的坍塌並不單純。」瓦林贊同。「我也是為了那件事情才會懷疑安妮克在潛水測驗時想要淹死我，加上她綁的那個怪結。」
「是雙環稱人結。」狙擊手說。「我之前就說過了。」她目光冰冷挑釁地看著他。
「我們把話說清楚。」葛雯娜搖頭道。「船上有個可憐的混蛋告訴你凱卓部隊有人想殺你。然後曼克酒館就塌了。接著安妮克又疑似想要溺斃你，她還射傷你的肩膀。」
「安妮克在這個故事裡出場的次數很多耶。」萊斯說。「我敢說你一定很高興她被分到你的小隊。」

「我沒有想殺他。」她斷然否認。

萊斯舉起雙手。「我不是說妳想，但是有人費盡心思讓妳看起來想要殺他。」

「是姚爾。」瓦林低吼道。「肯定是姚爾。不要忘了，我們之所以手無寸鐵被困在這裡都是拜他所賜。」

「姚爾確實是個長滿水泡的混蛋。」萊斯回道。「但他那顆漂亮的腦袋似乎想不出如此周詳的計畫才對。」

塔拉爾皺眉。「是他把安妮克和安咪的事告訴夏利爾的。或許他想讓我們暫時不能行動。」

「我們確實不能行動了。」瓦林說。「但這還是毫無道理可言。荷・林和安咪，她們跟艾道林士兵或整件天殺的陰謀有什麼關係？」

「曼克酒館。」安妮克冷冷回應。「那是關鍵。」

瓦林沮喪地長嘆一聲。「那地方是在安咪遇害的時候坍塌的，但那算不上什麼關聯。妳剛剛說過了，我們找到她的閣樓位於碼頭的另一端。」

「你差點死掉多少次了？」葛雯娜有點暴躁地問。

瓦林想了想。「曼克酒館。海裡。狙擊測驗。」他聳肩。「試煉也算的話就是四次。」

「好了，這就是關聯了。」塔拉爾找到線索。「其中有兩次都有女人遭受攻擊而死。第一次是安咪。最後一次是荷・林。」

「百分之五十的問題。」萊斯說。「就在於機率只有百分之五十。」

瓦林背脊發毛。「百分之七十五。」他嚴肅地說。

在此之前，即使把其他事情都說出來了，他還是想要保守林慘遭毆打的祕密。這樣做很蠢，很不理性。她死了，火化了，說出此事並不算是背叛她，也不可能進一步傷害她的自尊。但在懸崖遇襲的事情令她蒙羞，深深地刺傷了她，他覺得分享這個祕密違背了他們之間的信賴，會把她的隱私赤裸裸地攤在眾人面前。而且，在他們開始找關聯之前，此事似乎毫不相關。

「在我進行狙擊測驗時，姚爾和包蘭丁襲擊了荷．林，就是安妮克射傷我的那次測驗。他們欺騙她、誘拐她，然後壓倒她，打得她遍體鱗傷，試圖擊潰她。那就是她在浩爾試煉前受傷的原因，並不是像她說的在訓練中受傷。他們說那是為了報復她在格鬥場上跟他們作對。」

四雙眼睛集中在他身上。「那兩個婊子養的舔屎混蛋。」葛雯娜罵道，不停地握拳又鬆開，彷彿想拔出劍來。

「在哪裡？」安妮克的語氣平靜卻堅決。

「西懸崖。」

「能俯瞰狙擊測驗場。」塔拉爾低聲總結。

「絕對有關聯。」瓦林沮喪地搔頭。他覺得真相呼之欲出，但就是差那臨門一腳，像是隱約聽見的熟悉旋律。「但我就是想不出來。」

「不過在一里外毆打林怎麼能讓安妮克射出利箭？」

「我射的不是利箭。」狙擊手重申。「那些是我的箭，但是箭頭被調包了。」

塔拉爾吃了一驚。「調包？」

「調包。」安妮克說。「這是我第四次向瓦林解釋。那些不是我的箭頭，不是我射的箭。」

「或許妳弄錯了。」

狙擊手冷冰冰地瞪著他。「我不會弄錯。」

「好吧，看在浩爾的份上，他們怎麼能在弓箭飛行途中調換箭頭？」

「我不知道。」

吸魔師深吸口氣，緩緩吐出。「我或許知道。」他凝視著面前的桌面，整理思緒。「神聖的浩爾啊，我想我終於搞懂了。」

「是某種法術？」瓦林努力跟上他的想法。

塔拉爾嚴肅點頭。「不是姚爾，是包蘭丁。」

「你們要一直講只有你們聽得懂的話嗎？」葛雯娜大聲道。「還是要讓我們參與討論？用完整的句子說話。」

「我的魔力源是鐵。」塔拉爾揚起目光，依序看向所有人。「我前幾天告訴瓦林了。我們是隊友，你們都有權利知道。鐵和鋼。」

「鐵？」萊斯用手指輕敲他的下巴。「不太刺激，是吧？我以為魔力源都是嬰兒血或沸騰尿還是什麼邪惡的東西。」

塔拉爾聳肩。「如果非當吸魔師不可，鐵算是很普通的魔力源。一方面來講，鐵不管在哪裡都不會很多。但是另一方面，我的魔力幾乎不會枯竭，特別當你是士兵時，身邊總是會有鐵。」

他深吸一口氣。「其他吸魔師的魔力源……就複雜多了。」

「我就知道。」萊斯說，得意洋洋地靠回椅背。「嬰兒血。」

塔拉爾沒理他。

「像是艾利姆．華？」瓦林問。「傳說中的太陽王？」

塔拉爾點頭。「如果傳說是真的，艾利姆．華的魔力源就是陽光。在故事裡，他白天力量強大，可以夷平城市、摧毀大軍；但是晚上幾乎沒有任何力量。他就是這樣死的。」

「這和箭頭有什麼關係？」葛雯娜問。「還有曼克酒館？」

「不是只有城市和軍隊。」塔拉爾回答。「幾年來，我一直都猜不透包蘭丁的魔力源。我見過他的能力……非常駭人。那是我絕對辦不到的事情，除非身處鐵海之中。不然的話——」他搖頭。

「——我辦不到。」

「他有辦法改變箭頭嗎？」瓦林問。「在飛行過程中？從一里之外？」

吸魔師點頭。「他擁有足夠的技巧，只要魔力源夠強，他就會有足夠的能量。」

「技巧和能量不一樣？」葛雯娜疑惑地問。

「當然。吸魔師的力量就和體能一樣，是來自貝迪莎的天賦——或詛咒。擁有強大魔力源，就像是身材壯碩且肌肉結實。想想甘特。」

「我寧願不要。」葛雯娜回道。

「重點在於，如果沒有受過訓練或研究如何運用力量，甘特的力量就只能發揮一定程度的作用。身材較小的男人或女人，或許可以透過高超的技巧擊倒他。有些力量強大的吸魔師仍舊不瞭解該怎麼利用那股力量，這樣他們不光做不成任何事，甚至可能傷害到自己。」

「而你沒有強大的力量。」瓦林插嘴。

塔拉爾點頭。「所有凱卓吸魔師都會學習和演練，我們要比大部分人加倍努力。我肯定比包蘭丁更用心。」

「我們什麼時候才會講到那個天殺的混蛋的魔力源？」萊斯故作耐心貌問道。

塔拉爾暫停片刻，神色懊悔地攤開雙手。「我之前沒有想到，因為有些人宣稱這種吸魔師根本不存在。我幾乎可以肯定猛禽之前沒有招攬過這類吸魔師，但我認為包蘭丁是情緒吸魔師。」

這個頭銜聽起來很有戲劇效果，但瓦林茫然地搖頭。

「到底是什麼意思？」安妮克問。

「他不是從鐵、水、陽光，或類似的東西汲取魔力。他的魔力源是情緒，人類的情緒。」

五人一聲不吭好一陣子，努力消化這個概念。

「聽起來像是鬼扯。」葛雯娜眉頭深鎖。

「不幸的是，這並非鬼扯。」塔拉爾說。「情緒吸魔師非常強大，而且完全無法預料。我閱讀過一些古老典籍，其中對安努歷史上或更久之前出現過的吸魔師進行了分類。情緒吸魔師不是從現存的魔力源中汲取魔力，他必須創造自己的魔力源。他須要操弄其他人來取得力量。」

「那安咪和荷．林扮演了什麼角色？」瓦林問。

「不光是她們，還有所有曾與包蘭丁接觸過的人在內。」塔拉爾回道。「他透過情緒吸收力量，他汲取其他人的情緒。特別是針對他所產生的情緒。」

「這就是為什麼，」葛雯娜反覆在桌面敲擊手指，強調每一個字。「他隨時都要當個天殺的混蛋。」

塔拉爾點頭。「吸魔師的魔力源會對個性造成強烈的影響。等你習慣那股力量，你就會開始需要那股力量，然後你會想盡辦法取得力量。當我無法接觸鐵時，我會覺得緊張和赤裸。我無法想像包蘭丁在缺乏情緒的時候會是什麼感覺。」

「為什麼不採取比較溫和的方式？」萊斯噘嘴問道。「比方說交很多要好的朋友？或許陷入幾次愛河。每個港口都來個愛人之類的……」

「引發仇恨比愛要容易多了。」安妮克說。「更快，更可靠。」

她們轉頭看她，但她避開眾人目光，似乎沒有更多話想說。

「安妮克說得對。」塔拉爾過了一會兒才說道。「你不可能像引發仇恨一樣隨意喚起愛意，而少了魔力源的吸魔師十分脆弱。」

瓦林訝異地搖頭。「在格鬥場裡那次，他和姚爾合攻林跟我，他全場都在辱罵林，企圖激起她的恨意。」

塔拉爾嚴肅點頭。「想要打贏，他就需要她的恨。」

恐懼感像拳頭般打在瓦林肚子上。「這就是他折磨安咪的原因。」他緩緩說道。「他需要她的恐懼和驚駭，藉以弄垮曼克酒館。那就是他們挑選閣樓的原因，因為那裡可以清楚看見碼頭的另一端。」

「辦得到嗎？」葛雯娜問。「就那樣弄垮一棟房子？」

「想想安咪有多害怕。」吸魔師語氣沉重。「他全都安排好了。陰暗的房間、垂在天花板上的繩子、皮膚上長長的刀傷。那些全都是為了榨乾她體內所有的恐懼。」

「至於攻擊林那次。」萊斯跳回之前的話題。「包蘭丁趁著姚爾毆打她、羞辱她時，汲取她的憤怒，藉此得到改變箭頭的力量。」

「箭頭被調包就可以解釋為什麼前三箭沒射中。」安妮克嘴唇緊繃地說。「那三箭本來應該命中的，但是不同的箭頭需要不同的瞄準方式。」

「還有繩結。」瓦林心念電轉。「包蘭丁當時也在船上。他有動手把我丟下船，過程中不斷挑釁我。」

「那樣就夠了。」塔拉爾回道。「對基本的繩結做手腳，隨便生個氣就可以了。」

「浩爾試煉呢？」瓦林終於問。「荷．林呢？」他感覺自己的聲音裡充滿憤怒和痛楚。「她為什麼非死不可？」

塔拉爾無奈地攤手。「我敢說她的死與你毫無關聯。你記得下面是什麼情況。我被逼到極限，而我的劍法可比包蘭丁高明不少，我也還有魔力源，即使力量不大。如果他要存活，他就需要力量，這表示他需要情緒。搞不好他從在懸崖襲擊事件時就開始計畫這件事了。他抓住林，刺激她，汲取她的情緒，然後殺了她。」

「神聖的浩爾呀。」葛雯娜喃喃。「梅許坎特，安南夏爾，還有甜蜜神聖的浩爾。現在他離開奎林群島了。」

這話宛如一整桶冰澆在瓦林身上。他一直忙著研究過去，試圖弄清楚這幾個月來發生的事情，幾乎忘了當初開啟這一切的關鍵。包蘭丁不但自由了，他還已經出發了。

「夏利爾說是誰指派他們這次任務的？」他高聲詢問，一拳捶在桌上。

「有什麼差別？」萊斯問。

「誰？」

「她親自指派的。」安妮克語氣冰冷地說。

瓦林皮膚刺痛，一陣陣噁心的寒意襲捲而來，令他頭昏眼花。「我們得走了。」他說。「我們得帶齊裝備，牽鳥，然後離開。」

塔拉爾出手阻止他。「你聽見她說的了。我們被禁飛，我們不能離開奎林群島。隨便碰到一把弓，我們就會變成叛徒。」

「那就是重點！」瓦林爆怒。「包蘭丁就是想這樣。夏利爾是瓦許東北部的任務指揮官。」

「所以呢？」萊斯努力弄明白他的意思。「瓦許東北部有什麼？」

「阿希克蘭。」瓦林吼道。「我哥。凱登。皇帝。」

41

阿迪夫開玩笑地說凱登可以和崔絲蒂「枕邊細語」，這本來無傷大雅，但晚餐結束後，他突然覺得非常緊張。酒醉微醺對這種情況沒有幫助，在他們走出食堂後，其他四個男人目光如炬看著他的眼神當然更沒有幫助。

「你的大帳已經架好了。」阿迪夫說，順手一揮，好像凱登站的地方看不到那座天殺的帳篷一樣。那些僕役把大帳搭在廣場正中央讓他有點退卻，彷彿他的特殊晚餐讓其他僧侶不能吃飯還不夠糟，這下他們樸素小房間窗外的風景也被他大得不像話的華麗帳篷擋住了。白色的帆布牆白得好似前一天才織好般，在日落餘暉下閃閃發光。旗幟飄揚的中柱甚至比僧侶寢室還要高，那可是阿希克蘭最高的建築。

阿基爾絕對不會讓我輕易忘記這件事的，凱登悲慘地想著。

「一座配得上皇帝及美麗寵妃的大帳。」阿迪夫嘴唇旁的陰影下隱隱浮現嘲弄的笑意。

凱登當然知道這種事情要怎麼做。雖然離開黎明皇宮八年了，他依然記得父親的妾室們，十幾個輕盈優雅的女人，腳穿緞鞋無聲無息地走過大理石走廊，目光低垂，神情羞澀。在他很小的時候，曾問過母親那些女人的事情。當時母親放下仔細塗抹上奶油的麵包，看著他一段時間，緊抿嘴唇。

「她們是妾室。」她終於開口。

「什麼是妾室？」他疑惑地問。

「就是服侍男人的女人……當妻子無法這麼做時。」

凱登在腦中反覆思索了一會兒。聽起來不是什麼壞事，但是母親的態度令他不安。

「妳也有妾室嗎？」他問。「當父親不在時服侍妳？」

她笑了，笑聲苦澀。「那是男人的特權。」

凱登想了一想，又問：「我以後也會有妾室嗎？」

母親的目光始終保持在他身上。「會。我想你會有，凱登。」

好吧，他心想，看了崔絲蒂一眼，顯然就是今天了。他母親沒教他的部分，阿基爾都已經幫他補足，阿基爾每晚都會向他講香水區那些美味可口、滿嘴髒話的妓女故事。然而，崔絲蒂不是妓女，阿基爾的故事也忽略了男女關係中浪漫的元素。

院長彷彿感應到凱登的侷促，於是輕聲說道：「當然，你也可以在自己房裡度過最後一晚，去整理你的東西。」

阿迪夫和顏悅色地笑著說：「什麼東西？幾件僧袍嗎？不在僕役辛苦搭設的大帳裡過夜等於是在羞辱他們。」他轉向凱登，畢恭畢敬地說。「光輝陛下，你是皇帝，不管今天還是明天，你遲早都要接受隨著頭銜而來的一切。」

凱登看向兩名身穿粗布袍的年長僧侶，再看看接下來幾個月會擔任他左右手的密斯倫顧問。他希望寧可以陪他一同前往安努首都，就算老僧侶缺乏任何「實用」知識或政治經驗，凱登還是想仰賴他沉著穩重的智慧。這是很幼稚的想法，他只能將它拋開。此時此刻他唯一能做的，就是深吸一口氣，然後對顧問點點頭。阿迪夫和烏特顯然認為這是在遣走他們，於是兩人深深鞠躬，手抵額頭。

「明早見，光輝陛下。」阿迪夫說。「密希賈會在廣場上保護你。」

凱登猶豫地搖頭。「我在這裡住了八年，從來不需要保護。」

阿迪夫放輕語調。「你現在是皇帝了，光輝陛下，艾道林護衛軍絕不會掉以輕心。」凱登開始懷疑這傢伙的遮眼布下究竟有沒有眼珠，還是眼珠都被挖掉了。紅通通的眼洞在遮掩布下滲血的畫面令他微微發抖。

凱登點頭默許。他也擔心派兒和賈金・拉卡圖。譚堅持他們兩人不是商人，來這裡的目的並不單純。現在他們知道凱登的真實身分，以及他今晚睡在哪裡了，或許有人守衛大帳也不是什麼壞事。他在一陣噁心中瞭解到自己沒沒無聞的侍僧生涯結束了，越快接受新身分的責任，對大家來說都是好事。

當然，還有阿克漢拿斯的問題。安努人抵達的驚訝、得知父親死訊的哀傷，和晚餐的酒都把那個怪物推到內心深處的角落。要擔心自己從未見過的怪物很難，更何況譚自己都承認，那種怪物應該早在數千年前就滅絕了。儘管如此，寒冷的夜風依然刺痛他的皮膚，讓他感到恐懼。外面有東西，有能力殺人的東西，它至今尚未在修道院圍牆內殺人，但那不表示它辦不到。有艾道林護衛軍在外面看守確實能讓他睡得比較安心。

阿迪夫離開後，院長迎上前來。「我們明早再談，凱登。先好好休息，試著放空思緒。」

譚發現崔絲蒂稍微改變了站姿，他默默轉身，沒再說話。

「早上再說。」院長又對著凱登重複一次，語氣不算嚴厲。之後，兩名僧侶便沿著碎石步道離開，前往寢室。

凱登眺望遠方群山在月光下昏暗朦朧的稜線，一心只想拖延進入新住所的時間。他可以聽見下方峽谷的白河急流奔騰聲，以及遠處石塊碎裂和滾動的聲響，它們脫離冬日寒冰的掌握，滾落懸崖砸成碎片。骸骨山脈環境十分險惡，過去八年他一直渴望能回到安努，希望能出點事讓他結束流放生涯，把他帶回家。而即使心中充滿怨懟，他仍然忍受著這座修道院那些通風良好的低矮建築。直到現在要離開了，他才意識到自己和阿希克蘭之間的連結比想像中深刻。他想起安努擁擠吵雜的環境、擺滿攤販的廣場、人潮洶湧的街道，發現自己會懷念此地冰冷清澈的夜晚、太陽從東方的獅頭上升起的景象。他輕笑一聲。他甚至可能會懷念繞圈跑渡鴉環的情景，不過這點他不敢打包票。

他轉身面對修道院的中央廣場。幾名身穿黑袍的僧侶低頭做自己的事，像影子般安靜無聲。廣場上的大帳對他們的吸引力就和在抓地上碎石的石鷦鷯差不多。凱登已經開始敬重這些人，開始欣賞他們寧靜平淡和處變不驚的應對態度。

深邃黑暗中閃爍的光引起了他的注意。烏特繞著大帳巡邏，一手放在劍柄上，另一手高舉火把。一陣風吹旺火勢，照亮了南面的建築，凱登驚訝地注意到派兒·拉卡圖站在客房的窗口，正低頭看著他。女人的眼中少了剛抵達時那種風趣，也沒有差點被艾道林指揮官砍腦袋時的恭順。那就像是貓的眼睛，靜止且專注，蹲伏在池塘邊。沒錯，讓烏特守衛是件好事。凱登懷疑艾道林

42

他推開帳篷帆布門片，一股心曠神怡的焚香味撲鼻而來。僕役在裡面下的工夫不比外面少，就像童年記憶中的景象一樣——數十盞紙燈籠，紅色、金色、綠色，在地面上灑落歡快的光影。牆上掛著莫爾的精美繡帷，地上鋪著繡工細緻的地毯。

他的目光掃過那些東西，轉而看向帳內最顯眼的大床。床板上鋪著絲綢床單，還放了好幾個蓬鬆的枕頭。他四下尋找椅凳，但把整座帳篷扛上山的僕役顯然認為燈火比座位重要。除了那張大床外，他無處可去。崔絲蒂一進帳篷就僵住了，他只能盡量裝得輕鬆自在，走向床墊，輕輕撫摸羊絨毛毯。

「好了。」他說。「至少床很大……」

崔絲蒂沒有反應。

凱登轉身，想講些亨曾說過的笑話來緩和緊張氣氛，但是目光一落到她身上，所有說笑話的想法就立刻消失。

她站在門口發抖，禮服堆在腳邊，未著寸縷。凱登近乎發自本能地沉醉於她的曼妙身姿：修長的腿、白皙的皮膚、豐滿的乳房曲線。安努的席娜神廟外有座席娜女神的大理石雕像，完美軀體的實體化身，是人類歡愉的極致。他曾聽過男人開那座雕像玩笑，討論如果可以和女神獨處要幹些什麼事。後來某次外出，凱登和瓦林偷偷望著那座雕像，深受那種他們才隱約有點概念的美麗所吸引。然而，和崔絲蒂相比，大理石的曲線和優雅比例顯得略微奇怪，甚至有些畸形。

他尋求學習多年的辛恩技巧幫助，期望能冷卻激動之情，理清混亂的思緒，不過毫無用處。崔絲蒂很纖瘦，甚至脆弱，但那種脆弱感卻能對他造成極大的誘惑，在幾下心跳的時間裡，他很害怕自己，害怕自己可能會對她做的事情。他想要偏開目光不去看她，而那就和要停止自己的心跳一樣困難。

突然，崔絲蒂嬌喘一聲，主動撲到他身上，不過他意識到是酒精和恐懼驅使她這麼做的，而非情慾。她動作笨拙地撞上他胸口，兩人往後翻倒，在床上摔成一團。凱登試圖掙脫，但她緊緊抓住他，一邊不顧一切地撕扯他的僧袍。

「等等。」他說，想在不引帳外的人注意下讓她冷靜一點。「住手！」

這話讓她更為激動。每年凱登都會幫忙綑綁山羊送去剃毛或屠宰，那時他都會被動物驚慌失措時的力量嚇到。崔絲蒂此刻就是處於那種驚慌狀態裡，這一瞬間，她的力量甚至比他強大，儘管他比較高也比較重，依然被她壓制在床上。扣住他手腕的手掌像手銬一樣無法掙開。*她比我強壯*，他在掙扎的過程中震驚地想。忽然間，女孩似乎崩潰了。她依然壓制著他，但那股強大的力量消失了，讓凱登得以喘息。他掙脫束縛，低頭看著淚光閃閃的紫色眼睛。

「我們非做不可。」她泣道。「非做不可。非做不可！」

「非做什麼不可？」凱登問，雖然他心裡很清楚非做什麼不可。「沒有什麼非做不可。」他隨即補充道。

崔絲蒂用力搖頭，搖到他怕她弄傷自己。「他們說……說我們非做不可。」她哭喊。

凱登立刻起身，理好僧袍，轉頭去看牆上價值連城的一幀繡帷。繡帷上描繪了一場戰役，英俊的男人和美貌的女人之間的某種衝突，衣衫不整但是手持長矛，對抗一排排身穿灰色護甲的敵人。他全心全意研究繡工，以及色彩和圖案的細節，藉此轉移注意力好放慢他的脈搏和呼吸，放鬆……一切，在一段漫長的尷尬後，他終於能回頭面對崔絲蒂。她正在輕聲哭泣。

「他們或許說我們非做不可，」他開口，讓語氣聽起來更加肯定一點。「但他們也說過我是皇帝，而身為妳的皇帝，我命令妳穿上衣服。」

如此展開他的皇帝特權可謂十分荒謬，但萬事總得有個起頭。他轉頭偷看一眼，發現她沒有理他，仍一絲不掛地縮在床上。*還說什麼皇帝的命令絕對不能違背呢*，他暗自想。

「他說你會想做。」她呻吟道，將膝蓋抱在胸口遮蔽乳房，但卻突顯出……其他部位。凱登立刻撇開頭。「他說如果你不想做，那就是我的錯。他們就會殺了她……」她哽咽。「他們會把她趕出神廟，然後她就會死。」

儘管不想這麼做，凱登還是轉回去面對她，既好奇又不安。

「他們要殺誰？」他謹慎地問。「誰說要殺誰？」他邊說邊拿起床腳的一床被單，披在她顫抖的身軀上。她淚流滿面蜷縮在被單下，看起來像個擔心受怕的小女孩。「妳可以告訴我。」他溫柔地說道。

崔絲蒂難過地搖頭，但首次直視他的雙眼，臉上浮現認命的表情。「我母親。」她等哭得不那麼厲害能講話之後說道。「塔利克說如果我不和你睡覺，他就會把我母親趕出神廟，變成普通妓女在街上討生活。」

「什麼神廟？」凱登問，憤怒慢慢取代內心的困惑。「妳母親是誰？」他想起晚餐時阿迪夫嘲弄的笑容，以及把崔絲蒂當成「禮物」獻給自己時那副沾沾自喜的模樣。桑利頓或許將此人晉升到密斯倫的位階，但如果他總是如此對待無辜女孩的話，凱登可不打算讓他繼續在這個位子上待太久。

「洛伊蒂。」崔絲蒂回答。她終於不再怕得瑟瑟發抖，取而代之的是一股深沉的哀傷。「我母親叫洛伊蒂。她是個黎娜。」

凱登瞪大雙眼。黎娜是席娜的高階女祭司，從小就接受各式各樣的歡愉訓練。「神氣活現的高級妓女。」阿基爾如此描述，但他的話只對一半。黎娜確實會用她們的技巧換取錢財，但她們與阿基爾的香水區妓女之間的差距，就像小魚販和自由港的偉斯提德商人一樣大。

黎娜是個宗教組織。如同辛恩僧侶，她們把時間都花在學習、鍛鍊和禱告上，但與僧侶不同之處在於，她們會嘲笑空無境界那種永無止盡的禁慾之道。席娜的女祭司一生致力於世俗歡愉，她們日以繼夜地研究舞蹈和美酒……和其他更加誘人的技藝。有錢人會出大筆金錢購買黎娜的陪伴，即使只有一個晚上。而他們支付的金錢多到讓安努席娜神廟裡的黃金、大理石和絲綢數量幾乎可媲美黎明皇宮。

然而，無論她們擁有多少財富，這些女人始終把心思放在女神身上，而非支付大筆金錢吸引她們注意的男人。黎娜的行為受到規範，必須舉行儀式、主持節慶，還要尊重傳統。男人可不能直接跑去神廟，在櫃檯上丟一袋安努金陽幣，就要求黎娜提供服務。那裡可不接受這種事情，至少據凱登所知不能。即使是皇帝都會尊重女神的侍女。

「阿迪夫沒有權力這麼做。」他說。「他或許是密斯倫顧問，但他管不到席娜神廟。」

「他管得到。」崔絲蒂堅持，用力點頭。「你不認識他。他確實管得到。」她從床上坐起身來，將被單緊擁在胸前。

「好吧，我會確保他不能管。」凱登語氣堅決。「事情就是這麼簡單。我會確保洛伊蒂，妳母親，不會受到傷害。」這些話從他嘴裡說出時聽起來充滿自信，他誠心希望那是真的。

第一次，崔絲蒂看他的眼神中浮現一絲希望。希望被深埋在恐懼、猜忌和懷疑之下，但希望確實存在。凱登心裡感到一陣暖意。

「阿迪夫……怎麼找上妳的？」他緩緩問道。

崔絲蒂臉上蒙上一層陰霾，但她很快就開口回答。「我在神廟裡長大。我一直以來都住在那裡面。」她手指輕輕撩起秀髮，露出項鍊刺青，至少看起來像刺青，但凱登從來沒有見過如此細緻的刺青。

「那是什麼？」他問。

「女神後裔。」她回答。

凱登搖頭表示沒聽過這個詞彙。

崔絲蒂繼續說：「我母親常說，『男人想要快感，卻不要負擔』。會來神廟的男人全是有錢人，付錢也很大方，但他們都是有頭有臉的人物，要考慮到家裡的孩子。」

凱登彷彿聽出了一點苦澀的意味，但她沒有移開視線，接著說下去。

「黎娜都很謹慎。我母親有教我所有藥草和藥水——」她臉色一紅，立刻又說。「即使我還沒必要用到，但為防萬一，她還是教我了。總之，就算很謹慎，有時候還是會出差錯，還是會有男人讓黎娜懷孕。那時候女人就必須選擇：她可以殺了那個孩子，或是讓孩子成為女神後裔。」她再度撫摸脖子下方的刺青，彷彿要確保刺青還在。

凱登大概知道是怎麼回事了，只要深入想想，其實非常合理。

「女神後裔歸席娜所有。我們不能擁有任何財產，不能繼承任何東西，不能跟隨父姓。大部分女神後裔根本不知道父親是誰。」

她聳聳肩，這個沮喪又孩子氣的動作，感覺和她剛剛提到那些與身分地位相關的政治現狀很不相稱。

「所以，」凱登輕聲問道。「阿迪夫去神廟找……」他本來要說「禮物」，不過最後關頭改變主意。「找個黎娜，然後他選擇了妳？」

「不。好吧，也沒錯。」崔絲蒂咬唇說道。「但我不是黎娜，我母親不希望我服侍女神。」

「但妳是在神廟裡長大的。」凱登語氣困惑。

「她在神廟裡養育我，是因為沒有其他地方可去，但她總說如果我用功學習，成為舉止合宜的仕女——」她停頓片刻，低頭看著包在身上的被單，彷彿現在才發現自己赤身裸體。「如果能夠成為舉止合宜的仕女，」她繼續，聲音略顯沙啞。「我父親或許會接納我。不是當成女兒，」她連忙解釋，像是怕凱登會為此斥責她。「他永遠不會承認我的身分，但有可能讓我成為宮裡的仕女，女僕之類的。」

凱登覺得這不太可能發生。私生子是很危險的存在，即使是女孩，即使是有刺青的女孩。像崔絲蒂這麼美麗的女孩會有好幾十個追求者，如果其中有人和她結婚，然後發現她是某個貴族的女兒……

「我在神廟裡學過低階的技藝。」她繼續說，沒發現他在想什麼。「不過我母親拒絕讓我接觸高深奧義。」

「高深奧義？」凱登好奇。

崔絲蒂的臉再度漲紅。「肉體歡愉的技藝。」她目光低垂。「神廟裡所有女孩都會學習低階技藝，舞蹈、歌唱那類才藝。但是要成為黎娜，必須鑽研高深奧義多年。我母親說，就算唱到喉嚨沙啞，男人也不會為此付錢。」

「所以妳……從來沒有做過？」凱登問完後暗罵自己問這什麼蠢問題。

崔絲蒂搖頭。「不。我母親不希望我……」她越說越小聲，瞪著自己的手掌，彷彿從未見過它們。「不。」

在她繼續說下去前，帳篷後面一陣窸窣聲打斷她。她瞪大雙眼，伸指抵住嘴唇。凱登點頭。或許只是風吹的聲響，但他立刻想起派兒・拉卡圖和阿克漢拿斯。烏特是艾道林護衛軍，不過他只有一個人，不可能同時注意到大帳所有方位。

凱登連忙指向崔絲蒂扔在地上的禮服。她赤身裸體會讓他們兩個都更加不堪一擊。凱登在她努力穿回衣服時環顧四周，尋找可以當作武器的東西。他有隨身攜帶腰帶匕首，但那玩意兒派不上什麼用場。大帳的支柱或許能抵擋入侵者，但帆布沒辦法。他瞧見一支沉重的鍍金燭台，比他

43

一道閃光穿透帳篷，隨後是一把腰帶匕首在燈光下閃爍著，緩慢地來回切割厚重的帆布。凱登立刻想起在派兒袋子裡找到的那些長匕首，於是把燭台握得更緊，想在滿手手汗的情況下抓牢它。不管來人是誰，肯定會先探頭進來，他可以趁對方的腦袋伸入帳篷時對準後頸狠狠敲下去。凱登小心翼翼地走到越來越大的割縫旁，舉起武器。

一顆小光頭冒了進來，縮回去片刻，又再度出現，接著擠進來的是扭動的身體。

凱登隨即阻止自己即將敲下去的動作。

「凱登。」來人語氣迫切。「凱登，你必須聽我說！」

「帕特。」他長吐一口氣。「你來做什麼？」小男孩看見崔絲蒂，腦中頓時一片空白，不過當他轉向凱登時，所有的緊迫感瞬間回歸。

「有人，凱登，穿盔甲的人。」

凱登鬆了一大口氣，崔絲蒂也慢慢放鬆。他發現她拿起了另外一支燭台，不過現在壓低了，不確定該如何看待這個小入侵者。「八成是艾道林護衛軍。他們是來保護我們的，帕特。」

「不！」帕特堅持。「他們在山裡，整座山上都是。我剛剛在禽爪岩上，因為亨抓到我齋戒的時候偷吃胡蘿蔔，但是我們齋戒只是因為你們占領了食堂——」他責備地瞪著凱登，然後想起他來這裡的目的。

「我在禽爪岩上聽見他們的聲音，我知道你現在是皇帝了，本來也跟你想的一樣，覺得他們應該是士兵。接著，我聽見他們說話，發現他們確實是士兵。我有聽到他們說的話，也全部記下來了，就像我們每天在做的那些無聊練習一樣記下來。其中有個人說『行動前一定要確定周邊安全』。然後另外一個說『我不懂為什麼不直接殺了那個男孩就好』。我嚇了一跳，不知道他們在說哪個男孩，所以我繼續聽。第一個人叫第二個人白痴，說『如果我們接到的命令只有那樣，在廣場的時候就能動手砍下他的腦袋了』。」

凱登毛骨悚然。他回頭看了崔絲蒂一眼，她在火光照耀下臉色發白，一臉困惑地搖頭，雙臂交抱胸口。「他們還說了什麼？」凱登問，聲音沙啞低沉。

「第一個人說，如果不在動手前確保周邊安全，可能會走漏幾個僧侶。『包圍完畢後，確保他們全部死光，但是等殺死那個男孩後再行動』。」凱登心跳如雷，花點時間放慢他的脈搏。他必須思考。崔絲蒂一邊打量帕特，一邊扯緊身上的薄紗。

「他說他們大老遠把大帳運上山就是為了確認『他』的位置，他們可不想要『他』趁亂逃脫。」帕特繼續說，仍因為從禽爪岩跑下來加上心急而氣喘吁吁。「我就是這時知道『他』就是你！我差點摔下禽爪岩。我太害怕了。我爬下山峰，一路跑來這裡，但是大帳前面有個拿劍的大傢伙，所以我得從後面溜進來。你必須離開，凱登！」他急忙下結論。「你現在就必須離開！」

「我們必須告訴烏特。」凱登說著，就要朝帳門走去。

帕特衝向他，抓住他的雙腳瘋狂搖頭。「不行，凱登。」他急切地解釋道。「他是他們的人！

他們有提到他的名字，山裡那些人，我特別記下來。『烏特要……』、『回報給烏特……』他是他們的人。」帕特重複。「所以我才從帳篷後面溜進來。」

凱登試圖沉心靜氣。帝國代表團的突然出現和父親的死訊令他驚慌失措，但他竭盡所能壓抑情緒、克制情緒，扮演年輕皇帝的角色。即使密希賈．烏特改變極大，仍是這場混亂狂潮中少數他熟悉的人，在凱登回到首都時可以依賴的支柱。現在看來，此人是奉命來殺他的。他多年培養出來的紀律似春雪迅速消融，在絕望之下慌亂地求助第一年在辛恩訓練時所掌握的初階技巧。

每一口氣都是一道浪潮，他對自己說，一邊吸氣一邊想像安努城外海灣上一道一道的碎浪。*恐懼是沙*。吐氣時，他讓恐懼和沙離開內心，順著長長的圓石滑入深不見底的大海。慢慢地，他再度控制住他的呼吸和心跳。

「好吧。」他終於開口。「好吧。我們必須警告其他僧侶。我們先去告訴院長——」

崔絲蒂打斷他。「我們必須立刻離開這座帳篷。聽他說的——他們會先攻擊這裡！」她的語氣充滿恐懼，但是恐懼之下還有其他情緒，出奇堅定的情緒。*決心和意志*，凱登發現。崔絲蒂整晚都沒有顯露這兩種特質，晚餐時沒有，回大帳後也沒有。這個認知令他遲疑，但帕特馬上點頭附和，扯著他的僧袍，領他走向剛剛在大帳帆布上割開的裂縫處，正要探出頭去，被凱登拉住。

「讓我先走。確定安全後，我再指示你們出來。」

帕特割開的縫對凱登而言有點小。他放下燭台，輕輕拉扯帆布。扯開不難，但是帆布撕裂開的聲音卻令他皺眉。帕特說烏特在前面，他會不會聽見？

凱登等了一下，豎起耳朵確認是否有腳步聲或是護甲摩擦的聲音，不過除了耳朵裡血液鼓動的聲音外什麼都沒聽見，於是他慢慢探頭到縫外。

中庭空無一人，萬籟俱寂，月亮靜悄悄地穿越星空，在杜松樹下灑落陰影。凱登再度傾聽，接著嚥了口口水，穿縫而出。有那麼恐怖的一瞬間，帆布繃緊，讓他以為自己被卡住了，但在奮力一扯後，他已經站在寒冷的空氣中發抖。

他羞愧難當。帕特一路跑來，完全沒有考慮自身安全，而他，凱登・伊桑利頓・修馬金尼恩，安努第二十四任皇帝，就只能毫無用處地往外偷看。他冷靜下來，有條不紊地找出他的恐懼，將之區隔出來放到一旁。恐懼是沙。他提醒自己。稍微穩定一點後，他探頭回帳篷裡。

崔絲蒂和帕特蹲在帆布另外一側瞪大眼睛看他。凱登迅速點頭，崔絲蒂抓起男孩僧袍後領，以出奇強勁的力道把他推出去。帕特一閃而出，和他一起蹲在黑暗中。凱登揮手指示女孩出來，接著僵住。大帳對面，寢室牆邊的黑影中有動靜。

他趕忙將手伸回帳內，急著想阻止崔絲蒂，手指卻碰到了她柔軟的胸部。她當即停止動作。他感受到她的心臟在胸腔中跳動，和他的一樣猛烈，但她安安靜靜地等他確認黑暗中的動靜。

大帳後方有道淺淺的陰影，凱登盡量讓自己貼入其中。帕特動也不動地蹲在他身邊。他們可以跑，他和帕特已經在這些道路上跑好幾年了，沒有武裝士兵能夠追上他們，但那就表示他們要丟下崔絲蒂。這瞬間，他猛地瞭解到對方的計畫有多周詳。崔絲蒂是誘餌兼負累，是把凱登和其他僧侶分隔開來的藉口，確認他會離開寢室的王牌，也能保證在他們動手時能分散他的注意力。

她甚至可能是陰謀的一部分，凱登接著想到。他匆忙喚出她交代故事時的沙曼恩。他在她臉上看見恐懼、悔恨甚至是憤怒，但是沒有躊躇或欺瞞。除非他錯到谷底，不然她就和他一樣是阿迪夫陰謀下的受害者，而他不敢想像如果丟下她的話，她將面臨什麼命運。

正當他努力思索其他選項時，對面那道身影開始移動。凱登渾身緊繃，在認出對方是譚時鬆了一大口氣。他的烏米爾走到月光下，招呼他們過去，又迅速退回陰影中。凱登抓住崔絲蒂的衣服把她拉出來。待她站穩後，他們快步跑過月光照亮的中庭，矮身彎腰，彷彿在閃避無形的大槌。他們剛抵達寢室建築的陰影下，裡面就傳來一聲喊叫——叫聲先是充滿困惑，隨即扭曲成恐懼的慘叫，然後戛然而止。

凱登回頭找帕特，男孩從禽爪岩跑下來就已經很累了，再加上腿短，此時才跑到廣場一半而已。他被上方傳來的慘叫聲嚇得摔倒在地，變成大片皎潔月光下的一團黑影。凱登暗罵自己跑的時候沒有去牽男孩。

此時寢室中傳出其他叫聲，填滿第一聲慘叫後留下的死寂，跟著就出現了打鬥和掙扎的聲響。士兵互相吆喝，打死受害者，然後擁入廣場，衝到大帳前，出鞘的長劍上散發冰冷殺氣。士兵消失在視線外的同時，帕特渴望地看向分隔他和其他人間的空地，然後又看回大帳的陰影。凱登心裡一沉。

「不。」他嘶聲道。「過來！」但帕特已經往危機重重的大帳跑去。凱登聽見烏特在大帳內咒罵，並大聲下令。「帕特！」他再度叫道，放開崔絲蒂想朝男孩跑去。譚一把抓住他的手腕，同時烏特的闊劍在帆布上劃開一條大縫，隨即跨了出來。

艾道林指揮官左右查看。凱登祈禱他沒有看見幾乎縮在他腳下的小男孩。這招對小鹿行得通，他對自己說，多年來累積的無用知識開始浮上心頭。小鹿沒有體味。只要保持不動，崖貓就會走開。他差點就說服自己帕特不會有事了，但是艾道林指揮官低頭看了一眼，輕哼一聲，一手提起扭動掙扎的小獵物，一點也不費力。帕特在烏特的劍尖抵住他腹部時停止掙扎。

「皇帝在哪裡？」他咬牙切齒問道。

帕特英勇地搖頭。

「我是來保護他的，白痴。」男人放低音量，但語氣非常堅決。

「不，你才不是！」帕特也堅持。「你想傷害他，我聽到了！」

凱登想甩開譚宛如鐵鉗般的手掌，想要踏入月光下。不管這些人抓他要幹什麼，不管他們是什麼人，總之都與帕特無關。然而，他還沒移動，艾道林指揮官的劍已經貫穿男孩，血淋淋地插在他肩胛骨下方。凱登目瞪口呆。

「跑，凱登。」帕特想要叫，但聲音虛弱得可怕，宛如垂死動物的最後一口氣。話一說出口，他就往前順著劍刃倒下。

接下來一段近乎永恆的時間裡，凱登完全動彈不得。他腦中不斷重複那個可怕的景象，直到他以為那個畫面吞噬了內心其他所有思緒。

烏特若無其事，甚至有些輕蔑地壓低他的劍，讓軟綿綿的屍首滑落地面。那團血肉模糊的屍體看起來不比狗大。帕特真的如此渺小、如此脆弱嗎？是他的聲音讓他看起來比較高大，凱登發現。他隨時都在說話。

這個想法繃裂了他體內某樣東西，衝破了謹慎、恐懼、壓抑的束縛，於是他大吼一聲，跳入廣場。他聽見譚緊跟而來，但他動作向來比他的烏米爾快，而他只須要快上半步就行了。

烏特轉向吼叫聲的方向，凱登看見艾道林指揮官臉上浮現冰冷殘酷的笑容。

「我們本來就會殺死那個小鬼。」他說著，輕輕甩落劍刃上的血。「沒打算留活口。」

我不需要殺死他，凱登心想。我只要讓他分心就好，譚會解決他的。他體內有個聲音告訴他這個想法毫無道理可言，他根本不知道年長僧侶有沒有跟上來，不知道他有沒有拿納克賽爾，不知道他究竟會不會戰鬥。

凱登已經不在乎了。他看見兩個士兵鑽出帳篷裂縫，還有六名士兵從側面繞過來，心裡只感到些微驚慌。那些士兵在發現穿越中庭石板地衝過來的身影時，遲疑片刻，然後散開，在指揮官兩側擺開陣勢。不管凱登攻擊誰，其他人都會從旁上前砍死他。此時，最靠近他的士兵已經舉起長劍，凱登則笨手笨腳地揮動燭台防禦。

接著，一聲金屬插入血肉的聲音傳來，該士兵當即倒地，脖子上插著一支弩箭。

凱登還沒時間驚呼，又有兩名士兵倒地，喉嚨湧出鮮血。其他士兵猶豫了，紛紛後退一步。烏特咒罵出聲，注意力從凱登轉移到黑暗中，尋找隱身暗處的攻擊者。他們同時望向大步走入廣場的派兒．拉卡圖。

凱登首先認出那些匕首，就是三個晚上前在商人的袋子裡翻出的匕首，上了油的致命凶器。派兒隨意地一手抓一把刀，像是懶得握好它們。原先輕率高傲的態度、輕鬆的笑容，及爽朗的舉止全都蕩然無存，白天烏特劍指她脖子時的畏縮與遲疑也都不見了。她似乎一點也不在意艾道林指揮官的闊劍和其他士兵，甚至是如冰雹般呼嘯而來的弩箭，她如入自家宴會般步入殺戮現場，朝困惑的士兵點頭，彷彿他們是焦慮不安地想著第一支舞該如何表現的年輕小伙。

「安南夏爾會很高興。」她說，嚴肅地打量屠殺現場。凱登想起譚的警告：這個女人懂得壓抑最基本的生理反應。月光依然皎潔明亮，但是夜色似乎更黑暗，也更沉重了。

烏特輕輕比個手勢，兩名士兵上前一步，動作比之前謹慎小心。第一名士兵眼睛中箭，倒地身亡。眼看夥伴倒地，第二名士兵大吼一聲，舉起長劍衝上前來。身穿皮甲的派兒沒有因為士兵全副鎧甲又高出自己半顆頭而有絲毫退卻，她輕鬆踏入他舉劍的手臂下方，一刀插入士兵的腋窩，在敵人虛弱咳嗽倒地時繞過他，視線轉移至烏特身上。其他衝上去攔截她的士兵在她眼裡就像雜草一樣。

當此兵荒馬亂之際，譚追上凱登，抓住他的手臂。

「我們現在就走。」他喝道。「就算得把你打昏扛走也必須走。」凱登在震驚與困惑之中跟上譚的腳步，邊走邊回頭去看派兒。

其他士兵都倒下了，有些死在商人刀下，有些死在暗箭之下。烏特怒吼一聲，以早上要砍斷派兒腦袋的那股狠勁猛力揮刀。凱登瞪大雙眼，沒辦法不去見證既定的戰果。這個女人守護他、拯救他，而現在她就要死了。那一劍破空而來，但派兒就這麼……消失了。趁著烏特使勁揮劍的瞬間，商人著地一滾，躲過艾道林指揮官的強攻。這下輪到烏特震驚了，而派兒只讓他驚慌短短一剎那。

商人的刀光一閃，先高，後低，刺探，進逼——動作快到像有五或六把匕首在指間上轉動，而非神態自若迎向敵人時的兩把匕首。然而烏特動作比手下快，而且身穿沉重護甲。

當他們兩人在庭院中央繞圈打鬥時，黑暗中傳來一個男人的聲音。凱登轉身看見賈金右手拿著弩弓，左手則抓著崔絲蒂的手臂。他還是穿著平日那套衣褲，看起來並沒有上床睡覺，早就料到今晚會大打出手。

「擔心你們自己就好。」他說。「派兒．拉卡圖在安南夏爾的影子裡打滾多年，她晚點會和我們會合，只要那符合神的旨意。」

凱登察覺身旁的譚身體一僵。他回頭看向僧侶，驚訝地發現譚嘴角抽動，浮現某種情緒。譚張口欲言，但是更多士兵已經擁入廣場，一看見指揮官和人決鬥立刻放慢腳步。

「我得去找阿基爾。」凱登堅持。「他在寢室。」

「寢室裡都是艾道林士兵。」男人回道。

「那就殺了他們！」他比向賈金的弩弓說。

「這東西在室內沒用。」他啐道。「你朋友死了，或很快就會死。我收了很多錢不讓你和他一起死。」

凱登遲疑，但譚使勁抓住他的手臂。

「走！」他說。凱登怒吼一聲，轉過身去，四個人衝過石造寢室，衝過慘叫聲和指令聲，衝過噴出火舌的冥思廳，進入黑夜之中。

他們沿著通往渡鴉環的山道奔跑，身材高大的譚健步如飛，崔絲蒂和賈金每隔一會兒就在不熟悉的山道上絆倒。凱登試圖隔絕在他身後迴響的聲音：在黑暗中大聲下達的命令、鋼鐵交擊的聲響和慘叫聲。帕特死時的情景不斷在他腦中重播，他很難受地瞭解到那個男孩不會是今晚唯一慘死的人。凱登回想他說的話——我聽見他們說話，凱登，「確保他們全部死光」……賈金堅持寢室裡的僧侶已經全被殺死了，但阿基爾不是普通僧侶，他反應靈敏又聰明，在被送來阿希克蘭之前就已經在安努的巷道裡學會生存的技巧了。他和其他僧侶一樣在寢室中睡覺，但他肯定有聽見一些動靜。如果他能逃過一開始的屠殺，就可能在山岩中躲藏幾天。他有逃脫嗎？或是自己剛剛已經聽見他死前的呼喊了。他噁心得想吐。

就在他們準備翻越山脊進入下方淺谷時，賈金突然停步。凱登剛想提問，就被對方以目光制止。賈金慢慢探頭出去，片刻過後，他縮回來低聲咒罵。

「怎麼了？」凱登輕聲詢問，喉嚨緊繃。

「有人。」

「你們的人？」

「我們就兩個人。」他嘶聲道。「他們在派我們保護你不被殺手襲擊時，忘了提所謂的殺手是一整票皇帝的艾道林護衛軍。」

「那個怎樣？」崔絲蒂指著弩弓問。

賈金神色厭惡地舉起弓。「只剩一支箭了。我沒想到在下面要射那麼多箭。」正說著，凱登滿心作噁地發現身後的屠殺聲逐漸平靜下來。暗紅色的火舌竄入夜空，在四周的岩石上灑落搖曳的陰影。他們殺光僧侶了，八成也包括了他們自己的奴隸。殺兩百人花不了多少時間，凱登內心空洞地想著，呆呆望向身後，直到譚讓他回神。

「他們從後面追上來了。前面有幾個人？」

「四個。」賈金回答。

「弩弓能把人數降到三個。」譚說。「如果你使刀技巧的和你朋友一樣好——」

「我不行。」他瞪著譚啐道。「我們搭配合作是有原因的。她近身肉搏，我待在屋頂上處理意外狀況。」

譚咒罵一聲，舉起他的納克賽爾。「前面有四個人。後面看起來有一百個。你射箭，我們就動手。凱登，帶著女孩待在後面。」

賈金冷冷看著僧侶，然後點頭。

他們似乎一下子就打完了。賈金一箭射穿一名士兵的眼睛，接著和譚一起攻向剩下的三人。僧侶的矛刺中一名士兵的脖子，賈金砍死另一個，匕首插入對方頭盔和頸甲之間的弱點。

所以他真的會使那支矛。凱登心不在焉地想。他沒學過多少格鬥技巧，父親的護衛有教過他和瓦林一些基本概念，然後他們就離開首都了。但他能看出譚動手時的自信和致命的速度。

最後一個艾道林士兵沒有搶攻，反而因為同伴之死而喪失鬥志。他似乎一點也不打算英勇作戰，轉頭看向身後的山道。賈金趁機進攻。

他動作很快，幾乎和派兒一樣快，快到足以拉近距離，一刀插入頭盔間的縫隙貫穿敵人腦袋，但凱登驚恐地發現他沒有快到能趕在士兵舉劍反擊之前退開。他們雙雙倒地，艾道林士兵當場死亡，手中的長劍插進賈金腹部。凱登奔向賈金，但譚伸手拉住他。

僧侶沒有浪費時間喘氣。「他很快就會死了。」他說，彷彿這樣就結束了。

凱登甩開他的手，轉向地上的男人。

他已經把劍拔出體外，翻身躺在地上，傷口血流如注。他神色痛苦，開口時語氣虛弱，嘴裡都是鮮血和血泡。「禽爪岩底……」他無力地說。「派兒會跟你們在……」他劇烈咳嗽，痛得緊閉雙眼。凱登想要扶起他的頭，但崔絲蒂阻止他。

女孩的禮服破爛不堪，下巴顫抖，呼吸凝重，但是沒有驚慌失措。就算她沒有譚那般強大的決心，至少她看起來也還能控制自己。她動作堅決地把凱登輕輕推開，牽起垂死之人的手掌，另外一手貼住他額頭。「謝謝你救了我們。」她簡潔說道。他們兩個動也不動，彷彿從山裡刻出來的雕像。接著，凱登看到賈金露出抵達修道院以來的第一個微笑，身體終於停止抽搐。

「走吧……」他乏力地說完，閉上眼睛。「我在這裡等待神。」崔絲蒂最後再捏了他手掌一下，然後點頭起身，眼中淚光閃爍。

「我們已經幫不了他了。」凱登說。「來。」

凱登在他們開始奔跑的同時想起他的燭台——他僅有的武器。燭台落在身後幾步之外，他忍著劇烈心跳回頭去撿。這不像武器的武器至今尚未發揮作用，但是為了差那幾秒而丟下它也很愚蠢，這幾秒不可能造成任何影響。正當他彎腰去撿那支血淋淋的燭台時，他聽見喘氣和腳步聲。有人來了，正從一段距離外的高地對面爬上來。凱登暗罵自己愚蠢，立刻撿起燭台，轉身要去追他的同伴。那人卻叫住了他。

「凱登！幫我！」

他看著法朗．普魯姆拖著肥胖的身軀爬上高地。僧侶汗流浹背、顫抖不已，一肩的僧袍被扯爛，額上傷口的血流向他抖個不停的下巴。他跑得太累，胸口劇烈起伏。凱登真不知道這麼多僧侶中，他究竟是如何逃過底下的大屠殺。他唯一能想到的就是法朗是因為自己才身處險境，因為自己才引來這群想要殺光他們的士兵，他一定要想辦法幫忙。

「你還能跑嗎？」凱登問。

法朗眼睛瞪得老大，彷彿這個問題嚇壞他了，接著他回頭看向從修道院竄出的沖天烈焰，還有偶爾穿透火嘯而來的慘叫聲。他轉向凱登，點頭。

「好。」凱登深吸口氣。「一手抓住我的腰帶。你還是必須跑步，但我可以拉你一把，特別是上坡的時候。」

「謝謝你，凱登。」年輕人回道。

凱登只是點頭。

「我們走。」譚說。年長的僧侶開始往回走，但凱登揮手叫他繼續往前。

「我們來了。」他回道。

四人不再多言，轉身遠離亡者的鬼魂和活人的慘叫，奔入黑夜的空虛之中。

44

黎明會到來。

一整個晚上，當他們在魚肚白的月色下逃離黑暗時，凱登一直對自己重複這句禱文。譚率領這一小隊人沿著險惡溪床而上，穿越狹窄溪谷，還貼著萬丈深淵的斷崖通過只有一步寬的岩架。派兒一如承諾，在距離修道院幾里外的地方現身，就在禽爪岩的巨型花崗岩柱底部。她時髦的外套被燒掉一整面，左手前臂覆滿黑漆漆的血肉，在月光下反射幽光。

「你們這些僧侶真的很能跑。」她逐漸落後，喘著氣喊道。

凱登一開始不懂這個女人怎麼還走得動，更別說是跑了，直到他發現她身上的血全都來自死在下方山坡上的士兵。當三名艾道林士兵衝出黑影試圖阻擋他們去路時，派兒毫不停步就殺了兩人，譚則以納克賽爾將第三個擊落山壁。年長僧侶壯得像牛似的，而那個商人，宛如月光投射出的陰影般無聲無息前進。不過她不是真的商人，凱登提醒自己。

黎明會到來，凱登在奮力爬上陡坡時告訴自己。法朗拉著他的腰帶，一路上都在疲憊和恐懼下氣喘吁吁。這個僧侶在拖慢他們的速度，這點毫無疑問，但他們又不可能丟下他不管。已經死太多人了。凱登冷酷無情地將帕特死前的景象擠出腦袋，強行壓下辛恩僧侶死在寢室裡的想法，以及阿基爾現在是躲在什麼地方又或是正慢慢流血等死。他趕走所有思緒，直到能專注在感受胸口平穩的起伏、雙腳的灼燒，以及腳下岩石的灰色殘影。

黎明會到來。

儘管如此，當黎明真的到來，玫瑰色和赤褐色的微光浮現天際時，夢魘依然如影隨形。

譚領著他們一路向東，向上，深入群峰之心。這個決定很合理，沒有武器和護甲的重量，凱登等人肯定會比艾道林士兵更快。問題在於，法朗跟不上他們的速度，只能拖著肥胖身軀沿崎嶇山道走。譚和凱登整個晚上都在輪流拉他，崔絲蒂太嬌小了幫不上忙，派兒則是對這種做法嗤之以鼻。胖侍僧已經摔倒無數次，還兩度連帶扯倒凱登。他們不能這樣繼續下去，偏偏又沒有其他選擇，凱登只能咬緊牙關，繼續跑。

太陽高掛，氣溫變暖，他開始出汗。突然間山道豁然開朗，來到一座小盆地，派兒停下腳步。凱登以為艾道林護衛軍已經繞到前面攔截，於是伸長脖子，做好遇上拔劍戴頭盔士兵的心理準備。結果沒有任何士兵，只有一座閃閃發光的高山湖，小到丟顆石頭就可以落到對岸。湖畔有幾片岩生草，一旁山道——如果那算得上是山道的話——繞過湖畔，順著陡峭山谷蜿蜒而上。

「又是上坡？」凱登疲憊地問。

「先等一下。」派兒回答。「他們留下大部分士兵在修道院處理善後，但我要確定有多少人追上來。我想從這裡可以看見部分我們來時的路。」

「看不見。」譚簡潔回覆，但是凱登和法朗已經轉頭去看。

正當凱登察看中距離一座聖松林時，身旁的胖僧侶突然輕呼一聲，跪倒在地。凱登暗自嘆息。如果法朗連站都站不起來，他幾乎不可能拖著他爬上前方的陡坡。

「來吧。」他伸手去抓對方的僧袍。「現在坐下休息，待會要走就更難了。」

僧侶沒有反應。

凱登轉向他，準備說點嚴厲的話，卻在扯動僧袍時見法朗的頭歪向一側。凱登駭然發現他嘴角冒血，順著肥下巴形成一道血流。

「譚！」他大叫。「法朗出事——」

他突然住口，眼睜睜看著派兒冷靜地用褲管擦拭匕首上的血跡，然後插回刀鞘。

有一瞬間，沒人做出任何反應。凱登看著派兒，崔絲蒂看著法朗，胖僧侶目光呆滯，什麼也看不到。接著譚出現在凱登和商人之間，雙手舉起納克賽爾。

「後退。」年長僧侶說，語氣冷酷嚴厲。

派兒攤開雙手，神色不解。「你們辛恩僧侶不是應該很擅長觀察嗎？過去半天裡，我已經救了凱登四次，我以為我的好意大家都很清楚了。」

「好意？」崔絲蒂顫抖的語調透露憤怒和難以置信。「你殺了凱登的朋友還敢說是好意？」

派兒搖了搖頭，一副已經講過這個話題上百次但都講不通的模樣。

「妳為什麼殺他？」凱登聽見自己用空洞聲音發問。

「他會害死你。」派兒回答。「他拖慢你的速度，消耗你的力量，提高艾道林護衛軍追上來的機會。」她長嘆一聲。「我知道我表現得好像很輕鬆，但是拯救你的性命已經……比我預期中更加有趣。」

「我們有好幾個小時沒聽見艾道林士兵的聲音。」凱登回道。「他們搞不好已經放棄了。」

派兒不敢相信地瞪大雙眼。「你以為烏特和阿迪夫千里迢迢跑來，會在一夜之間放棄？他們還在追殺你，而法朗，願安南夏爾看顧他的胖靈魂，會拖累你到被他們追上的地步。到時候他們會把他和你都殺掉。」她邊說邊皺眉。「我們其他人也都難逃一劫。我下手乾淨俐落，不會痛，他也不害怕。最好大家都能這麼幸運。」

「妳到底是什麼人？」崔絲蒂斥問。她擠開譚，走到離女人只有數吋的距離處，抬頭怒視她。派兒年紀比她大也更高，手還拿刀，但崔絲蒂絲毫不懼。「妳有什麼資格決定誰死誰活？」

派兒一副在考慮該如何回答，但開口的卻是譚。

「她是顱誓祭司。」年長僧侶說。這個稱呼讓凱登肩背肌肉瞬間緊繃。「是安南夏爾的女祭司。」僧侶繼續說，聲音宛如銼刀在刮石頭。「她的神乃是死亡之神。」

崔絲蒂退開一步，凱登則是搖頭。「不。」他緩緩搖頭，想以多年受訓的方法弄清楚此事。「不，這樣不合理。顱誓祭司只會殺人。但她救了我。」

「如果她救了你，就表示有人付給她很多錢。」僧侶咬牙說道，轉身面對女人。「說我弄錯了，殺手。」

「沒。」派兒冷冷回應。「你沒弄錯。如果是其他情況，我很樂意在春天的大太陽下花一整個上午和旅遊夥伴混熟，但是烏特還沒死。」她臉色一沉，彷彿這個想法令她惱怒。「我已經很久沒殺全副武裝的男人，恐怕我的技巧有點生疏了。除非你們想要落到法朗那種下場，不然我建議我們繼續移動。」

「妳不能跟我們走。」譚說，語氣冷酷嚴厲。

派兒揚起一邊眉毛。「唯一的問題在於你能不能跟我們走。」她回應。「我收錢來救皇帝。沒人付錢要我救中年僧侶和衣衫不整的妓女。」她看了崔絲蒂一眼，補充道。「當然，請原諒我說話這麼直接。」

「是誰雇用妳的？」凱登問。

「不知道。」她聳肩回答。「客戶付錢給拉桑伯，拉桑伯再派人執行任務。這樣比較方便。現在，誰要來，誰要死？」

譚握矛的手伸展手指，而派兒一副沒注意到的樣子，但凱登突然有種預感，兩人即將大打出手，還會打到至死方休。

「我們一起走。」凱登語氣堅決，先是直視派兒，然後轉向譚。「她或許是安南夏爾的祭司，但她和我們同一陣線。」他強迫自己不要去看癱倒在地的法朗，不去想劃開男孩血肉的黑鋼。他被罪惡和恐懼搞得胃翻騰，但如果他無法說服烏米爾一起走，這裡馬上又會死人。或許所有人都會死。

「幾個小時前，帝國代表團也和你站在同一陣線。」譚吼道。「不要這麼急著認定哪個男人是你朋友。」

「或女人。」派兒補充。

「我沒有說她是我朋友。」凱登回答，努力保持語調穩健。「我只是說暫時可以和她一起走。等擺脫追殺後，再來決定該怎麼做。」

「我不跟她去任何地方。」崔絲蒂說。自從譚揭發派兒的真實身分後，崔絲蒂瞪她的眼神彷彿當她是隨時準備進攻的毒蛇。凱登注意到崔絲蒂緊握燭台的手用力到指節發白。「要和顱誓祭司一起，我寧願自己走！」

派兒對她搖搖匕首。「顯然我沒有把話說清楚。妳自己一個人走也不是選項之一。如果妳離開我們，他們就會抓到妳，然後妳就會透露我的身分，這會降低我們逃離的機會。我再說一次，這回請妳仔細聽好：要就跟我走，不然就去見妳的神。」

凱登一把抓起崔絲蒂的手腕，擔心她會想甩開。「如果我們都跟妳走，」他緩緩問道。「妳就不會傷害他們？」

殺手兩手一攤，一臉誠懇。「我說過了不是嗎？再說，我從不傷人，我只殺人。」

譚搖頭。「你不能和她交易，也不能和她協商。安南夏爾的祭司除了他們嗜血的神之外，不對任何人效忠。你這個救星絕不同情，毫無憐憫。」

「聽起來像是在形容我最近不幸遇上的一批隱居僧侶。」殺手挑眉說道。

「這並不是有沒有情緒的問題，」譚說。「而是忠誠。」他轉向凱登。「我們告訴她，她丈夫死了的時候，你看到她有絲毫遲疑嗎？」

派兒說：「賈金不是我丈夫，不過是作戲罷了，但我們曾經合作過很多次。就某方面來說，他是個誠實又溫柔的人，而且非常擅長弩弓。我會想念他的，僧侶，但我不會為他哭泣。神對我們一視同仁。」

凱登深吸口氣。「妳的任務要妳救我。所以我要求妳不殺譚或崔絲蒂，妳就不能殺。」

派兒似乎覺得這種說法很有趣。「我收錢保護你不被人殺死，不是聽你號令。皇帝、屠夫、小販，所有人死的時候都差不多，而神的僕人也會平等對待他們。」她暫停片刻。「然而，僧侶似乎很熟悉山裡的地勢，而這個女孩……這個女孩或許還有用處。我不介意帶他們一起走，至少暫時如此。」

凱登轉向譚。「寧是怎麼說的？『真相只是兩個點中間的直線』，現在我們的直線就是全部待在一起，繼續爬上山谷。」

譚思考這句話，深邃眼眸堅毅又難以捉摸。「上。」最後他說，轉身走向山道。

「上。」派兒不解地搖頭。「為什麼老是要往上走？」

45

瓦林受訓過程中見過一些險惡的地形，自由港南方冰封的羅姆斯戴爾山峰、賽格爾沙漠上的酷熱沙丘、魏斯特以北的哈南叢林等，但他從未見過骸骨山脈這麼遼闊險峻的地方。所有山峰都很符合此地的名稱，高聳入雲的白色花崗岩，宛如大地的骸骨破土而出，岩石盡頭隱沒在冰雪中，冰川和冰塔形成了尖銳的山脊邊緣，勾勒出稜線，骯髒的積雪化為霜白的河流。不規則的連綿山峰一望無際，鮮明地刻蝕在寒冷的藍天上。

他們足足飛了四天才抵達骸骨山脈南方的山丘，每次只休息一個小時讓巨鳥恢復體力。除了搭乘凱卓鳥旅行一定會有的疲憊感外，這趟旅程比他們的任何訓練都還要輕鬆。如果瓦林可以忘記造成他們匆忙成行的原因，忘記在前面等待他們的狀況，這段旅程堪稱是世界偏僻角落的愉快訓練之旅。只不過這次並非訓練。在他們做出那種事情之後，便不再會有任何訓練了。

叛徒。他們現在的身分是叛徒。打從他們洗劫軍械庫、帶走蘇安特拉後，他們就成為叛徒。瓦林很驚訝他的隊員竟願意跟隨他北行，踏上目無法紀的恥辱之路。畢竟，如果他們待在夸希島遵守夏利爾的命令，乖乖等候凱卓的調查報告，安妮克很有可能獲判無罪。最起碼其他四個人可以證明清白，再找一個狙擊手，然後開始執勤。

話說回來，他的隊員本來就和溫順服從沾不上邊。他露出冷酷的微笑，明白或許就是他們日以繼夜質疑他權威的固執，促使他們反抗夏利爾不公正的監禁。跳蚤的話回到他腦海中，冷靜而又自信：我覺得你們會成為很好的隊伍。

不過，他們現在是跳蚤的敵人了。這個想法將瓦林臉上的笑容一掃而空。所有學員都聽過那些故事，在猛禽歷史上，只有兩個小隊叛變過，而他們都遭遇無情的追殺。無聲俯衝隊的隊長割喉自盡，黑暗小隊的隊長則遭受俘虜、刑求，最後在夸希集合場上被公開處決。在瓦林及隊員飛往北方追趕姚爾後，肯定有人會緊追在後，那些老鳥和專家們。可能是芬恩，或是跳蚤，差別不大。如果他們在瓦林會合凱登之前找上門來，瓦林小隊多半會在轉眼間全軍覆沒。

就快到了，瓦林提醒自己，掃視北方的山峰。快到阿希克蘭了，天知道那在哪裡。

猛禽擁有全安努最完備的地圖，兩大陸上十幾座城市裡的巷道和下水道細節盡在其中。不幸的是，他們沒有繪製帝國東北邊境這片遼闊山區的地圖。除了幾座採礦營地和少數幾座山羊牧場外，骸骨山脈地勢太高，完全不適合居住。以軍事價值而言，這裡就和牢不可破的城牆或大片海洋差不了多少，連最低矮的山道也不能讓大批軍隊行軍穿越。而據瓦林在鳥上所見，即使是裝備齊全的人想要步行跨越最高的山峰也很困難，距離太遠、地形太崎嶇，任何人——安努人、安瑟拉人、厄古爾人——都不會想穿越其中。於是，除了少數羊皮紙上寥寥幾筆和一個標示點指出阿希克蘭的大略位置外，他根本沒多少線索可以去找哥哥。

蘇安特拉接近山峰時，萊斯控制牠穿過積雲，下降到崎嶇山峰上方數百步的高度，展開前次休息時討論過的系統性飛行計畫。他會乘著氣流盤旋而上，降低蘇安特拉的負擔，繞個幾圈，偵查下方的山區，然後在寒冷的風中急速滑翔至另一端。寒風痲痹了瓦林的手指，幾乎要把他扯下蘇安特拉的鳥爪。

山區的地貌涵蓋了迷宮般的狹徑、深谷、峽谷，以及洶湧的白沫河流，是他這輩子見過最荒涼孤寂的景致。他們花了一個早上將整片山劃分成區，地毯式地一區一區搜索，但卻沒有找到比令人印象深刻的崖貓更大的生物。根據凱登的來信，阿希克蘭修道院不是什麼壯觀的建築，只是一座依靠懸崖而建的幾間石造房舍。瓦林有點擔心他們一不留意就飛過頭了。下面那只是一堆夭殺的石頭堆在另一堆石頭上而已。有些石堆看起來極似破爛建築物，這讓他相信自己很有可能把真正的建築物當作岩石坍方。他專心搜尋下方的山區，看到眼睛發疼仍不移開視線。

葛雯娜和他待在同一隻鳥爪上，在亮眼的頭髮不停甩在臉上的情況下研究底下的地形。片刻後，她湊到他耳邊叫道：「大概在山上多高的位置？」

瓦林搖頭。

「有幾棟建築？」

他再度搖頭。葛雯娜翻了個白眼。

這是他第一百次希望他哥有多寫一點辛恩僧侶的生活細節。他們有通信，透過從安努船運過來的短信，有時候會遲到好多年。凱登描述的「訓練」聽起來很奇怪，而且很沒道理。辛恩僧侶每天就是製作陶罐、畫圖或閒坐欣賞高山。當他的眼睛掃過另外一座布滿岩石的溪谷時，瓦林發現他仍然非常擔心凱登，卻已經不再瞭解哥哥了。他們是童年玩伴，但就像父親從前常說的，不同的土壤會長出不同的果實，而他很難想像還有比奎林群島和這些冷酷無情的山峰之間相差更大的土壤了。童年的凱登很喜歡笑、熱愛冒險，但是童年的凱登已經是將近十年前的凱登了。他會不會放棄所有訓練甚至性命，結果卻只救出一個蠢蛋或暴君？

葛雯娜用手肘頂他，讓他從恍神中清醒過來。快要黃昏了，太陽逐漸接近西方的草原，但他的爆破兵卻指著東北方群山之間的一個隘口。在這個距離下，瓦林什麼都看不清楚，當然也看不出在岩石背景前模糊的石造建築輪廓，他正要偏開目光，一道閃光引起他的注意。他注意到那是鋼鐵反射落日的光芒，當即拉下通往上方飛行兵座位的信號皮帶。

萊斯將巨鳥拉至最高峰之上，穿越低矮雲層，這般高度的空氣稀薄到令瓦林肺部不適，手指幾乎和鳥爪上的套環凍在一起。凱卓並沒有對抗其他凱卓小隊的標準程序，但瓦林小隊已經事先討論過此事。姚爾一定會低飛，和他們剛剛一樣仔細搜索地面。瓦林計算角度，他們位於那道閃光西南方數里外——對方或許也會看到類似的閃光，但是可能性不大，特別當他們低頭專心搜索地面的時候。

人和鹿很像，從來不看上空，韓德倫寫道。

萊斯還在催促巨鳥攀升，一路竄至山峰數千步之上逐漸暗淡的天空中。如果能從上而下展開突襲，似乎就有可能靠葛雯娜特製的碎星彈頭箭一舉殲滅姚爾的小隊。安妮克只要把箭射入鳥尾，等引信燒完就好了。他望向狙擊手，發現她已經把箭搭上弓弦，斜身探出鳥爪側面，尋找下方的獵物。

說不定我們還搶先一步，瓦林內心燃起希望。葛雯娜看到的東西有可能是阿希克蘭修道院，某個扛著鋤頭從田裡回家的僧侶。

然而，隨著閃光處越來越近，瓦林看出那個地方肯定不是阿希克蘭。光線似乎來自遠方稜線上的一處山鞍，那裡連座小型建築都沒有。沒人會在這麼高的地方蓋房子，就算是這群天殺的僧侶也一樣。你得把時間全都花在挑水上。那葛雯娜看到的究竟是什麼呢？他的心跳在飛越上空時瘋狂加速。

是部隊。他發現約莫十幾個人散布在一座臨時營地上。姚爾，他首先想到。問題是姚爾沒有指揮這麼多人。難道夏利爾不只派出一個小隊？

葛雯娜瘋狂比劃手勢，他趁她又用手肘頂他之前揮了揮手。

「我看見了！」

現在知道該把注意力放在哪裡了。他從背包裡拿出一支望遠鏡，對準底下的部隊。肉眼看來和螞蟻差不多的人變得清晰無比，護甲上的太陽標記幾乎觸手可及。是艾道林護衛軍。他笑得咧開嘴角。桑利頓察覺陰謀時必定派出了兩支部隊，前來保護瓦林的人還沒抵達目的地就在船上慘遭屠殺，但看來負責保護凱登的隊伍撐過來了。瓦林不知道底下究竟是什麼情況，也不知道阿希克蘭位於何處，凱登又在哪裡，但有一件事非常明白──他不須要獨自應付姚爾小隊了。代表團肯定知道阿希克蘭的位置，很可能就在附近。瓦林的小隊可以先飛過去找出凱登，再等待艾道林護衛軍抵達。

接著，他看見巨鳥──姚爾的鳥。巨鳥停在部隊營地四分之一里外的一片草地上休息。

「那個天殺的混蛋已經到了！」葛雯娜指著下面對著他耳朵吼道。

瓦林嚴肅地點頭。

姚爾大概是在空中看見艾道林護衛軍的，不然就是被艾道林發現了。不管是哪種情況，姚爾肯定都很快就想出因應之道，找個合適的地方降落。畢竟，幾個月前死在前往夸希島船上的艾道林士兵並不知道幕後主使人是誰，這些來找凱登的人也不太可能收到更多情報，搞不好以為姚爾是奉猛禽之命前來執行任務，以為這個婊子養的是來幫忙的。姚爾可以扯各種謊言，此刻甚至可能正安排著以凱登意外死亡收場的「救援行動」。

不過，姚爾並不知道瓦林的小隊已經不在奎林群島上了。就像韓德倫寫的：奇襲乃是最強的武器。

山鞍位於兩座崎嶇山峰之間，提供兩地相互通行的道路，並給予周遭陡峭地勢一塊喘息的空間。兩旁崎嶇峭壁的陰影下堆了厚厚的積雪，但是山鞍中間沒雪。有些岩石之間甚至還長了幾片矮草地。東側的地勢很陡，陡到凱登懷疑能不能從那個方位下降；而西邊的坡度較為平緩，四分之一里外還有一片一百步左右的空地。那裡的草在強勁的風勢下長得比較平均，姚爾就是把鳥停在那裡。

艾道林護衛軍在山鞍擺開防禦陣勢，三人一組分別占據不規則四方型的四個角落。少數幾個人聚在山鞍中央煮食用的火堆旁，不過瓦林看不出來木柴是哪裡找來的。其他人倚靠巨石和小溝壑，或任何可以遮風的地勢，搭建幾座低矮帆布帳篷。這處營地雜亂無章，艾道林可能沒料到在這種荒野之中會遇襲，就算真的有敵人來襲，這個兩側都是陡坡的地形也是易守難攻。這些人甚至不需要武器，只要搬幾塊中型圓石推下去就好了。

姚爾也一樣沒有做多少警戒措施。瓦林花了點時間才在那群人中找出這位小隊長，他絕不會認錯那頭在山風中飄動的黃髮，就連站姿都很傲慢。包蘭丁和他一起站在營地中央。吸魔師被迫把獵犬留在夸希島，但是老鷹還是停在他肩膀上。不過那不是他的魔力源，瓦林提醒自己。只是一隻鳥而已。

吸魔師和小隊長在和一群艾道林護衛軍交談。姚爾用雙手比劃誇張的手勢，包蘭丁則一動不動地站在他身側。瓦林好奇他們在扯什麼謊。安娜和鳥在一起，里魅爾·史達和赫恩·安曼卓克待在山鞍另外一側。他們看起來比艾道林護衛軍警覺一點。赫恩甚至已經把箭搭在弓弦上。這個年輕人沒有安妮克強大，但他射得中目標。不過這些都不重要。他們都在看峽谷。那群婊子養的混蛋全都在看下面。

瓦林冷冷一笑，看向葛雯娜。

「算帳的時刻到了。」

♛

萊斯在一陣強風和翅膀拍擊聲中降落，瓦林落地翻滾後起身，隨即發現自己面對一個幾乎身穿全套盔甲、神情嚴峻的艾道林護衛軍。他花了點時間回想對方的身分。他認得那張臉，但是現在那張臉當然比較年長，也更加風霜——密希賈·烏特。瓦林認出他，嘴角忍不住微微上揚。情況越來越好了。小時候，他向來敬重這個黑護衛隊長，烏特也對瓦林很好。瓦林站直一點，知道這個艾道林指揮官是第一次見到成年後的他。

「烏特指揮官。」他說著，上前伸出一隻手。

高大的艾道林指揮官沒有和他握手，反而後退一步，拉開兩人間的距離，一邊從身後拔出他那把大闊劍。他對瓦林出現在距離安努和奎林群島都有一個半大陸遠的地方沒有任何驚訝，反倒看起來不太高興。

「不要再上前了，馬金尼恩。雙手放在身前，叫你的人退下。」

瓦林皺眉。他知道姚爾能看見他們從天而降，這點肯定無法避免，他甚至預期另外那個小隊長會在情急之下編些謊話。然而，他沒料到那些謊話會這麼快開花結果。剛要準備下鳥的萊斯見狀警覺地瞇起雙眼，又坐回他的鳥鞍上。原先在搭建帳篷和擔任守衛的艾道林士兵開始朝指揮官靠近，手上都握著武器。安妮克和塔拉爾往兩邊散開，避免遭受夾攻。

「退下？」瓦林問，察覺自己語調中的涼意，不過沒有加以隱藏。「我的隊員都沒亮武器，手裡拿劍的人是你。這可不是艾道林護衛軍面對皇帝的弟弟應該有的態度。」

「我要守護的人是皇帝。」

「據我所知，你宣誓效忠整個皇室家族。」

「只有對帝國忠心的人。」

瓦林嗤之以鼻。「所以山米・姚爾已經搞定你了。我印象中的密希賈・烏特不會如此輕易相信叛徒的謊言。」

「把劍扔掉。」男人吼道。「然後我們再來確定是誰在說謊。」

瓦林還沒繼續說下去，葛雯娜已經擠上前推開瓦林，滿臉怒容。

「我不知道你是什麼人，艾道林。」她邊說邊伸指戳艾道林指揮官。「但是整天戴那頂頭盔八成把你腦袋烤熟了。山米．姚爾和他的寵物吸魔師呢？我們知道他們在這裡，降落前還看見他們。我們知道他們在你那顆石腦袋裡塞了完美的鬼話，你們才會一點也不設防。再等下去，他們就有時間跳上鳥背逃跑。」

她一副打算拔劍殺出重圍的模樣，但是烏特壓低劍尖，直指她的脖子。「再往前走一步，我就砍了妳。」

葛雯娜臉色一沉，不過沒有後退。瓦林突然發現凱卓訓練有個問題，就是他的隊員不像正常十七歲的菜鳥部隊，對敵方的武器和人數優勢抱持基本的尊重。對凱卓而言，其他所有人都是業餘人士，包括艾道林護衛軍在內。瓦林瞭解這種態度，但也知道這有可能害死他們。除了烏特和兩個包夾他們的士兵外，旁邊還有六名弓箭手散布在岩石間，全都已經拉弓搭箭。他們明明站在同一陣線，只要有時間，他就能讓烏特瞭解這一點，但大家都很累了，神經都很緊繃，也無從得知姚爾在他們降落前都說了些什麼謊。這是非常容易犯錯的時刻，而任何錯誤都可能讓情況一發不可收拾。

「退下，葛雯娜。」瓦林低吼道。

「但是——」

「退。下。」

她齜牙裂嘴，但是照做了。

「武器。」烏特說。「所有武器，放地上。」

瓦林遲疑。士兵絕不會主動交出武器，但眼下的情況不太尋常。只要雙方繼續對峙，他們就不可能找出凱登或獵殺姚爾。總要有人先釋放信賴的善意，而瓦林在烏特堅定深邃的眼中看不見妥協的意思。

「我們盡快解決這個狀況。」他終於開口，回頭望向他的隊員。「照做。」

「我不喜歡這樣。」安妮克說，語氣像是在談論湯太鹹之類的事情。

「我也不喜歡，但這是烏特的要求。」瓦林說。「我們越快照他的話做，就能越快開始此行的目的——拯救凱登。再說，」他努力讓語氣聽起來輕鬆一點。「我們沒有多少選擇，不是嗎？」

「我可以殺了他。」安妮克說。她沒有提起弓，但是躲在岩石間的士兵都已提高警覺，其中好幾個人甚至拉開弓弦。這是錯誤的做法，因為她能趁他們計算距離的時候拉弓射擊。不過，安妮克似乎沒注意到那些士兵。「一箭貫穿眼珠。你決定。」

「你的狙擊手似乎不太遵守命令。」烏特說。

「對啊。」瓦林回答，轉頭看她。「你會習慣的。」

「叫她放下弓，不然她身上會插滿箭。」

安妮克毫不在意。「還是你決定，隊長。」

「放下那把天殺的弓。」瓦林喝道。「所有人，放下武器。現在這樣只是在浪費時間。」

狙擊手聳肩，把弓放在地上。其他人跟著照做，但瓦林注意到他們都留著腰帶匕首。

「飛行兵也一樣。」烏特咬牙道。「叫他下鳥，然後我們再談。」

「我不知道。」萊斯回道。「你們下面看起來不太順利。」

「下鳥，萊斯。」瓦林朝他喊。「立刻。」

他不是在氣隊員。他們都是照程序行事，安全為上，但是跟十幾個艾道林護衛軍對峙沒有任何好處。最好的情況下，他們會浪費寶貴的時間；最糟的情況，有人會死。如果安妮克殺了烏特，他說不準烏特手底下的人會怎麼反應。此刻他們最不樂見的就是在世界盡頭大打出手，讓姚爾、包蘭丁和他們其他隊員笑嘻嘻地隔山看戲。

「好了。」他在幾名烏特的手下跑來拿走地上的武器後說。「現在你不須要擔心安妮克會一箭射穿你的護甲，或許你可以聽我說了。」這不算最有外交手腕的開場，但烏特也沒有特別友善就是了。

「說。」艾道林指揮官說。

瓦林挑選用字遣詞。「山米．姚爾和他的隊員密謀要殺我，以及凱登。不管他們怎麼跟你說的，他們來此的目的都是為了要殺他。」

「他們就是這樣跟我說的。」烏特回答。「我本來不確定要不要相信他們，但你幫我弄清楚實情了。」

瓦林瞪大雙眼。「他們告訴你了？」

夜色中傳來一陣低沉諷刺的笑聲。姚爾從一顆大石頭後面走了出來。

「看來我太看得起你了，馬金尼恩。」小隊長竊笑。「當然，我向來不覺得你有多聰明，卻沒想過你竟然會來幫我的忙。」

葛雯娜喉嚨深處發出低沉的咆哮。瓦林目光保持在姚爾身上，緊握她的手腕。他不知道現在是什麼情況，但他不打算讓她枉送性命。他轉向烏特。

「如果他說他是來殺凱登的，」他咬牙問道。「那他為什麼還能走來走去？」

他非問這個問題不可，雖然心裡那股噁心的直覺已經把答案告訴他了。

「因為他是來幫我們的。」烏特回答。「我們是來殺你哥的。而我親自監督摧毀修道院的行動。我大部分的手下現在都在那裡處理善後，獵殺僅存的僧侶。明天一早，我們將會找出皇帝，讓他腦袋分家。」

46

光明神殿前的廣場看起來比較像軍集場，而不像聖地。那個混蛋肯定又追加了五百名士兵，艾黛兒暗自想道，看著站在崗位上的火焰之子。沒有人阻攔她的轎子，甚至沒人朝她多看一眼，但那些閃閃發光的鎖甲和十二呎長的戰戟所釋放出的訊息非常明確——英塔拉教會認定安努城內有他們的敵人，而他們決定要保護自己。

除了那些士兵外，神殿前還聚集了一群平民，排隊等著進去參加正午儀式。艾黛兒下轎時，人群中傳來一陣憤怒的騷動。她在烏英尼恩審判中所扮演的角色就和他的「神蹟」一樣迅速傳開——忌妒的公主想誣陷一個無辜的聖人。艾道林護衛軍被迫在人群前開路，前排少數幾人單膝跪下，拳頭抵地，但其中很多人行禮速度緩慢，甚至充滿怨恨；至於後排則有不少人對她出言嘲諷或破口大罵。

她的計畫可能會失敗，但她從沒想過自己甚至會連大門都進不去。我應該聽朗的話，多帶一點士兵來的。

肯拿倫堅持要派兵。

「我不想看到妳被暴民打傷。」他堅持道。「特別是在我知道妳的吻功有多高明後。」

當時她把他推開，同時感到開心又惱怒。

「此事你不能參與。」

「我是攝政王，妳不能阻止我。再說，儘管明知不該，我還是被妳迷得神魂顛倒。」

「聽著。」她說。「此事不能和你牽扯上任何關係。首先，不能讓你看起來是在壓迫神殿，或是派遣安努部隊占領神殿。那只會讓人民對黎明皇宮更加反感，更支持烏英尼恩。更重要的是，」她繼續說，伸手抵住肯拿倫的嘴唇，阻止他的抗議。「這是烏英尼恩和我的私人恩怨。是他本人出手攻擊了馬金尼恩的政權，如果我們家族打算保住王位，我就必須親自教訓他，而不是透過壓倒性的武力。」

這話當時聽起來很有道理，但隨著憤怒暴民從四面八方擠來，艾黛兒發現自己希望能有更多支持。桑利頓曾對她解釋過人在情緒激動時最是喜怒無常，而暴民更會放大情緒。如果這群人決定展開暴動，身邊這十幾個艾道林護衛軍還沒拔劍就會先倒下。

繼續前進，掩飾恐懼，掩飾疑慮。

她抬頭挺胸，直視前方，不過在終於通過大門時還是鬆了一大口氣。

♛

謝天謝地，皇室家族在神殿有個小包廂，讓馬金尼恩家的人可以不用和平民推擠，靜靜觀看儀式。包廂的木牆不可能抵擋得住憤怒的暴民，但勉強給她一些喘息空間，特別在艾道林護衛軍開始於周圍站崗後。她在一張絨布椅上坐下，藉以掩飾發抖的雙腳。有些信徒看到了她，滿臉怒容地伸手指她。她無視他們，專心看著透鏡下的焦黑石塊。太陽幾乎爬到了正午的位置，高溫已經開始讓透鏡下的空間產生游絲現象。

等群眾都安靜下來後，烏英尼恩四世才從南方過道中間一扇鍍金門進場。如果沒有那套矯揉做作的披肩和聖袍，艾黛兒心想，你或許會把他誤認為是地毯商或車輪匠。不過祭司的隨行人員確保沒有人會產生這種誤會。他的前後各有兩排見習修士，男孩和女孩都有，身穿代表英塔拉的金色和白色聖袍，手裡都拿著金鍊條來回搖晃一顆水晶。水晶反射的光線在牆上和地板上打出光影，但是艾黛兒目光始終保持在烏英尼恩身上。

這傢伙的叛意和野心在審判幾週後越來越明顯。除了擴增火焰之子外，他還公開散布人治和神治之間的差異，把抽象的神學觀念變成有可能推翻帝國的主張。根據伊爾．同恩佳的說法，人民已經開始在灰市場和碼頭爭論神權委託和君權神授之間的差別，也就是爭論馬金尼恩家族統治的正統性。更糟糕的是，烏英尼恩每天都在正午儀式時重複他的「神蹟」。對坐在長椅上的男人和女人來說，他不光只是大祭司，他根本就是女神在凡間的實體化身。

這就是我必須來此做這件事的原因，艾黛兒提醒自己。

很長一段時間裡，烏英尼恩似乎都沒有注意到她，但當他轉向皇室包廂時，他比個手勢讓隊伍停下來，然後轉頭看她。他直視她的雙眼說話，不過話卻是說給所有人聽的。

「真難得公主大駕光臨。」群眾開始竊竊私語，烏英尼恩舉手要求肅靜，臉上露出狡詐的笑容。「我們已經很久沒在這個禮拜場所看到妳了，女士。」

艾黛兒深吸口氣。她已經打破水壩，現在就看洪水是會帶她隨波逐流，還是淹死她。「我們家族每年夏至和冬至都會在英塔拉之矛頂的古老聖地敬拜賜與我們生命的女神。」

「當然。」烏英尼恩點頭，雙手合攏抵在嘴唇前。「古老的聖地，很神聖。儘管如此，冬至和夏至儀式一年才舉辦兩次。」

「如果冬至和夏至儀式一年超過兩次的話，」艾黛兒回嘴。「會很奇怪。」

這話一說出口，她就知道自己犯錯了，在這個危險的遊戲中開始敗退。會每天來參加正午儀式的都是虔誠的信徒，全心全意奉獻給女神。有些人肯定是大老遠從碼頭、灰市場或諸神道南邊趕來的。她這種輕率的語氣是在藐視他們的信仰。

烏英尼恩笑容擴大。

「每個人都在以自己的方式敬神。」他說。「我敢說有很多……官僚事務需要妳處理。但是告訴我，妳今天為何而來？或許我可以大膽詢問妳是不是為……近期所犯的錯誤來懺悔的？」

這傢伙確實非常大膽，居然在安努人民面前當面羞辱她。她想起朗說的話：每場戰役都有必須採取行動的時候。現在已經沒有反悔的餘地了。

「我是來照亮我的子民，讓他們得知真相的。」

烏英尼恩瞇起雙眼。這裡是他的地盤，四周都是他的人，而且他最近才取得重大勝利，他沒什麼好怕的，不過他顯然也沒料到她會這麼說。

「照亮？妳的眼睛或許會悶燒，但卻射不出多少光芒。」

艾黛兒不理會他的嘲弄，轉向在場信徒，提高音量。「你們的祭司宣稱他是半個神。」

「不。」烏英尼恩堅決稱道。「只是女神忠心的僕人。」

「他宣稱英塔拉在火焰前守護他。」艾黛兒繼續說，像根本沒聽到他說話。「但他說謊。」她的指控引發群眾憤怒的騷動。會參加正午儀式的人都是忠實信徒，最虔誠的信徒，她這種言論非常危險。然而，烏英尼恩本人再次伸手要求肅靜。

「見識過神蹟的人會知道真相。」他說。「而此刻來質疑的人，將會見證神蹟。」他轉身比向上方的透鏡，接著說。「女神今天中午有賜與我們光芒，我就再度接受一次審判，就當是表現我的信仰。」

「你的信仰是場荒蕪的謊言。」

他再度面對群眾。「各位此刻聽見的，是一個為了掌握權力不惜說謊甚至殺人的家族絕望又可悲的指控。你們聽見的是信仰沉淪到跑來最神聖的殿堂口出褻瀆言語的暴君在空洞泣訴。」

烏英尼恩湊上前來，用只有她能聽見的音量說。「你父親是我背上的芒刺，」他低聲道。「我很高興他死了。但是讓你們家族走上滅亡之道的卻是妳，妳本人。」

她差點就要跳出木隔間去攻擊這個得意洋洋的傢伙。她父親的話幫她克制自己。要統治其他人，艾黛兒，妳必須先學會統治自己。她幾乎可以聽見他的聲音，彷彿他人就站在她身旁。他的話停留在她心裡，穩定她的情緒。

「你會失敗的。」她簡單回應。

大祭司搖頭，轉向祭壇。

「看吧。」他說著，朝大透鏡揚起雙手，彷彿歡迎那股高溫。「女神賜福。」

接著，在現場信徒的驚呼聲中，他步入高溫熾熱的強光之中。

他腳下的石頭就和審判當天一樣開始悶燒，而他也像審判當天一樣勝利似地轉過身來，面對在場的群眾。

「動手。」艾黛兒輕聲下令。

下一秒，伊爾．同恩佳找來的殺手上前一步，他穿得和艾道林護衛軍一樣，手裡拿著一根小木管，他說那是吹槍。他把武器放到嘴邊，射出一支飛鏢，以迅雷不急掩耳的速度射中烏英尼恩的脖子。

「我癱瘓了你們的祭司。」艾黛兒轉向眾信徒宣布。「好讓各位見證真相。」現在已經回不了頭了。在群眾弄清楚出了什麼事衝過來殺死她前，她只有一點點時間，而她必須口齒清晰地冷靜解釋，才能讓他們瞭解她在做什麼。「我要讓各位知道他根本不是祭司，不是英塔拉寵信之人，而是個騙徒，甚至比這更糟，他是個邪惡怪物。你們的烏英尼恩是個骯髒的吸魔師，利用他的能力偽造神蹟。」

這時已經有好幾十人站起身來了，其中一些開始大吼大叫，但大部分群眾還是很困惑，不確定該怎麼反應。*我還有時間*，她對自己說。*還有時間*。

「我們要如何分辨吸魔師的能力和英塔拉之愛？如何分辨奇蹟和邪惡力量呢？這個問題我思索了很久。如何得知何者為真，何者為假？」

她轉頭打量烏英尼恩。他站在強光之中，雙手和之前一樣高舉，彷彿在接受那不可能的光和熱，但是情況不太對勁，他的額頭上冒出汗珠，眼中浮現恐懼。

「昨天，我爬到英塔拉之矛頂端，我們家族的古老祭壇上，盡可能接近太陽，冥想這個問題，而英塔拉對我的內心說話。女神提醒我有個分辨的辦法。」

她跨越木欄杆，盡量接近烏英尼恩的液態光柱。即使站在十幾步外，她都可以感受到逐漸滾燙的衣服和斗篷，聞到絲綢的微焦氣味。她凝視大祭司。他的臉在抽搐，嘴巴扭動，似乎想要說話，但他今天都說不了話了——麻醉藥確保了這一點。他額頭上滿布汗水。艾黛兒對他露出冷酷的笑容。

「這是幫我父親報仇。」她低聲說道，然後轉身面對群眾。

「聖徒的神蹟和吸魔師的能力差別在於，聖徒仰賴女神，吸魔師則只能仰賴自己。吸魔師透過其邪惡的能力扭轉身邊的世界，他必須靠自己達到目的。聖徒則連手指都不須要動一下。」艾黛兒移動腳步，一一與前排信徒對視，努力讓他們看出分別，瞭解差異。「女神提醒我的就是這件事。祂可以降福給分心之人，編織守護的護罩，就算那個人在睡覺也一樣。」

「此刻他只是不能動而已，所以他的能力理應還在作用。」

最前排有個男人忽地起身，殺意十足，被一名艾道林護衛軍一拳打倒。

快點，他們已經要動手了。

「現在，」她繼續說。「我會用另一支飛鏢射他，一支會讓他陷入沉睡的飛鏢。如果英塔拉寵愛這個男人，就會看顧他，而我則任憑各位處置，為玷污此地的聖潔和你們祭司的神性負責。然而，如果，如果他是吸魔師……」她越說越小聲，搖了搖頭。「如果他是吸魔師，就不可能在睡夢中施展能力。女神之火將會襲捲全身，將其吞噬。」

烏英尼恩原本高舉接納聖光的手掌現在僵硬如爪。他頸部的肌肉繃緊，眼睛突起於眼眶之中。他很害怕，艾黛兒發現，滿足感宛如烈酒般流淌過她的血管。謀殺我父親的人很害怕，而他很快就要死了。

她揚起一指，殺手第二支飛鏢掠過空中，插在祭司脖子上。

烏英尼恩使盡吃奶的力氣張開嘴巴，但是沒有吐出隻字片語，赤紅的舌頭帶著唾沫從嘴唇間垂了下來。他胸口開始抖動，隨著脖子向上傳遞，眼珠向後翻。他緩緩跪倒，潔白無瑕的聖袍開始冒煙、焦黑。接著他整個身體冒出火焰，癱倒在光柱中。

伴隨一聲怒吼，人群如海水般向他們擁來。

47

那天接下來的時間，他們繼續往東，翻過塔峰、布利之躍和哈皮峰，越過黑匕首和金匕首，步入峽谷，爬過不比他們肩膀寬的山道，直到抵達凱登從未踏足的地方。早上派兒還催促他們趕路，但是到了下午，殺手也累了，譚長年生活在高山的經驗開始顯露價值。譚保持前進的步調，從不放慢速度，即使其他人摔倒或停下來休息也一樣。凱登不明白崔絲蒂是怎麼跟上的。他會在陡峭地勢伸手扶住她的後背，幫助她爬上碎石坡道，但大部分時候，她都是自己爬、自己跑，雖然臉部肌肉因費力而糾結、胸口起伏、在稀薄的空氣中喘氣，但還是持續奔跑。沒人忘記法朗逐漸脫隊後發生了什麼事情。

他們一直到太陽掛在西方山峰之上，變成昏暗天空中的一顆朦朧紅點後才停下來。譚終於讓大家停步時，他們剛剛越過最陡峭的山脊，眼前一道巨大的花崗岩壁南北延伸至盡頭。崔絲蒂癱在岩石上累得發抖，幾乎立刻就睡著了。她在渡河時弄掉了第二隻便鞋，流著血的腳掌上都是刮傷水泡和瘀青，凱登看了都覺得痛苦。她還能站著都像是奇蹟了，真不知道怎麼跑步。

凱登神情困倦地看向東方的稜線。眼前的地勢令他心裡一沉——一排一排的高山，山脊一路延伸到地平線上。他張開嘴巴，想要指出他們絕不可能穿越整片山區，但派兒和譚卻在看西邊，研究他們約莫一小時前經過的山鞍。爬上山鞍很費勁，爬下去又更吃力，三不五時會有幾步寬的平地，讓凱登只想癱在地上，呼呼大睡。他本來提議要在那裡過夜的，但譚不同意。

「你的決定是對的，僧侶。」派兒指著山鞍說道。

凱登專注凝視。他發現山鞍上有人，為了看清楚，他眼睛瞇到都發痛了。是艾道林護衛軍。

「我必須承認，我真的很佩服他們。」殺手邊說，邊前傾身體調節呼吸，雙掌抵在膝蓋上。「有點沮喪，但還是很佩服。我以為他們沒辦法追蹤我們。」

「他們是怎麼追蹤的？」凱登難以置信。他本人堪稱追蹤高手，就和所有僧侶一樣，要在山區追蹤他們是有可能的——派兒的皮靴會磨損石頭，崔絲蒂離開阿希克蘭後就一直在流血——但是得花很大的勁兒，以及時間，這理應大幅拖慢他們追蹤的速度。「他們不應該追得這麼快。」

這是很蠢的評論，是在否認不爭的事實，但譚難得沒有責備他。年長僧侶凝視西方，嘴唇抿成一條線。「阿克漢拿斯。」他終於說道。

殺手揚起一邊眉毛。「那是什麼僧侶的祕密用語嗎？」

「在追蹤我們的東西。」譚回答，目光轉向凱登。「更可能的情況是在追蹤他。」

在修道院大屠殺的瘋狂恐懼和山道大逃亡的精疲力竭中，凱登完全忘了幾天前譚拿來的羊皮紙上那個恐怖的怪物。

「為什麼？」他疲憊地問。「阿克漢拿斯和這一切有什麼關係？」

僧侶搖頭。「沒辦法肯定，但似乎是艾道林護衛軍找到它，或是豢養它。在他們準備攻擊時利用它來監視你。」

「我不想表現得像是笨蛋，但那究竟是什麼玩意兒？」派兒問。

「這裡那麼多山，」凱登緩緩說道。「而它專程為了監視我跑來？」

「很難肯定。如果記載可信，這種怪物是很可怕的戰士，但主要的功用並不是作戰。瑟斯特利姆人創造它們是為了追蹤和狩獵。」

「它殺了那麼多羊，輕輕鬆鬆挖出瑟克漢的喉嚨，那它為什麼不直接來殺我？」

「我不知道。」譚回答。「或許有，只是找不到機會。或許烏特和阿迪夫不想輕易出手，不想把這個任務交給不確定是否可靠的怪物去做。這一切都只是猜測，像風一樣毫無價值。」

「我不喜歡用無足輕重的祭品獻祭給我的神。」派兒揚起一手，打斷他們談話。「但我越來越想反覆刺穿你們其中一人的脖子，直到另一個人解釋清楚你們到底在講什麼。」

「那是瑟斯特利姆人創造出來的怪物。」譚回答，無視殺手懷疑的神色。「一種專門用來狩獵的怪物。」

派兒大笑。「我不是歷史學家，但我想最後一個瑟斯特利姆人幾千年前就已經死了。」

「阿克漢拿斯不是瑟斯特利姆人。」譚反駁道。「是瑟斯特利姆人創造出來的怪物。」

「我的足跡踏遍兩大陸，從魏斯特到自由港，甚至直達安卡斯山脈以西的地方，而我從未聽過這種東西。」

「妳現在聽過了。」

殺手噘起嘴唇點頭。「好吧。我們暫時接受這個假設。這東西為什麼這麼討厭凱登？」她轉向凱登。「你在它巢穴裡撒尿還是幹嘛了？」

「阿克漢拿斯聽命行事。」譚回道。「派去追兔子的狗並不討厭兔子，但還是會追趕兔子，咬死兔子。」

「那我們就必須確保這頭獵犬找不到我們的兔子。」派兒說著，打趣地拍了拍凱登的肩膀。「有十幾種方法可以掩飾他的氣味。下次路過激流山澗的時候——」

「它不是追蹤氣味。」

「那是什麼？」凱登問，試圖弄清楚這話是什麼意思。「它追蹤什麼？」

僧侶搖頭。「它追蹤的東西沒有名稱——至少沒有現代名稱。歷史上稱之為阿特瑪，最接近的翻譯大概是『自我』。阿克漢拿斯追蹤的是你的自我意識。」

凱登凝視著他。

派兒挑起一邊眉毛。「那，聽起來很有趣，但難以置信，而且超不方便的。」

「隨妳怎麼說。」譚冷冷回應。「有個僧侶在阿希克蘭附近看過它，它在山裡，而且它有凱登的阿特瑪。就算把它丟上前往曼加利帝國的船，只要給夠時間，它還是會找路回到他身邊。」

這說法令凱登不寒而慄，那些不自然的可怕眼珠、靈巧的爪子，全部都是為了一個目的——獵殺他。

「我在等好消息。」派兒說。

「沒有——伏低！」譚喊道，把凱登拉到一塊凸岩下方。「帶那個女孩去找地方躲起來。」

派兒難得沒浪費時間和他爭論，立刻轉身去叫醒崔絲蒂，閃到同一塊凸岩下。全都藏好之後，殺手才轉向僧侶。

「我們躲在這塊石頭下幹嘛？」她問，聽起來比較好奇，而非惱怒。

譚指向艾道林營地上方的天空。「我們不只要擔心阿克漢拿斯，現在他們還多了隻大鳥。」

凱登只在小時候見過一次凱卓鳥，那種雄偉的動物令他驚歎不已。瓦林這些年來就是騎那玩意兒飛來飛去？一時之間他心裡的妒意蓋過恐慌。他打量著大鳥展翅和巨大耙狀鳥爪，每個爪子都大到足以載運兩道漆黑的身影。他看著巨鳥盤旋一圈，優雅地降落在艾道林護衛軍旁邊。一旁的殺手可就沒那麼興奮了。

「我不熟你們口中的瑟斯特利姆怪物。」她說。「但這隻鳥真的會對我們的計畫造成困擾。」

「他們離我們一個小時，但是騎鳥⋯⋯」她兩手一攤。

「他們會立刻追來嗎？」崔絲蒂問。她在被殺手拖到石頭下時醒來，此刻手肘撐地，凝望逐漸降臨的黑暗，聲音中參雜著恐懼與抗拒。

派兒從包裡拿出一支望遠鏡，觀察一段時間，然後緩緩搖頭。「看起來不像，太陽剛下山，阿迪夫又很奸詐。他知道現在多了那隻鳥，我們就不可能超前他們。他會等到天亮，日正當中才展開攻擊。」

凱登看看譚，轉向顱誓祭司，又看回去。「所以我們有一個晚上。」他說。「該怎麼辦？」

派兒聳肩。「我們沒有多少選擇。通常我會建議你把剩下的錢花在豐盛的晚餐或是上好的妓女身上，但我想你們僧侶身上不會有多少錢，而且這附近很缺妓女。至少通常都很缺。」她說最後那句話時笑著看向崔絲蒂。

「我不是妓女。」女孩怒斥。

殺手舉手作投降貌。「至於我，我累壞了。我要趁這段時間好好睡一覺。」

凱登眼睜睜看著派兒．拉卡圖翻身平躺，十指交扣放在腦後，閉上雙眼。

「就這樣？」他不敢置信。「妳翻越一整座大陸來救我，就這樣放棄了？」

「大家都以為拉桑伯就只是學習刺人肚子或在湯裡下毒。」殺手閉著眼睛回話。「但其實你真正在那裡學的是很基本的一課：死亡無可避免，神會來找所有人。」

「那在阿希克蘭呢？妳和烏特打鬥的時候？妳當時一點也不認命。」

「當時還有機會。現在……」派兒聳肩。「我已經跑了一天一夜。我們全都一樣。我們身後的叛徒人數比我們多五倍，還有一隻凱卓鳥。更別提如果你那個性情乖戾的師父可信的話，還有一隻能在月光下穿越大海追蹤你的古老永生種族的寵物。明天，我們會大打一場，我會送幾個人去見神，但我們不可能贏。所以，暫時而言，我要享受幾個小時沒人打擾的睡眠。」

凱登轉向他的烏米爾。「你不會也打算躺下來等死？」

年長僧侶搖頭。「不，但我不清楚該怎麼做。我必須想想。」

接下來，彷彿又回到阿希克蘭懸崖上，倫普利．譚盤腿而坐，凝視西方山谷，胸口起伏的速度緩慢到幾乎看不出來。僧侶的眼睛保持張開，卻沒有聚焦，彷彿他在作夢。或是死了。凱登冷冷地想。

他又看了譚一會兒，拿起派兒身旁的望遠鏡，再度朝敵軍看去。「一定有辦法的。」他喃喃說道，研究在和艾道林護衛軍握手的凱卓士兵。領頭的是個金髮年輕人，身材高大壯碩，和其他隊員一樣全身黑衣。他背上交叉掛著兩把凱卓短劍。瓦林和我以前都拿那種木劍玩。他們總愛假裝自己是偉大的戰士，但是等對方第二天早上展開進攻，派兒送人去見神時，凱登懷疑自己是否能成功擊中任何敵人。他心裡一陣苦澀，熾熱而酸楚。他任由情緒在全身肆虐，然後將其推到一邊。苦澀和悔恨一樣，對他一點好處都沒有。

觀察那些人，找出解決的辦法，他對自己說。

來人指揮標準五人凱卓小隊，只不過……凱登再度透過望遠鏡觀察。其中看起來像飛行兵的女人，中等身材，留一頭金色短髮。另一個看得清楚的凱卓是在長髮上綁羽毛、手臂上紋刺青的瘦子。對戰士而言，這種扮相很怪，但是經歷過去一週，凱登對奇怪的事情已經完全麻痺了。

凱登在那兩人跟烏特和阿迪夫講得高興時放下望遠鏡。天色已經逐漸黑了。或許殺手說得沒錯，是該接受現實了。貝許拉恩、沙曼恩、金拉恩，就連空無境界，那些東西在鋼鐵武器當前似乎都顯得微不足道，不值得追求。

「那是什麼？」崔絲蒂指著遠方問道。

凱登瞇眼。一團陰影穿越山峰上方逐漸凝聚的烏雲。他再度拿高望遠鏡，隨即看見第二隻凱卓鳥正高速俯衝逼近中。

「該死的夏爾。」他咒罵道。

「小心點，你在咒罵我的神。」派兒喃喃說道，沒有睜開眼睛。女人弓起背脊，掃開幾塊尖石頭，又躺了回去。

「有第二隻鳥。」凱登說。「妳想看看嗎？」

「不特別想。」

「我們不知道新來的是什麼人。」

「那些人是誰我們全都不清楚，只知道阿迪夫是個混蛋，還有烏特是個拿超大劍的大混蛋。他們的名字無關緊要，重要的是他們想要殺你，而他們正在安排徹底辦好此事的計畫。」

「我們或許可以看出些什麼。」

「我們會看出他們共有五人，每人兩把劍。如果你想算清楚，那就是十把劍。他們還會攜帶腰帶匕首，至少有兩個人身上有弓，搞不好五個都有。根據我的計算，他們大概比我們多上十五把武器，當然，這還沒算上他們的爆裂物。」

「妳對凱卓很有研究。」

「我對所有可能要殺的對象都有研究。」派兒回答。「而凱卓比大部分對手更難殺。這點我不用看就知道了。」

「好吧，我想看。」崔絲蒂用手肘撐地上前，擠過睡眼惺忪的殺手。

她舉起望遠鏡，皺眉，慢慢跟隨大鳥的路徑移動方向。凱登用肉眼觀察，瞇眼看著鳥降落。他看得出有士兵下鳥，昏暗天色中有幾道黑影跳下來，其他就看不出來了。

「新來的士兵似乎不像剛剛那些那麼吃得開。」她過了一會兒說道。

「什麼意思？」凱登問。

「我不確定。他們似乎在對峙。你看。」

凱登接過望遠鏡對準遠方的山鞍。他花了點時間才分辨出新來的凱卓和先到的凱卓。

「這一隊裡也有女人。」他說。「紅色長髮。還有……有兩個女人，第二個看起來不比妳大上多少。」

「穿黑衣嗎?」派兒問。

凱登點頭。「拿弓。那把弓幾乎跟她一樣大。」

「別被她的體型騙了。」殺手回道。「不是每個殺手看起來都像殺手。那女孩或許年輕,但她已經在執行猛禽的任務了,那表示她可以從三百步外射中你的眉心。你知道,凱卓部隊曾經試圖剷除拉桑伯,因為你們家某個崇高的祖先不喜歡看到安卡斯有安南夏爾教會。他們派出十支小隊,十支老鳥隊伍……」

殺手繼續說話,但凱登充耳不聞。他把望遠鏡調向第二支小隊的隊長方位——是個高個短髮的年輕人,他皮膚黝黑,嘴角帶著冷酷的弧度,雙眼深邃如焦油池。一開始他把注意力放在年輕人和密希賈・烏特的衝突上。他們兩個人似乎在爭論什麼,艾道林指揮官拔出他的劍,其他士兵察覺有異,開始向指揮官靠攏。凱登正想轉過去看巨鳥,卻被對方那張臉吸引了過去。太陽已經完全下山,光線十分昏暗,一開始凱登以為是影子在捉弄自己,但隨後小隊長生硬而憤怒地比了個下砍的手勢,凱登就認出他來了。那雙眼睛基於某種原因變得比之前更深邃,也更冷酷。喜歡惡作劇的男孩已經蛻變成男子漢了,擁有成年男子的身高及士兵的體魄,凱登認得那個手勢,就像他認得那張臉,即使過了八年也一樣。他努力想要弄清楚遠方山鞍上究竟發生了什麼事,但他邊看邊感到背叛的冰冷之刃插入自己體內。他壓低望遠鏡。

「是瓦林。」他聲音空洞地說。「是我弟。」他疲憊地放下望遠鏡,背靠石頭躺下。突然之間,他覺得殺手說得對,在一切結束之前躺下來休息就是他們唯一能做的事情。「至少我們現在知道整件陰謀的幕後主使人是誰了。」

「你弟？」派兒突然興致勃勃，用手肘撐起身體。「你確定嗎？」

凱登疲倦地點頭。「我半輩子都在和他一起繞著黎明皇宮賽跑。他現在長大了，感覺也……更加危險，但是肯定是他。」

殺手拿起望遠鏡，看了好一陣子，邊看邊嘛嘴。

「好吧。」她終於開口，臉上逐漸浮現笑意。「從對方接待他的方式來看，我認為他是我們這邊的人。」

凱登搖頭。「怎麼這麼說？」

「你讓我再次對辛恩僧侶的觀察力感到失望。密希賈・烏特，願安南夏爾啃光他那身大骨頭上的血肉，剛剛把你弟弟的小隊繳械了。他的手下現在正綑綁他們。美艷的紅髮女子咬掉一個士兵的耳朵，而從你弟的表情判斷，他想咬掉的還不只是耳朵。」

一股強烈的希望再次竄入凱登的胸口。「他們在反抗？」

「這個嘛，他們試圖反抗，但是戰況一面倒。牙齒對抗鋼鐵沒什麼贏面。」

「但他們不是一夥的。」凱登說。「他們沒有參與陰謀。」

「好消息是，」派兒繼續發表看法，彷彿沒有聽見他的話。「像那樣的巨鳥應該可以帶我們離開這裡。」

「但鳥在那裡，我們在這裡。」倫普利・譚說。他的眼神銳利專注，已經遠遠拋開剛剛那種出神的狀態了。「中間隔了一座山谷，還有十幾名武裝士兵。」

「這個嘛，」派兒說。「我還在講好消息耶。你跳太快了啦。」

「就這樣？」崔絲蒂氣得秀眉緊蹙。「妳就只有這句話要說？」

「噢，不。」殺手轉向她說。「好消息還沒說完。我有計畫了。」

凱登瞇起雙眼。這句話是有帶倒鉤的誘餌，只是他看不出倒鉤在哪裡。

「妳的計畫是？」譚問。

「現在輪到壞消息了。」派兒放下望遠鏡，拔出一把銳利的長匕首轉向崔絲蒂。「壞消息是這個計畫要有人犧牲，而在這個不公平的世界裡，有些人會比較容易被拱出來犧牲。」

凱登撲上去抓女人的手腕，拚命阻止那把匕首，但他只是個僧侶，甚至還不是僧侶，而派兒．拉卡圖是安南夏爾的女祭司、殺手、顱誓祭司，在拉桑伯不神聖的殿堂裡遵循她那個嗜血神明之道的訓練，既快且準，崔絲蒂還沒叫出聲就已經中刀了。

48

瓦林為了掙脫把雙手綁在身後的繩索，手腕都磨得鮮血淋漓，差點弄到肩膀脫臼。他知道所有掙開屠宰結的訣竅，但綑綁他們的人也一樣知道——對抗其他凱卓的問題就在這裡。

他掙扎得渾身痠痛，生理上的痛楚卻比不過撕心裂肺的愧疚。他因為急著要救哥哥，竟然忽略所有跡象，無視該有的謹慎，讓整個小隊陷入險境。現在，除非他想出辦法釋放所有人，不然他們全都會死在世界盡頭一座無名山峰的陰影中。手持雙劍、滿嘴髒話地死去就已經夠糟了，更別說……跟豬一樣被綁起來任人宰割。羞辱遠比痛楚加倍難受。

*繼續努力，繼續思考。只要你還活著，仗就還沒打完。*他對自己說。

然而，逃跑似乎不太可能。艾道林護衛軍在一道崎嶇山脊上的隘口紮營，距離前後山坡下的平地都有好幾百步。該處視野絕佳，易守難攻，雖然在戰況失利時要撤退也不容易，但那似乎不太可能發生。方圓百里格內唯一的人就是僧侶，而如果密希賈·烏特的話可信，他的人已經把僧侶全殺光了。凱登身處山中，在黑暗裡奮力逃生，但凱登是在逃跑，這表示瓦林和他的隊員只能靠自己了。他們都被繳械、綑綁，扔在隘口中央亂七八糟的石堆裡，就算掙脫了繩索，還是受困在南北面的岩石間，而敵人正看守著通往東西向的山鞍。幾顆大石頭可以提供些微掩護，但他們很容易就會遭受夾攻，而……

而在你開始思考策略之前，你得先掙脫這些天殺的繩索。

想要逃出生天幾乎是不可能的事，畢竟姚爾和烏特都是專家。他們依照標準程序處理瓦林的隊員，從塔拉爾開始。他們都不知道塔拉爾的魔力源，但顯然不想冒任何風險，姚爾用匕首抵住他喉嚨，接著他的爆破兵赫恩．安曼卓克交給他一條浸泡過阿達曼斯的布團。塔拉爾在被迷藥摀住口鼻時奮力掙扎，但沒過多久就癱倒在地，迷藥布蓋在他臉上。姚爾得意洋洋地看著他笑。

「現在，」他說。「我們可以讓剩下的人舒服舒服了。」

他的隊員沒花多久時間就把瓦林他們綁得像要送去屠宰的牲口，手腳通通固定住，還在喉嚨上多套一圈防止他們掙扎。葛雯娜為了咬下一名艾道林士兵的一邊耳朵，臉上挨了一巴掌，嘴唇破了，眼也腫了。這些傷完全沒讓她安分下來，不過在他們塞了團髒布到她嘴裡後，她就沒辦法咒罵或咬人了。她徒勞掙扎幾分鐘後癱在地上，綠眼中綻放無聲的怒火。然而，儘管形勢對他們極為不利，瓦林還是鬆了口氣，因為對方把他們丟在山鞍上的碎石堆裡，沒有直接殺死他們。這是個錯誤。姚爾完全沒有理由留我們活口，除了幸災樂禍。接著，在一陣憤怒與噁心交雜的情緒中，他明白了對方為什麼饒過他們。

包蘭丁。

吸魔師走過來，閒晃到火光之中，彷彿在自己花園裡散步的地方貴族。他故作驚訝地看著這群囚犯，一邊搖晃手指，一邊發出不認同的嘖嘖聲。他在幾步外蹲下，一臉滿足地看著他們。他的獵狼犬不在身邊，但是老鷹停在肩膀上，腦袋歪向一側，飢渴地打量著瓦林。

「真是太榮幸了。」包蘭丁說著，同時對瓦林眨眼。「你們竟然這麼關心我。」

「我要殺了你，吸魔師。」安妮克的這個威脅不是很有說服力。瓦林所有隊員都被繳械，安妮克在搖曳的火光下看起來更是格外脆弱。粗繩索突顯出她纖細的手臂和未脫稚氣的五官，除了充滿惡意的銳利眼神，她簡直像是等著被運上奴隸船的迷途少女。「我要在你肚子上插兩箭。」她繼續說，完全不理額頭上傷口滲出來的血。「然後在你那張滿口謊言的臭嘴裡多補一箭。」她在這種情況下所做的威脅理應嚇不了人，但包蘭丁卻遲疑了片刻。

吸魔師似乎在評估風險，隨後輕蔑地揮了揮手。「不太可能，雖然妳不知道我多享受妳的情緒發洩。」他閉上雙眼，頭往後仰，彷彿正讓溫暖的雨水淋在他臉上。「那麼多恨、那麼多怒、那麼美麗……的情緒！」他微笑。「妳知道，人類容納情緒的能力，是種禮物。有些動物也有，但是很少、很少。像影子的影子。妳這種美味的恨意——」他輕舔嘴唇。「——如我所說，妳不知道這對我來說意義有多大。」

我們在幫他，我們的憤怒只會讓他更強大，瓦林嚴肅地想。他深吸口氣，緩緩吐出，努力冷靜下來。少了魔力源，包蘭丁就和他們一樣，只是另一個受過凱卓訓練的士兵而已，甚至比大部分持劍或拿弓的凱卓還弱很多。只要瓦林能夠冷靜下來……

「她想要忍住不叫，你知道。」吸魔師語氣輕鬆地說下去，就像在聊天，但是轉向瓦林時嘴角卻扭曲上揚。「我是說你的朋友荷・林。屁股像妓女的那個。」他吹了聲口哨表達欣賞之情，然後搖了搖頭。「真希望在西懸崖那天可以多玩一會兒，但是我太忙了。再說，你知道姚爾，」他補充，朝向十餘步外全神貫注和密希賈談話的小隊長側了側頭。「他想要親自毆打她。膝蓋頂了她的喉嚨半個小時，用他的腰帶匕首尖刺她。他只讓我打幾拳而已。」他聳肩。「大概是在特權中長大的關係。」

「你這個天殺的大混蛋。」瓦林咬牙切齒，無助地試著掙開繩索。「你他媽的豬，你最好希望安妮克在我動手前先殺了你。」

「啊。」包蘭丁滿足地閉上雙眼。「這樣好多了。」他湊到瓦林面前。「你知道，真是有趣，我覺得你對你朋友受苦的反應比她本人還大。」

「包蘭丁。」站在艾道林面前的姚爾回過頭來匆忙比劃道。「過來，有東西——」他瞇眼望向黑暗。「有人來了。」

吸魔師站直，臉上浮現一絲不耐煩的表情。

「誰來了？」

姚爾搖頭。「我他媽的哪知道？太陽一小時前就下山了。來人只有一個，但我要你過來這裡準備好。」

瓦林雙手緊扯他的繩索。臨時營地防守很好，但一支凱卓小隊加上一隊烏特統領的護衛軍還不至於無法攻破。一支大概五十個人的小部隊，或是一支凱卓精英，就有可能擊敗他們。瓦林心裡冒出十幾種不同的情況：跳蚤和阿達曼·芬恩終於追上他們、另外一支忠誠的艾道林護衛軍在山裡找出他們、附近另外一個修道院的暴徒僧侶……笨蛋！別再作夢了，專注在眼前的情況，真實的情況，他對自己嘶聲道。找上門來的人最有可能是烏特的手下，回報任務的斥候或是主力部隊的傳令兵。

艾道林指揮官似乎並不這麼認為。他高聲下令，派人守住山鞍兩側，以弓箭對準下方的黑暗。姚爾和包蘭丁直接站在對方走來的路徑上。姚爾拔出背上兩把劍中的一把，擺出防禦架式；包蘭丁則在手指間甩動一把匕首，看起來似乎很冷靜。瓦林沒被騙倒，他看得出來大部分士兵都緊繃得宛如弓弦一樣，彷彿正在等候安南夏爾本人步入他們營地。

然而，從黑暗中走出來的並非安南夏爾，不是艾道林護衛軍，不是僧侶，不是持劍的凱卓。她是個美女，是完美的夢境——某個在天堂迷路的女神，步入搖曳不定的營火照耀範圍中。她的薄紗破爛不堪，那卻只是更加突顯出她的美貌。破碎的衣衫令她一側臂部若隱若現，也依稀露出大腿的曲線。瓦林瞪大雙眼。他應該要去想包蘭丁，要想他的隊員，想著如何利用這個機會策劃逃亡行動，但有那麼幾下呼吸的時間，他唯一能做的事情就是沉迷於她的美貌，陷入那雙紫眼的魔力、飛瀑般的秀髮、參雜血腥味的茉莉香氣之中。

*她受傷了。*這個想法在他心中掀起一股無名的怒火。有人在她臉頰上劃了一道長長的傷口，差點割瞎她的眼睛。他在標準訓練中見過更嚴重的傷，知道這種傷口會痊癒，但是任何傷口出現在這個女孩身上都給人一種褻瀆的感覺，有違天理，彷彿有人在價值連城的雕像上挖洞。

烏特在一道劍光中拔出闊劍，姚爾則拔出另外一把劍。瓦林不知道他們為什麼要這麼做。這個女孩比在場最矮的艾道林士兵還要矮上一個頭，身材像柳樹一樣纖瘦。她沒有武器，伸出雙手懇求，臉上掛著兩行清淚。

「拜託。」她哽咽道。「拜託。對不起！」

「別再靠近！」烏特警覺地掃視她身後的黑暗。她是從東邊來的，也就是凱登稍早消失的那個大裂口。「跪下。」

她立刻跪倒，也不管凹凸不平的地面。「對不起！」她哀號。「他們逼我跟他們走。我不想走的！對不起！」

「好啊。」一道沒聽過的渾厚嗓音開口，似乎饒富興味。「崔絲蒂、崔絲蒂、崔絲蒂。迷路的小女孩終於回家了。」一塊傾斜的石頭後面走出一個蒙著血紅遮眼布的男人，他步入營火照射的範圍內。

「阿迪夫，我做到了！」她驚呼。「你要我做的事情我都做到了。我帶他上床，我摸他，脫他衣服，我本來要——」她無助地搖頭。「然後就開始了，你們開始殺人放火，他就拖著我跑，他和另外那個僧侶。」

戴遮眼布的男人——某個安努顧問，如果瓦林沒有忘記位階的話——走到她面前，溫柔地抬起她的下巴。

「而妳跟他跑了兩天。」他搖著頭說。「親愛的，妳是很美麗的女人。我很想相信……妳的鬼話，但是可信度太低了。」

她瑟縮了一下，彷彿被打了一樣。她看起來十分害怕，但瓦林驚訝地看出了一絲……反抗的意味。他不知道自己是怎麼察覺的，他懷疑可能和在大洞裡的遭遇有關，但他就如同之前聞到恐懼或慾望般，認出了那種氣息。女孩很害怕，這種氣味確實更加清晰，但在恐懼之下還包裹著一層冰冷的決心。

「我不知道該怎麼辦……」她啜泣，嘴裡的話和她的氣味背道而馳。「我看見他們殺害士兵，艾道林士兵。那個可怕的女人，那個商人，用匕首刺殺他們，然後他們就死了。她叫我跟著跑，我就跑了。對不起。對不起！」她跪倒在他腳邊，雙手無力地抓著男人的膝蓋。

「那妳現在怎麼能跑回來找我們？」阿迪夫問道。

「他們要——」她怕得胸口劇烈起伏。「——她要殺我！」

「誰？」

「派兒！那個商人！那個可憐的胖僧侶跟不上速度，就被她殺了。她說她有個計畫，但這個計畫也必須殺了我。」她無助地指向她的腳，瓦林震驚地發現她腳上血肉模糊得可怕。崔絲蒂還站得起來已經很了不起了，真不知道她怎麼還跑得動。

「我們有找到僧侶的屍體。」烏特簡短插話。「一刀斃命。」

阿迪夫手指輕敲下巴，靜心思考，一點也不在乎抱著他膝蓋苦苦哀求的女孩。「妳說的那個女人是誰？」他過了一會兒問道。「她叫派兒？」

「顱誓祭司。」崔絲蒂喘息道。「她說她是女祭司……安南夏爾的女祭司。」

烏特咕噥一聲。「那倒解釋了一些事情。」

「像是你殺不了她？」阿迪夫問。

「我們明天早上再解決那個問題。」姚爾說。眼看崔絲蒂不具威脅，他將兩把劍都插回劍鞘，趾高氣昂地走入火光下。「天一亮我們就起飛。就算他們一整晚都在趕路，在這種地形下，他們依然無處可躲。」

「不。」崔絲蒂比手畫腳。「不，不能等！你們現在就要去追他們！」

小隊長帶著狡猾的笑容轉向她。「別擔心，親愛的，他們跑不掉。或許今天晚上，我可以做點什麼來……讓妳開心。」他目露讚賞地上下打量她。「之前和妳在一起的男人顯然不懂該如何對待女人。」

顧問揮手打斷他說話。「我們為什麼現在就要去追?」他語氣冷靜地衡量形勢。

「那個老僧侶，他很熟悉這附近的地勢。」崔絲蒂解釋，首度揚起雙眼。「他說，這裡有洞穴，大型洞穴。他們此刻就在趕往那處山洞。」

烏特突然看向阿迪夫。「是真的嗎?」

顧問不耐煩地搔頭。「我哪知道?我們根本沒想到會追到這裡來。我們的地圖連主峰都沒有畫出來。」

「什麼樣的洞穴?」烏特抓住女孩的頭髮，扯她起身。

「我不知道!」她大聲呼喊，彎曲背部靠腳尖站起來，臉上露出扭曲痛苦的表情。「我不知道!只知道是很大的洞穴。那個僧侶說只要進入洞穴，他們就可以在裡面走好幾天，裡面有十幾個出口可以離開。」

「該死的夏爾。」烏特罵道。

「如果讓他們進入山洞，我的烏就無用武之地了。」姚爾輕笑，彷彿難以想像身旁這些人竟會如此無能。

瓦林感到一股突如其來的強烈希望。如果凱登抵達那些洞穴，姚爾和艾道林護衛軍光是要找到入口就得花上好幾天，甚至好幾週的時間!當然，崔絲蒂有可能摧毀一切。顯然她內心惡毒的程度可與容貌比美。

「隨時都有預料之外的情況會發生。」顧問搖頭。「洞穴在哪裡？離凱登那邊還有多遠？」

「我不知道。」她回答。「可能幾里？那個僧侶說他們可以在黎明時分抵達。」

阿迪夫慢慢點頭，轉向姚爾。「那好吧，你能在黎明前找出他們嗎？」

凸月提供充足的照明，但是鴽鳥搜尋必須低空飛行。如果凱登及其同夥待在陰影之中，要追蹤就很困難。不過，如果他們黎明前得在極端險惡的地勢上趕好幾里路，或許就沒時間挑選最隱蔽的路線。他們一定會經過一些開闊地形的暴露區域。瓦林咬牙切齒。這並非必然的結果，但他認為他哥逃脫的機會不大。

「我的人兩分鐘內就能升空。」姚爾回答。「但是山區遼闊，天色很黑。如果他們為了前往洞穴而轉向，我們可能大半夜都在搜尋錯誤的山谷。」

烏特看向阿迪夫，顧問似乎能感覺到他的目光，抬起頭來，心神不寧地扯了扯遮眼布，腦袋側向一旁，然後點點頭。「凱登此刻沒有在移動。一旦他開始移動，我就可以告訴你們他的大致方向。」

姚爾揚起一邊眉毛。「對瞎子來說，在黑暗中視物是很了不起的本領。你要解釋一下你怎麼知道的嗎？」

「並不特別想。」阿迪夫冷冷回應。

「好吧，如果我要單憑你一句話就叫小隊升空冒險，你何不乾脆點試著解釋解釋？」

「你是要告訴我，你不敢飛出去追殺三個手無寸鐵、疲憊不堪的人？」

「其中一個是顱誓祭司！」

阿迪夫不屑地揮一揮手。「你們有五個人，你們是凱卓，你們還有隻鳥。派兒、譚，還有凱登已經跑了兩天。如果你覺得你們無法應付這個小任務，我就要開始懷疑讓你們加入是否算正確的決定。」

姚爾偏頭啐了口水。他被顧問壓制住了。「我們升空之後，你這種祕密情報要用什麼方式傳遞給我們？」

「簡單。」阿迪夫指向火堆。「兩堆火表示往北，三堆往南，四堆往東。時不時轉頭看一看。就算五十里外也能看得清楚。」

「好。等在這裡，我來處理你們的爛攤子。」姚爾吼道。

烏特轉向姚爾。艾道林指揮官在崔絲蒂出現時已經拔出他的劍，此刻他一副準備對姚爾出劍的模樣。然而，阿迪夫站到兩人中間。

「說起爛攤子，你也有個爛攤子要處理。」他對姚爾說，一邊朝瓦林和他的隊員示意。

姚爾皺眉。「我有個隊員認為他們還有用處。等我們抓到凱登，他們就可以死了。」

「那樣的話，你就有必要找出皇帝來殺掉。」阿迪夫回應。「我討厭留活口。」

姚爾轉身召集他的隊員，但是烏特上前。「我也要去。」

小隊長遲疑片刻，搖頭。「你沒上過鳥。你對凱卓鳥一無所知。」

「我可以學。」艾道林指揮官回道。

姚爾轉向阿迪夫，伸出雙手，但是顧問只是露出陰險的笑容。「看起來，我們還是不完全信任你和你的『手下』。烏特會跟你們同行，而你們要留下——」他掃視小隊成員，最後伸出細瘦的手指指向包蘭丁。「——留下你的副手。」

「凱卓小隊沒有副手。」姚爾大聲道。

阿迪夫聳肩。「那就別惦記他。」姚爾想要抗議，但是顧問豎起一根手指打斷他。「這件事沒得商量。不要浪費時間。」

沒人理會那個不斷哀求和抗議的年輕女子，崔絲蒂最終還是被綁了起來，丟到瓦林和其他隊員旁邊。

「我晚點再回來找妳玩。」姚爾對著她品頭論足一番。「我喜歡那條繩子繞在妳脖子上的樣子。」見她沒反應，他笑了笑沒在意，然後指示他的隊員走下西面的斜坡，朝停在黑暗中的巨鳥前進。

崔絲蒂整個人癱在地上，裙襬捲到大腿上。她顫抖著，同時一邊啜泣，直到葛雯娜轉身朝她腦袋踢了一腳。

「給我閉嘴。」爆破兵吼道。「出賣妳的皇帝就很夠了，至少也該給我停止哀號。」

瓦林有點認同，但是崔絲蒂有點怪怪的……他聞到的反抗氣味，還有現在……一股滿足的氣味。他須要思考。姚爾臨時升空，表示此刻只剩下艾道林士兵、那個顧問，和包蘭丁在看守他的小隊。想要逃命，現在就是機會，而他最不需要的就是那個女叛徒的啜泣聲擾亂他的思緒。讓他意外的是，女孩抬起頭來，紫色的眼睛中流露憤怒，而非恐懼。她看向他的身後，包蘭丁和其他人正圍在十幾步外的一盞小油燈周圍，看著凱卓鳥龐大的黑影起飛升空。

「我沒有出賣他。」她輕聲說道。「我們有計畫。這是計畫中的一部分。」

「好了。」派兒說，眼看著狹窄的山谷對面那隻巨鳥身影無聲無息地升空，遮蔽星光。「通常我都覺得再詳盡的計畫也會有可能出錯，不過我必須說，這個計畫似乎十分順利。當然，計畫還沒執行到整個凱卓小隊在銳利的岩石迷宮裡追殺我的那個部分。」

「她成功了。」凱登搖頭說道。「我沒想到她辦得到。」

「看來，我們可以在你的情人眾多令人讚歎的……天分裡，增加『腦袋』這一項了。」殺手同意道。

譚沒心情慶祝，他轉向凱登說：「那女孩已經完成她的任務，你的比她困難多了。」

凱登點頭，開始壓抑他的興奮與恐懼。他的烏米爾說得對，如果他失敗了，那崔絲蒂所做的一切都只是讓他們更快被抓到和處決而已。

「我不知道阿克漢拿斯如何和控制它的人交流。」年長僧侶承認道。「但它確實能溝通。白天那群人或許會依靠巨鳥追殺我們，但是晚上就得仰賴瑟斯特利姆怪物了。如果沒辦法避開它，整個計畫就毫無意義。」

「我還在等。」派兒插嘴。「等著聽你要怎麼避開能夠追蹤自我意識的怪物。」

「摧毀那個自我意識。」譚回應。

三人陷入一陣沉默。星星如無聲的火星在漆黑的夜空中燃燒。

「我收回剛剛說喜歡這個計畫的話。」派兒終於說。

「空無境界。」凱登輕聲說。

譚點頭。「空無境界。」

「聽起來很厲害。」殺手插嘴。「但我希望夠快，因為那隻鳥已經在半里外了。如果他們跟隨瑟斯特利姆怪物的指引，很快就會抵達這裡。」

凱登感覺心跳加速，強迫自己放慢心跳。他從未成功進入過這種毫無情緒的辛恩入定狀態，也不知道此刻有沒有辦法做到，但譚說他準備好了。再說，想要避開阿克漢拿斯和其他追兵，他沒有多少選擇。

「放空心靈。」僧侶指示。「召喚一隻鳥的沙曼恩，一隻心鶇。」

凱登閉上雙眼，照他的話做，該生物的影像清晰明亮地進入他的心裡，就像之前上千次繪畫測驗時一樣。

「看牠的覆羽。」譚繼續。「翼梢、飛行羽毛……注意所有細節……感受牠腳上的粗鱗片、平滑的鳥喙、胸口下的柔軟部位。」

南方傳來凱卓鳥刺耳的尖嘯。擔憂竄入凱登的血液之中，心鶇的影像變模糊，直到他強行壓下焦慮感。看鳥，他對自己說。只看那隻鳥。

「手放上牠胸口。」譚說。「你可以感覺到心跳嗎？」

凱登暫停。這倒新鮮。沙曼恩是視覺的訓練，從來沒人要他在其中加入觸覺。他深吸口氣。

「牠在害怕。」譚說。「受困於你的掌心。你知道牠恐懼。讓自己感受那股恐懼。」

凱登點頭。和貝許拉恩很像。他將自己投射到一隻生物的心裡，只不過這隻生物活在他自己的腦海中。他讓自己進一步沉浸在影像中，一手貼上鳥的胸口，感受心臟跳動。

「你能聽見牠的心跳嗎？」譚問。

凱登等待著。一陣山風呼嘯而來。山坡下有什麼東西撞翻了一堆石塊，但是在這些聲音之後，這些聲音之下，他聽見了鳥的心跳聲，又輕又快，撲通、撲通、撲通，直到心跳聲充滿他的耳中，他的心裡。他把那隻鳥捧在手心裡——牠如此脆弱，只要手指一擠就能捏爆牠。牠很害怕，他令牠害怕。

「現在放牠走。」譚說。「攤開手掌，讓牠飛走。」

凱登慢慢地攤開手指，不情願地讓心鶇逃離掌握。不知道出於什麼原因，他覺得困住牠是很重要的事情，應該要把牠留在身邊……但譚說放牠走，所以，他輕輕地讓牠從指縫鑽出。

「牠在飛了。」他輕聲道。

「看牠飛。」譚回道。

透過緊閉的眼瞼，凱登看著那隻鳥逐漸變小，在他內心的藍天上越來越小，越來越小，最後變成一個小黑點、一粒微塵、天上遼闊的空虛中的一個孔眼。然後牠消失了，只剩一片空白填滿他的內心。

他睜開雙眼。

凱卓的叫聲幾乎已經來到他們正上空了。他們很接近，但是他們太遲了。

接著他看見那些眼睛。一開始他不確定那是什麼東西，發光的血紅色圓球，至少十幾顆，有些如蘋果大小，其他的不比安努銅幣大，飄浮在下方的坡道上。隨著它們逐漸接近，他開始看出其中的虹膜布滿蜿蜒血管正放大收縮，然後他瞭解，阿克漢拿斯來了。

他本應感到恐懼，但恐懼並沒有隨著瞭解而來。那些怪物只是一個事實，就如同黑夜降臨一樣是事實，像派兒站在他身邊盯著看的事實，又或者今晚有人會死的事實。這種缺乏情緒起伏的狀態十分古怪。他向來都能感受到情緒波動，不過幾分鐘前，當他釋放手心裡的小鳥時，他內心的情緒還在翻騰，夾雜著恐懼、困惑，和希望。然而，在空無境界裡，他只能感受到一片遼闊空白的寧靜。

阿克漢拿斯比他想像中還大，幾乎和頭雌黑熊一樣大，但上坡的速度比任何熊都來得快，利爪踏在石頭上，硬殼般的長足伸展收縮，讓關節處的眼睛睜大突起。它於十餘步外停步，在黑暗中來回轉圈，彷彿在嗅聞某種氣味，接著以人類耳朵聽覺極限的音頻發出細微的尖叫聲。怪物又發出兩下不自然的叫聲，然後山坡更遠的地方傳來一聲回應。

「兩隻。」譚在第二隻怪物接近時說道。

第一隻阿克漢拿斯在接近的同時揚起可怕的鉗子揮舞，彷彿在測試空氣，不規律地開闔著。那玩意兒可以貫穿山羊的頭顱。它們在修道院殺了瑟克漢。事實。只是更多事實。

凱登轉向譚。「太遲了嗎？」

「只要我先殺了它們就不算。」

「關於這個……」派兒插嘴，一邊拾起一顆石頭拋向其中一隻怪物。她丟得很準，石頭擊中一顆眼珠，發出啪嗒一聲。阿克漢拿斯抖動一會兒，發出另外一聲尖叫，然後繼續沿著山坡而上。

凱登看見它嘴巴旁邊的小節肢劇烈抽動。「有建議嗎？」她的語氣像是在請人推薦當地最好的紅酒。

「交給我解決。」僧侶回答。「你們有自己的任務要做。」

「你不須要幫忙？」

「阿克漢拿斯擅長追蹤，但不擅長殺戮，雖然這些——」僧侶皺眉。「——和我研究過的不太一樣。」

「它們在阿希克蘭的時候似乎經常在殺戮。」殺手指出這一點，又用石頭打爛兩顆眼珠。怪物開始激動，身體劇烈顫動，再度開始前進。

「在阿希克蘭，它們沒有遇上懂得打鬥的人。」僧侶回答，上前面對他的對手。

即使在空無境界中，一切都彷彿是同時發生。較近的怪物尚在幾步之外，忽地蜷縮成球，疾撲而上。凱登曾觀察過崖貓攻擊的方式，牠們是山區裡速度最快的動物，有能力擊倒全速奔馳的鹿，但即使以最快的速度前進，崖貓的動作依然給人一種輕鬆、近乎慵懶的感覺。阿克漢拿斯的動作像是機械式的裝置被操到超越極限時突然爆發，成為一團翻飛狂砍的利爪。

此時，譚的納克賽爾已經等在它的攻擊路徑上，正好將怪物打向一邊。譚順勢翻滾，再度起身，擺出凱登從未見過的戰鬥架式，將奇特的瑟斯特利姆矛舉在頭上高速轉圈。

「待在我後面。」他對凱登說，目光始終保持在怪物身上。

派兒繼續用石頭攻擊，用匕首攻擊的話，在全數消滅怪物眼睛前她就會手無寸鐵。她似乎沒有因為持續投擲石頭而感到疲累。

「我沒想到有辛恩僧侶會使達拉沙拉長矛術。」她說，語氣中浮現全新的敬意。「竟然還是古法的。」

「我不是一生下來就是僧侶。」譚回道，接著就輪到他進攻了。

他閃到兩隻長得像蜘蛛的怪物中間，長矛還在頭上舞動。那瞬間，凱登以為他錯過目標了，接著在納克賽爾兩端各擊中一隻阿克漢拿斯時發現譚真正的意圖。在空無境界的冷靜空間裡，凱登好奇譚花了多少時間在鑽研這把武器，他究竟經歷過多嚴厲的訓練。他是向伊辛恩學習這些技巧的，還是凱登完全無法想像的早年生涯？

現在譚幾乎是站在兩隻怪物中間，處境十分艱困，與它們近到幾乎動彈不得，當然也沒辦法施展他的長矛。儘管如此，譚還是以強勁凶猛的招式攻擊，每一擊都擊中兩下，因為前後各有一個對手。更有甚者，當它們反擊、金屬刮過硬殼和膿汁時，他能利用一隻怪物的力道對抗另一隻怪物，讓納克賽爾以其掌心為支點轉動。怪物也有擊中目標，連砍帶咬，但僧侶總能避開腦袋和胸口，持續加強攻擊的力道，直到他以一下沉猛的刺擊穿越怪物甩動的附肢，插入第一隻阿克漢拿斯的咽喉。他在怪物痙攣慘叫時拔出矛頭，反手擊向另一隻，然後上前解決它。

一時之間，整座山區陷入一片死寂，唯有僧侶胸口發出的喘息聲。

「你受傷了。」派兒上前，但譚揮手示意她不要過來。

「不嚴重。」他低頭看著自己的僧袍。「不過這種怪物不應該這麼大，也不該這麼壯。」

女人冷冷打量僧侶說道。「事情結束之後，你一定要告訴我你是在那裡學會戰鬥的。」

「不。」譚說。「不告訴妳。」

殺手還來不及回話，一陣腳步聲和尖叫聲劃破了寂靜。一開始凱登以為有一隻怪物沒有死透，但那兩隻都沒有動靜，可怕的眼睛死氣沉沉。接著，山坡下，五十步外的黑暗中有更多眼睛飄浮逼近，數十隻眼睛，成群結隊。

「還有更多。」譚邊看邊說，語氣中帶有一絲疲憊。

「有幾隻？」凱登問，努力將發光的紅眼球分辨成獨立的個體。

「看起來是十隻，或許十二隻。它們之前不在修道院附近，不然肯定會被我們發現。可能是跟艾道林護衛軍一起來的。」

「你打不過那麼多。」派兒說。

「重點不是打不打得過，而是非打過不可。」他轉向凱登說。「現在就走，你們兩個還有機會離開。它們是跟著這兩隻來的，沒辦法追蹤在空無境界中的你。」

「你會死在這裡，僧侶。」派兒說。

「那妳的神會很高興。」譚回道。「走，兩個都走。該是我們實現承諾的時候了。」

接著僧侶迎向前去，將納克賽爾高舉在頭上揮舞。凱登知道自己應該要怕，膽顫心驚，但現在恐懼和害怕就像是他聽說過卻從未造訪過的遙遠之境。譚可能會活下來，或是死，不過凱登清楚自己的角色。當他的烏米爾矮身突刺，連削帶砍地攻擊擁向他的惡臭浪潮，當倫普利·譚在超自然的暗黑怪物前英勇作戰，對抗早該在數千年前就滅絕的怪物，當年長僧侶努力幫他徒弟爭取生存的契機時，他必須逃。凱登轉向黑暗，拔腿就跑。

附近的地形並不適合逃跑。山風和低溫吹走了隘口中的一切，只留下幾顆不穩的大石頭，宛如快要坍塌的廢墟塔樓散布其上。艾道林護衛軍的油燈照不了多遠，但是月亮依然高掛天際。瓦林皺眉。任何想釋放他們的人，都必須通過一大片空曠區間，只能靠變化莫測的陰影掩飾行蹤。

好消息是，包蘭丁、阿迪夫，和大部分剩下的艾道林護衛軍都跑到十五步外的隘口東側，凝望遼闊的黑暗深淵。應該要標示出凱登逃亡方向的信號火堆似乎出了問題。包蘭丁一邊和阿迪夫爭論，一邊伸手指向火堆及其後的黑暗山峰。狂風吹走了他們說話的聲音，瓦林只能依稀聽見隻字片語。聽起來他們的計畫出了差錯，而這個推測在他心中燃起希望的火苗。還有兩個人在看守瓦林和他的隊員，但他們心神不寧，侷促不安，似乎希望能和其他人待在一起，想要留在油燈的火光範圍中。他們的劍都插在腰側的劍鞘裡，經驗老到的戰士想要接近到能射擊他們的距離並不困難，沒有弓箭的話，要割斷他們的喉嚨也行……

但凱登不是經驗老到的戰士，瓦林嚴肅地提醒自己。艾道林護衛軍對凱卓小隊而言或許不是嚴重的威脅，但依然算得上是全世界最精銳的部隊之一。任何錯誤都會讓他們提高警覺，而一旦提高警覺，就沒有時間解救其他俘虜了。瓦林討厭這種無助感。他是來救哥哥的，結果卻被人像隻羔羊綁在這裡。他有一大堆問題想問崔絲蒂，但在葛雯娜短暫爆發和女孩低聲提示過後，艾道林護衛軍就揍到他們全部安靜下來。*來釋放我們，凱登，*他冷冷想著。*只要釋放我們，剩下的就交給我來解決。*

他還沒聽見動靜，就先聞到他哥的氣味。北方傳來一絲汗水和羊毛的味道。他微微轉頭，剛好看見隘口北面幾近垂直的岩壁上有道陰影宛如鬼魅般下移。那座山壁即使在白天看起來都很難爬，但凱登大半輩子都待在這附近的山區裡，或許他不光只有學習繪畫和製陶。瓦林看向身後，擔心守衛會發現他哥，但他們毫無所覺。他們看不見，瓦林發現。他們不能像我這樣看穿黑暗。

突然間，一陣岩石崩落的聲響打破東坡的寧靜，就在阿迪夫和包蘭丁那邊，距離凱登攀下懸崖向前邁進之處約莫一百步外。他正像幽靈一樣在巨石間穿梭。顧問豎起耳朵傾聽黑暗中的聲響，嘴唇微微噘起。

「伊爾恩、傳梅爾，下去東坡看看。」他朝兩名士兵比劃手勢。

「下面沒有人。」包蘭丁語氣冷靜，充滿自信。

阿迪夫轉頭面對吸魔師，彷彿透過那條詭異的遮眼布打量他的表情。

「你怎麼知道？」

年輕人聳肩。「我能待在這個小隊裡，就是因為我知道這種事情。相信我，那裡沒人。」

他感覺得到情緒。突如其來的恐懼侵襲瓦林。塔拉爾堅信包蘭丁需要的是直接針對他本人所產生的情緒，但他或許能感應到其他殘留下來的情緒。沒人知道到底是多麼扭曲的魔力在餵養那個怪物，而如果他能感應到情緒，那就表示他能感應到凱登。不管瓦林英勇的哥哥打算如何進行救援，恐懼和興奮的情緒必定會像有毒的美酒那般在他體內流竄，這些情緒如果被包蘭丁察覺到，事情就結束了。

快點，凱登，快點。瓦林暗自祈禱。

顧問又打量了年輕人一會兒，然後再度朝手下比手勢。「還是去看看。」看守囚犯的兩名守衛也朝其他人移動，好奇心引誘著他們往照明處走了幾步。

現在，瓦林心想。就趁現在。

接著，猶如受到召喚，一道陰影從黑暗中分離出來。瓦林凝神細看。

上次見到哥哥已經是八年前的事了。那時他和凱登在黎明皇宮的走廊和花園中奔跑，玩扮演凱卓的遊戲。他立刻就認出他哥哥，有著父親的下巴和母親的鼻子，嘴唇明顯的線條，但他面前的這個人已經不再是男孩了。他瘦到幾乎能用骨瘦如柴形容，臉頰下的骨頭清晰可見，手臂肌肉緊繃，皮膚在太陽下曬得黝黑。凱登長高了，比瓦林還高上幾吋。當然，骸骨山脈和奢華的安努大不相同，與他們一大早就在溫暖廚房裡喝塔茶吃粥的嬌生慣養童年也大不相同。先前在天上搜尋的過程中，瓦林已經知道在山裡的生活會是多麼艱困，而凱登也在艱困的環境中變得堅強。他手握腰帶匕首，彷彿準備好要使用，但是匕首完全不能代表他的變化。瓦林的目光集中在他哥哥的眼睛上。

他的眼睛向來都很驚人，對某些皇宮裡的新進人員而言甚至很可怕，但瓦林早就習以為常。他記得凱登的眼睛宛如冬夜油燈裡的火焰般明亮穩定，就像每晚餐桌上的蠟燭那樣溫暖。現在，那雙眼睛依然在燃燒，但瓦林已經認不出其中的火焰。火光很遙遠，像是從遠處遙望的兩座柴堆，冰冷，如無月夜空上的星光般冰冷堅硬，又明亮。

即使在當前的處境下，瓦林也期待凱登會對他微笑，點頭或隨便做點認出他的表示。然而凱登沒有反應，他只是舉起腰帶匕首。那雙冷酷無情的眼睛，讓瓦林剎那間以為他哥想要殺他。接著，在他瞭解出了什麼事前，綑綁他手腕的繩子鬆了，他獲釋了。凱登沒有絲毫停留，也沒有任何開心的跡象，直接去割其他隊員的繩子。

整個過程在短短十幾下呼吸間完成。瓦林看得出來他的隊員都很震驚，儘管他們曾花了很長的時間在奎林群島上學習應付這種情況。瓦林指示安妮克前往他們的武器堆，劍和弓都靠在幾步外的一塊岩石上。他朝兩名守衛看了一眼。他們還在看崖邊的情況，但隨時都有可能回頭。趁葛雯娜和安妮克取回武器時，他走到塔拉爾身邊，拿開蓋在吸魔師嘴上的阿達曼斯布，揮散殘餘的迷藥。他朋友掙扎喘息片刻，在一段感覺很長的時間過後，終於神色困倦地睜開雙眼。他以前被阿達曼斯迷昏過，奎林群島上所有吸魔師都受過這種訓練，只有時間能夠讓他徹底清醒過來。再過一、兩分鐘，他或許有辦法奔跑，但他要過一陣子才能開始取用魔力源，那時候不管結果如何，戰鬥很可能都已經結束了。

瓦林第一個想法是要衝向巨鳥。姚爾的隊員把蘇安特拉栓在西側山坡下四分之一里外的凹地。但衝向鳥是很愚蠢的做法，艾道林士兵會緊追而來，包蘭丁又能取用魔力源，天知道在黑暗中會發生什麼情況。*一定要現在行動*，瓦林心想。*快狠準，趁我們掌握優勢的時候*。

安妮克已經綁好弓弦。瓦林再次回頭查看士兵。關於信號火堆旁的爭論越來越激烈，吸引包蘭丁和其他幾個艾道林士兵的注意。萊斯忙著分發配劍，葛雯娜則無聲無息地翻動她的爆裂物，將一些瓦林不認得的東西放到一邊，同時怒氣沖沖地搖頭。他曾短暫考慮讓她用煙幕彈來製造掩護，這樣就可以有機會跑向蘇安特拉，但即使是葛雯娜也需要時間裝設炸藥，而他們多半沒有那點時間。瓦林指示安妮克交出她的弩弓。狙擊手比隊上任何人更擅長那把武器，但她不能同時使用兩把弓，而凱登只有腰帶匕首。瓦林懷疑他哥有沒有射過弩箭，不過在開打之後能多一把武器總是好事，且瓦林自己比較擅長使劍。凱登掃了那把武器一眼，看著瓦林比劃使用方式，然後以同等冷酷的神情接下武器。那種冷酷令瓦林不安，彷彿他大老遠跑來拯救的是一具活屍或鬼魂，只是現在沒有時間擔心這個。

除了動手，沒有時間做任何事情。瓦林心想，朝安妮克打個手勢。

其中一名守衛指向東方某樣東西。他朝黑暗吐口水，然後準備轉向囚犯這邊。安妮克的箭正中他的喉嚨。他都來不及哼一聲就萎靡倒地，但他的護甲撞到石頭，此時第二名守衛轉身迎接第二支箭，這支箭從眼睛貫穿腦袋。

短時間內解決了兩個，十幾個人中的兩個。但我們必須殺的不是他們，瓦林心想，隨即指向包蘭丁。

安妮克和包蘭丁彷彿同時聽見他的想法。吸魔師轉身，臉上浮現憤怒和恐懼的表情，安妮克則發射一箭、兩箭，接著是第三箭，由於她的動作太快，有那麼一瞬間，三箭全都在空中飛竄，一箭接著一箭，像是排隊飛行的天鵝，全部飛向吸魔師。結束了。沒人能抵擋那種攻擊，誰也無法在極短時間內應付這麼多支箭。但在最後關頭，就在他期待看見吸魔師臉上插中抖動的箭身時，弓箭突然轉向，彷彿被隱形手掌打入黑暗之中。包蘭丁回頭去看，似乎就連他自己也想不到能逃過一劫，再轉回來面對瓦林的小隊時，笑容重回他臉上。

「所以，」他緩緩開口。「看來你們通通決定要來場復仇行動。」他故作訝異地搖頭，沒有伸手去拔劍。他肩膀上的老鷹發出刺耳尖嘯，剩下的艾道林士兵也向這裡逼近。包蘭丁對士兵們拔劍時此起彼落的鏗鏘聲置若罔聞。「誰會相信人們能為了一點小折磨，加上兩樁殘暴的謀殺就懷恨在心到這種地步？」

剩下的士兵和塔利克．阿迪夫已經有足夠的時間搞清楚發生了什麼事，但安妮克毫不遲疑，將火力轉移到身穿護甲的士兵身上，在他們有機會彌補錯誤前就放倒他們。四個、五個、六個。狙擊手發現她動不了包蘭丁，至少暫時不行，於是她調整目標，開始解決其他人。七個、八個。吸魔師似乎很樂意坐視他們的死亡。瓦林咬牙切齒。在魔力源深不見底的情況下，包蘭丁顯然有辦法獨力對付他們整組人。

到了最後關頭，阿迪夫逃入黑暗中，安妮克的箭射中他原本站立的石頭上。而包蘭丁似乎一點也不擔心他最後的盟友就此消失。事實上，吸魔師在笑。

「結盟的問題，就是你永遠不知道能信任對方到什麼程度。」他說，比向滿地屍體，並用腳尖踢了踢其中一具屍體。「儘管我不想隨便懷疑高貴的密希賈．烏特，但我認為他打算在事情結束後除掉我們。他對這份工作的愛真的似乎沒有我們深。」

安妮克又射一箭，箭被包蘭丁輕蔑地一彈手指就遠遠飛入夜空。凱登依然握著弩弓，手指抵著扳機，不過弩箭肯定不會比狙擊手的箭有用。*塔拉爾，*瓦林氣憤地想道。*我們需要塔拉爾。*但他的吸魔師還在化解阿達曼斯的藥性，無力地在地上翻滾，努力想靠膝蓋撐起身體。

包蘭丁打量他們一會兒，轉而對塔拉爾說：「希望你瞭解，同為吸魔師，我非常敬重你。我們是很幸運的少數人，深受世人唾罵，但又受到諸神眷顧。我們本應該要攜手合作，所以你應該瞭解這麼做讓我非常難過——」

一顆拳頭大小的石頭在某種看不見的力量加持下破空而來，正中塔拉爾的眉心，將他擊倒在地上。

包蘭丁得意洋洋地轉向安妮克。「我一直拍走妳的箭已經拍得有點煩了。」另外一顆石頭從地上躍起，飄在吸魔師面前的空中轉圈，之後破風而出，於一下爆裂聲中擊中安妮克，在她額頭上劃出一道傷口。她膝蓋軟癱，倒地不起。

「包蘭丁。」瓦林咬牙，努力拖延時間。「你贏不了的。」

吸魔師大笑，笑聲很刻薄，但似乎又覺得很有趣。

「沒人會說你沒種。」他搖頭回答。「只會說你不聰明。」

又有三顆石頭向萊斯、葛雯娜和崔絲蒂襲來，他們癱倒在地彷彿屠宰場裡的牛肉，目光呆滯，雙手無力地抓著武器。瓦林不知道他們還有沒有呼吸，不知道他們是否還活著。

「我無法告訴你失去如此美味的情緒有多令我遺憾。」包蘭丁聳肩。「但我總得除掉他們。光是從你體內釋放出來的那股恨意，就讓我覺得足以拔掉這座山峰了。」

「你對他們做了什麼？」瓦林問，深怕聽見難以接受的答案。

吸魔師又聳了聳肩。「沒什麼永久性的傷害，暫時還沒有。我喜歡讓姚爾以為是他在控制小隊，而他有時候對……程序有很奇特的觀念。特別是碰到女性俘虜的時候。很難說哪個最能讓他爽。這個可愛又惡毒的小妓女，」他說著側頭比向崔絲蒂。「顯然是最佳選擇。而且把怒氣沖沖的女人操到哭哭啼啼向來也很有快感。」

凱登上前一步，弩弓正對包蘭丁胸口。

「你是誰？」他問。這是他目前為止所說的第一句話。

瓦林凝視他。他哥哥在凱卓吸魔師面前沒有絲毫懼意。他以屠夫打量肉塊的表情看著包蘭丁，彷彿在考慮該如何動刀。島上的精英戰士都很冷靜沉著，但眼前的情況……感覺好像凱登從來沒有聽過恐懼這種東西。

「我，」吸魔師回答，顯然很享受此刻。「乃包蘭丁·安豪，是山米·姚爾凱卓小隊裡的吸魔師，而姚爾則聽命於安努皇帝，凱登·修馬金尼恩。」他眨眼。「我猜就是你了。至少，你暫時還是皇帝。我想我們會對要讓你看著你弟弟死，還是要你弟弟看著你死有點爭議，但是，就像他們說的，最後事情都會解決。」

凱登看起來沒受到威脅，那雙明亮冷酷的眼睛就這麼看著吸魔師，從開打至今，這是瓦林第一次看見包蘭丁信心動搖。

吸魔師又道：「我很肯定你弟弟會告訴你，我聲名在外，喜歡慢慢殺人，一刀接著一刀。」

「每個人都有不同的興趣。」凱登回答。他說話的語氣像在討論耕作技巧。

包蘭丁皺眉。

包蘭丁嚇不了他，瓦林發現。凱登沒有感覺。他不會恐懼，沒有憤怒。他不知道怎麼可能這樣，但他哥哥感受不到任何情緒。

接著，突然之間，他知道該怎麼做了。他開口：「凱登！你必須——」還沒說完，他哥哥已經轉身朝他跑來，拔出那把短匕首，在包蘭丁咆哮前高高舉起。瓦林在凱登逼近時直視他哥哥的眼睛，那是兩團冰冷遙遠的火光。他心裡也沒有愛，他在凱登對準自己的頭狠狠揮下匕首時想，或悲傷，或悔恨……

♛

凱登低頭看著弟弟的身體癱倒在腳邊流血。身處空無境界，辛恩僧侶教他的一切都變得非常簡單、非常自然，這個終極技巧似乎啟動了先前所有的技巧。他想知道吸魔師的魔力源為何，於是將自身的心靈投入年輕人的腦中，放棄自我，沉浸在貝許拉恩裡，傾聽四周的交談內容。他輕而易舉得知對方的力量來自情緒，幾乎是顯而易見。接著他只要打昏瓦林就好了。凱登內心深處有一小部分希望自己沒殺死瓦林，但就算殺死了他，也能讓自己達到目的。

凱登再度抬頭面對吸魔師。

「我要殺了你。」包蘭丁氣喘吁吁，神色沮喪，目光閃躲。

凱登記得害怕是什麼情況，但只是隱約記得，就像童年聽過的故事一樣遙不可及，好似從未發生過。

「不太可能。」他舉起弩弓，對準吸魔師胸口。他從未使用過這種武器，但瓦林教他時的沙曼恩浮現腦海，於是他拉開保險，手指滑到扳機上。

「就算沒有魔力源，我依然是凱卓士兵。你只是個天殺的僧侶，根本不懂——」

凱登眼睛一瞇，扣下扳機。機械部位正常運作，弩箭射入吸魔師體內，在一陣憤怒和痛楚的叫聲中，包蘭丁・安豪從懸崖邊摔入深不見底的黑暗深淵裡。

凱登轉身面對躺在地上的弟弟，蹲下來用手指抵住他頸部。他不知道下手應該要多重，畢竟他從沒用刀柄打昏人過。為了以防萬一，他剛剛使盡全力敲下去。

「瓦林。」他說，聲音在自己的耳中聽起來都顯得冷酷又遙遠。他重重甩了他弟弟一巴掌。「瓦林，醒來。」

叫醒瓦林花的時間比預期更長，約莫三十下呼吸後，瓦林睜開雙眼。他猛地向上一把抓住凱登的手腕，將他扔到碎石地上。凱登動彈不得。他徒手搏鬥不是凱卓的對手，只能期待瓦林在動手殺他之前瞭解剛剛是怎麼回事。他弟弟大吼一聲，起身把他壓倒，伸手去拔腰帶匕首，兩人雙眼之間僅有數吋距離。

凱登凝視他的眼睛時突然意識到一件事。*他的眼睛，有人燒掉了他眼中所有色彩。*他之前沒注意到，因為光線昏暗，他又把心思放在包蘭丁和逼近的艾道林兵身上。瓦林向來黯淡得有點奇怪的眼睛，變得比從前更黑，看起來像是被燒入虛無的兩個洞。

「包蘭丁死了。」凱登無懼架在脖子上的刀刃，語氣依然冷靜無比。

「凱登。」瓦林倒抽一口涼氣，環顧黑暗的四周，在地上摸索他的其中一把劍。「在哪裡？他去哪裡了？」

凱登比向弩弓。「我射中他。他掉下懸崖了。」

瓦林看著他許久，然後點點頭，接著大笑。「神聖的浩爾呀。」他放開凱登，氣喘吁吁地翻身而起，他高聲歡呼。「親愛的夏爾插在木樁上！你是怎麼辦到的？」

「瞄準，然後扣下扳機。」

瓦林搖頭。「不，我是指控制情緒。我多年來都在接受作戰訓練，沉溺在憤怒、恐懼，還有一大堆狗屁情緒下，凱登……你現在還是一副在看什麼很無聊的書的樣子。」

「辛恩僧侶。他們教我……一些技巧。」

「我猜他們真他媽的有教！」瓦林大聲說道，使勁擁抱他哥哥。凱登沒有回應。

「我們不須要移動嗎？」結果他問。「我不太清楚這種時候的策略，但速度似乎是重點。」

瓦林放開他。「好吧，現在可不是多愁善感的時候。」他喃喃說道。

接下來幾分鐘宛如狂風掃過般。瓦林甩醒其他人，所有人都抱著腦袋，急切地找尋失落的兵器，並留意黑暗中的黑影。

「凱登。」瓦林比個手勢。「你和我上鳥。那是此刻最安全的地方，尤其是如果姚爾折返回來的話。塔拉爾，你能動了嗎？」

吸魔師目光依然呆滯，但他還是踉蹌起身。「我可以去。」他說。「我不知……不知道能不能施展能力。但我可以去。」

瓦林來回看著塔拉爾和一旁的黑暗，彷彿拿不定什麼主意。不過當他再次開口時，語氣卻很堅定。

「你留在這裡。還有崔絲蒂和葛雯娜。」

「狗屎。」紅髮女人罵道，往前一步。

「現在不是爭論的時候，葛雯娜。」瓦林解釋。「塔拉爾的狀況比他想像得更糟，我絕不會丟下他一個人。所以妳留下。」

葛雯娜張嘴欲言，然後轉頭看看塔拉爾，只見他顫顫巍巍地靠著一塊大石頭。「如果你把自己害死，」她轉頭對瓦林說。「我會去把你的屍體踢到噴屎。」

「同意。」瓦林說。

他們跑下通往凱卓鳥的短坡。

「站上去。」瓦林指著一副安全皮帶喊道。凱登照做，瞪大眼睛看著巨鳥振翅捲風飛入空中。如果在其他情況下，如此飛行肯定讓他既害怕又興奮，但是身處空無境界中，凱登只感覺到寧靜和疏離，彷彿和吹拂僧袍的風差不了多少，和山峰上的白雪差不了多少，或是天上默默飄過的雲也一樣。

「派兒在下面。」他指著東南方叫道。「她說她會盡可能纏住其他人。」

「你怎麼會和顱誓祭司混在一起？」瓦林吼回去。

凱登雙手一攤，不知道該從何說起。「我也不確定。她跟我們是一國的。」

瓦林神色詭異地看了他一眼，但是點頭。

他們沒花多久時間就找到殺手。敵人的小隊把她壓制在距離艾道林營地一里半外一座無路可出的峽谷之中。其中有個在追擊的凱卓士兵點燃了兩根看起來像木棍的長管子，明亮的白熱光芒瞬間照亮整片區域。凱登認為應該是小隊長的金髮年輕人困住了派兒，他的手下站成半圓陣型，隔斷了所有逃生路線。然而，此刻卻沒人膽敢跨入那個女人手中武器的致命攻擊圈內。

「他們為什麼還不殺她？」瓦林對著凱登的耳朵喊。「我不在乎她有多強——只要一箭，她就玩完了。」

凱登搖頭。「他們以為譚和我跑進洞穴裡了。他們必須活捉派兒，審問她。」

殺手堅稱要活捉她會比殺她困難很多，凱登也相信了她的說法，畢竟派兒才是可能會被抓或被殺的人。瓦林點頭，這種說法很合理。

瓦林對另一隻鳥爪上的黑皮膚年輕人迅速比劃手勢，片刻過後，巨鳥開始俯衝。使弓的女孩肯定才十五歲左右，側身垂在爪外。打從凱登釋放她之後，她似乎一直都在瞄準和射箭。他們從上逼近下方士兵時，她拉弓射箭，拉弓射箭，一轉眼連射三箭，三名凱卓應聲倒地，瞬間死亡，連抬頭看的機會都沒有。昨晚之前，我從未見過人被殺，凱登發現。我沒想到人竟然這麼容易就死掉了。

烏特在最後關頭轉身，及時避開擦過胸甲的箭，讓其落入黑暗之中。另一個年輕人，小隊長，潛入黑暗，接著鳥就來到他們正上方，發出刺耳的尖嘯。瓦林跳下鳥爪，著地翻滾，一手拿著匕首，另一手拿著短劍。

♛

他們沒有多少時間擬定策略，但是瓦林覺得這個計畫不錯——搶先除掉對方的狙擊手、飛行兵、爆破兵，再來對付烏特和姚爾這兩個比較典型的威脅。當然，瓦林的隊員也可以著陸，有萊斯和安妮克支援是好事，但他比較想要他們待在鳥上，高度可以增加安妮克的射程。不過，他一落地就發現這個計畫有缺陷。烏特和姚爾已經離開照明彈的火光範圍遁入黑暗之中，如果隊員看不見底下的情況，他本來仰賴的空中支援就無用武之地。他只能靠自己了。

「你們那隻鳥，」身後傳來一道聲音。「可真是大得不像話。」

瓦林立刻轉身，發現自己面前多了個手持匕首的女人——派兒，凱登這樣叫她。顱誓祭司。瓦林看著殺手，迅速打量她。她呼吸凝重，衣服上被劃了十幾道口子，不知道是在剛剛打鬥過程中被砍的，還是之前就有了，但她似乎非常輕鬆。姚爾沒能活捉她的事實顯示她的能力有多強，還有她刀上的血跡亦再次說明了此事。

「他們往那個方向跑了。」她邊說邊用一把長匕首指路。「我跟那個穿盔甲的討厭鬼有筆帳要算，不過我很歡迎你殺另外一個。」

瓦林考慮這項提議。派兒幫過凱登，但要仰賴一個沒見過的殺手守護自己的後背令他不太自在。當然，整個情況都令他很不自在，而他每拖延一刻，姚爾就可能溜得更遠，或是準備伏擊。

「好，」瓦林回答，謹慎點頭。「烏特是妳的。姚爾是我的。別搞砸了。」

派兒面露親切笑容。她看起來不像個殺人犯。「真希望我早幾天就聽取這個建議，那就不會被人追到這些崎嶇的高山裡了。」

「祝妳好運。」他說。

「你也是。」派兒回道。「小心點，那混蛋很厲害。」

瓦林冷酷點頭。幾週以來，幾個月以來，他一直默默忍耐，等待這個機會，和姚爾一對一的機會。這樣其實更好，因為他們飛到帝國邊境之外，遠離帝國法律的界線，進入這些無名山峰，沒有訓練官或任何規定，沒有未開鋒的武器或行為準則，沒人會說犯規或是阻止打鬥。這正是瓦林期待的狀況，但赤裸裸的事實依然存在：姚爾的劍術比他高超，動作更快也更強壯。打鬥結束之後，地上的血很可能會是瓦林自己的。追趕他是很愚蠢的決定，一時間瓦林有點猶豫。他可以回去找其他隊員。對手現在孤立無援地在崎嶇地形上徒步前進，身上沒有補給品。獨自追殺他是高傲又愚蠢的行為。*等待，乃是明智之舉*，韓德倫說。

但瓦林已經等夠了。這個對荷．林動粗、試圖殘殺他的隊員、謀害他哥、要剷除馬金尼恩家族的男人離他只有幾步遠。瓦林曾嘗試按照規矩來，就他印象所及，他一直在權衡選擇，謀定而後動，做出明智的抉擇。然而一切都化為烏有：林死了，他自己和隊員淪為被放逐的叛徒。姚爾或許會殺了他，那又有什麼關係？他遲早都會死，不管是死在劍下或床上。而且體內有樣東西在蠢蠢欲動，某樣比意識更加古老、更急促、更野蠻的東西，在對他輕聲細語，不斷重複同樣一個充滿惡意的字眼：死、死、死。至於是他自己死還是山米．姚爾死，似乎已經沒有差別。

劍朝他腦袋狠狠砍下，快到他差點沒時間出劍格擋。要不是身後還有一點照明彈的火光，瓦林可能根本無法察覺這記攻擊。他向後退開試圖恢復平衡，姚爾從一塊岩石後方走了出來。

另外那個小隊長的笑容蕩然無存。「你殺了我的隊員，馬金尼恩。」

「好像你會在乎一樣。」瓦林說，試著爭取時間，尋找突破對方防守的方法。

「對我是種侮辱。」姚爾邊說邊出劍，一高一低，刺探，進逼。瓦林擋下攻勢趁機反擊，但姚爾輕蔑地拍開他。「你是個恥辱。」他繼續說，一邊繞圈。「瓦林‧修馬金尼恩，皇帝之子，凱卓小隊長。」他嗤之以鼻。「只要我喜歡，隨時都能像割草一樣割了你。」

雙劍再度朝瓦林竄去，形成雙翼攻擊，但在最後一刻變換了攻勢。在瓦林身體後仰騰出空間格擋時，劍尖深入他的肋骨下方。傷口不深，卻血流如注。

「我就是這個意思。」姚爾說著，壓低上路的劍，慵懶地指向傷口。

瓦林要趁機出擊，接著及時阻止了自己。那是陷阱，就和在格鬥場那次一樣，就和在西懸崖上一樣。他沒有繼續攻擊那個破綻，而是後退一步，努力忽略身側流下的血，試圖思考。刀刃可能會造成傷害，但是在真正的鬥劍裡，輸贏取決於心智。姚爾的言語就和步法一樣屬於決鬥的一部分，那些嘲諷如同佯攻和虛步是策略的一環。在奎林群島上，瓦林總是咬緊牙關，不理會那些分心的言語，堅持安靜無聲地打鬥，拒絕接受引誘。接受引誘。他差點笑出聲來。真是荒謬的說法。他放棄他的訓練和人生逃出猛禽指揮部跑來這裡，為了找出姚爾並阻止他，為了打這場架。他不是被引誘進來，他是主動找上門來的。

「你知道的，你完蛋了。」他朝肩膀後面的照明彈火光側頭。「你的隊員死光了。艾道林護衛軍死光了。就算你殺了我，你也完蛋了。」

姚爾臉色一沉。「那我只好享受砍死你的喜悅。」他說，擺開扇形攻擊架式，虛招由上橫擊，實招則從下來襲。瓦林架開攻擊，姚爾搶上前來，不斷向前壓迫，從上方和側面持續出劍，施展艱深的曼加利劍招。瓦林幾乎沒見過這種招式，只能勉強應付。這陣攻勢彷彿持續了好幾個小時，當對方終於停止進擊時，瓦林覺得呼吸受阻。肩膀上又多了一道傷口在淌血。

「我要殺了你。」姚爾說著，吐了口口水。「就像在大洞裡殺死被包蘭丁搞完後的那個小婊子一樣。」

「你！」瓦林心臟宛如一塊令他窒息的冰塊。

姚爾聳肩。「我跟吸魔師。」

這只是更多誘敵的言語，更多的戰術，但瓦林感到怒火中燒。他露出牙齒，彷彿打算跳到對方身上，咬掉他的喉嚨。熱血在他眼睛後方鼓動，充滿了瘋狂和殺意。

「可惜她不在這裡幫你。」姚爾聳肩。「搞不好能讓我打得很過癮。」

噢。瓦林明白了，某段回憶如一巴掌般狠甩在他臉上。噢。

他在肩膀和身側傷口疼痛加劇時轉向左邊。他在失血，失血就表示流失速度。姚爾下一擊將會又猛又快，這意味著瓦林只剩下一招可用，那一刻，他突然知道該用哪一招了。荷．林的微笑浮現心頭。十歲的時候，她第一次救他，在他游泳抽筋時把他拖回岸上，將他的頭保持在海面上，時而咒罵時而鼓勵他，揪成一團的童稚面孔看來憤怒、固執又堅決。那是她第一次救他性命，但並不是最後一次。即使是現在，在她死後，女孩還是不放棄他。

他大吼一聲，使出牛角衝鋒撲擊。這是個孤注一擲的賭局，一次全身都是破綻的瘋狂攻擊。想攻擊那些破綻，姚爾必須先後退穩住他的腳，他的左腳。當瓦林雙劍前舉貫穿夜空而來，他聽見荷．林的聲音在他耳邊低語：我也回敬了他們幾拳……他的左腳踝……或許你可以加以利用。

姚爾一臉困惑地面對突如其來的撲擊。他出於本能下意識後退，這是所有凱卓在格鬥場上經歷上千個日子磨練出來的反射動作，透過反覆訓練深入肌肉和骨頭。他的身體完美遵從訓練，順勢矮身向後，擺開標準的遇襲蹲伏架式，格開瓦林的牛角雙劍。然而，這並不是真正的攻擊。

瓦林著地翻滾，不理會刮過傷口的石頭，一腳踢向對方曾扭傷的腳踝。這一腳力道不足、重心不穩，時間也沒算準，但他在姚爾轉移重心打算展開反擊時踢中目標。他的腳踝拐到了。姚爾踉蹌了一下，短劍劃過瓦林脖子前面。他的臉因憤怒而扭曲，但又隱約綻放出另一種情緒，新的情緒：甜美醜陋的恐懼之花。

「林說你不是唯一在西懸崖上有打到人的人。」瓦林說著站起身。

姚爾無聲地咆哮著，單膝跪地。他搖晃地站起來，再度揚起短劍，遲疑片刻，最後轉身跌跌撞撞地遁入照明彈光亮之外更深的黑暗中。

*黑暗，是我的地盤。*瓦林冷酷地想。*經歷大洞之後，黑暗就是我的家。*

他閉上雙眼，任由寒夜的氣味和聲音透體而過。姚爾在附近，不遠。瓦林聞得到他的汗和血，還有鋼，而那一切之下隱隱透露出刺鼻的恐懼氣味。他嘴角露出充滿野性的微笑。韓德倫絕不會認同衝入黑暗的行為，但是話說回來，韓德倫沒有吃過那顆噁心黏稠的黑蛋。他低吼一聲，離開亮處，進入無盡的黑影國度。

上百種氣味襲來：石頭、髒雪、在烏雲中輕聲細語的雨滴。上千種氣流劃過他的皮膚，勾動他手臂和脖子上的毛。透過他知道但無法理解的感知，他可以察覺數十道模糊輪廓和形體的回聲。他感覺到腳下的石頭在摩擦他的靴子。他將出鞘短劍舉在身前，無聲無息地在黑夜中轉身，慢慢地、慢慢地……他能感覺到數步之外散發出來的熱氣。那裡不應該有熱氣。呼吸聲。使人不寒而慄的恐懼感融入在山的氣味中。*是姚爾。*

他感覺到而不是聽到短劍從黑暗中砍來，感覺到空氣旋動及分離，於是想都不想就著地翻滾，任由鋼劍劃過他頭頂上方，在岩石上砍出火花。姚爾在他身後破口大罵，瓦林悄然轉身面對敵人。

小隊長拔出兩把短劍，依照凱卓盲目戰鬥課程所教的姿勢舉在身前防禦。*他看不見我*，瓦林發現。*他知道我在這裡，但是看不見我。*顯然塔拉爾說得沒錯，所有史朗獸蛋都有好處，但沒有一顆比得上瓦林吃掉的那顆大黑蛋。

照明彈還在一百步外噴火，派兒和烏特在左側某處大打出手，金屬交擊的聲響一再劃破黑夜。瓦林聽見艾道林指揮官的咒罵喘息聲，隱約還能聽見顱誓祭司更輕淺的呼吸聲。那些都無關緊要。現在，姚爾就在他面前，盲目地摸索著。

「結束了。」瓦林說。

姚爾腳下的碎石在他移動時嘎嘎作響。氣流再次竄動，夾雜低聲喘息和一絲恐懼。瓦林架開對方的短劍。他發現自己在漆黑的環境下如魚得水，於是閉上雙眼，任由世界的聲音和氣味穿透身體。他伸出舌頭，品嚐黑夜。

*浩爾，你對我做了什麼？*他想知道，但現在問這個問題已經太遲了。對於似乎已經過去很久的事來說，已經太遲了。他血液中的奇特成分不是所有的原因。他內心有一部分在發現荷·林屍體癱在洞穴地板上時枯萎了，他熱愛光明、期待黎明的部分已然崩塌。畢竟，當他抱著朋友步入陽光下時，她沒有活過來。*待在黑暗裡比較好。*眼淚順著他的臉頰留下，模糊了視線，但是，他根本不需要視覺。

「你贏不了的。」瓦林對著姚爾散發出的熱氣說。「現在放下武器，把你知道的事情說出來，我就賞你一個痛快。」

賞你一個痛快。這話出口的同時，他已經覺得自己在說謊。他想要砍死這個傢伙，把他撕碎。他要姚爾受苦，在黑暗中慘叫，只能在自己的痛苦中找尋回應。

「下地獄去。」小隊長吼道，同時砍出雙劍，使出夸希島的訓練官稱之為「風車葉片」的招式。這若不是非常傲慢的舉動，就是在奮力一搏。瓦林輕鬆翻向一旁避開攻擊。即使在兩步之外，他依然感覺得到對方的喘息聲和驚慌的熱氣，甚至可以嚐到恐懼的味道。

感覺很棒。瓦林發現，內心有一部分在他齜牙咆哮、邁步上前時抗拒這種想法。

「幕後主使是誰？」他問。

「如果我告訴你，你就會殺了我。」姚爾回答，在黑暗中後退，語氣緊張又絕望。

瓦林俐落出劍。他感覺到劍接觸對方，砍入血肉，斬斷肌腱，然後是骨頭，半下心跳的時間過後，姚爾放聲慘叫，一把劍哐啷一聲落在地上。是他的手腕。瓦林心想，暗自點頭。空氣中多了血腥味，瓦林深吸口氣發現——刺鼻的血銅味。

「說不說我都會殺你。」他又往前一步。

「好吧。」姚爾喘息道。他把另一把劍也丟在地上。「好吧。你贏。我投降。」

「我不要你投降。」瓦林回道。「我要你告訴我誰是幕後主使。」

他聞聞空氣，轉頭面對黑暗，感覺微風吹拂，然後再度出劍，砍斷對方另外一手的手腕。在內心深處的某個地方，韓德倫在爭論戰術上的冷靜和有用的囚犯之類的事；而更深的角落還有其他聲音，他的父親和母親在喃喃說著慈悲寬容之類的話。瓦林讓他們閉嘴。他父母已經死了，韓德倫也一樣。荷·林一向循規蹈矩，結果慘遭羞辱、毆打及謀殺。慈悲和寬容都是很好的字眼，但在黑暗中，只有被他逼到絕境的獵物，沒有它們的立足之地。

姚爾發出痛苦的慘叫聲，受困絕望的動物會發出的慟哭聲。

「你不能殺我！」他哭喊道。「你不能殺我。想知道幕後主使是誰。你就不能殺我，必須留活口！」

「留烏特活口就夠了。」瓦林吼道，但是話一出口，他就注意到一旁的打鬥聲已經消失了。剛剛發出金屬交擊的回聲之處，現在只有風吹過雪地和石頭的聲音。有人死了。瓦林嗅聞空氣。派兒朝他走來，夜風中帶有她頭髮的香氣。繼包蘭丁、阿迪夫之後，現在是烏特，全都沒了。姚爾似乎是他們唯一可用的囚犯，理智上瓦林知道該留下姚爾，但他血管裡的血卻仍然冰冷又黑暗。他不想要囚犯。

「沒有其他人知道事情的始末。」姚爾哀號。他現在跪在地上絕望地哭泣。「拜託。你一定要留我活口。」

「把你知道的都告訴我。」瓦林說。「我就帶你回猛禽接受制裁。」又是謊話，宛如歌謠般脫口而出。

「好。有個陰謀……有……」

「我知道有陰謀。」瓦林說。「誰在幕後主使？」

「我不知道，不知道他的名字。但他是瑟斯特利姆人。我知道，他是瑟斯特利姆人。」

瓦林停下來。瑟斯特利姆人是遠古歷史，最後一個瑟斯特利姆人早在千年之前就死了。姚爾的說法很瘋狂，但是……跪伏在地雙掌俱斷的情況下，他不可能說謊。

「還有呢？」瓦林逼問。

「其他我就不知道了。」姚爾哀鳴。「就這樣。我只知道這些。拜託，瓦林。我求你。」

瓦林緊閉雙眼，慢慢走近，近到匕首刀尖抵住姚爾的腹部。年輕人失禁了，鮮血和尿液的氣味混雜在一起，於寒冷的黑夜中格外刺鼻。

「你求我？」他近乎耳語地問。

「我求你。」姚爾泣道。

「荷．林呢？她有求你嗎？」

「我對不起林。那和你想的不一樣，一直以來都和你想得不一樣。」

「她有求你嗎？」瓦林問，將匕首向前推，劃破皮膚。

「我不知道！我不記得了！」他用斷掉的手腕拍打著瓦林，但是瓦林架開它們。

「不夠好。」他咬牙切齒，匕首插得更深。「在大洞裡……你有幫包蘭丁殺她嗎？」

「我沒有。」姚爾含糊不清地說。「我不是有意的。事情不是——」

瓦林繼續刺入。「還是不夠好。」

「厄拉慈悲為懷，瓦林。」姚爾放聲痛哭，無助地揮動兩條斷手。「到底怎樣才夠好？他媽的怎樣才夠好？」

瓦林思索這個問題。*怎樣才夠好？*曾經，他會知道這個答案。在他父親遭人謀害之前，在他爬上安咪陳屍處那個通風不良的閣樓之前，在他抱著林走出浩爾大洞漆黑的洞口之前。公義？復仇？他搖頭。至於現在……

「我不知道。」他回道，把刀刃整個插入姚爾腹中，感覺肌肉在匕首四周無助地緊縮，接著他扭轉刀身拔出來。「或許一切再也不夠好了。」

年輕人發出一陣斷斷續續的哀鳴，然後癱倒在地。瓦林站直身子，在黑衣上擦拭匕首。在烏雲密布的黑夜中，他看不見屍體，看不見自己做了什麼，但是話說回來，他不須要看。他把武器插回劍鞘。午夜的空氣中瀰漫著濃厚的氣味——鮮血和內臟、絕望和死亡。他在顫抖中發現自己聞到一股恐懼和滿足交織的氣味。他嚐得出來。

49

午夜鑼聲響了一下、兩下、三下，撼動寒冷的春夜，喚醒了靠在朗身上熟睡的艾黛兒。

「很晚了。」她輕聲說道，伸手摟住朗的腰。

「或者說是很早。」他說著，回應她的擁抱，在她額頭上輕輕一吻。「明天上朝的覲見名單和我手臂一樣長，而妳在光明神殿搞出的那件事並沒有讓情況變單純。」

「我給你的生活添麻煩了嗎？」艾黛兒故作關心地問道，以手肘撐起身子。「我很抱歉。我該怎麼補償你？」她眨了眨眼。

朗微微一笑，把她拉近。「我可以想到一、兩種做法。」

她放縱自己，盡情熱吻，但是心裡有一小部分卻對這種情況略感訝異。她帶著成功的消息闖入伊爾．同恩佳的房間時，本來沒打算和他睡覺，甚至沒讓自己去考慮這種可能。艾黛兒．修馬金尼恩一輩子都很清楚她能對帝國做的最大貢獻就是結婚。一場帝國聯姻可以避免戰爭、敲定重要的貿易協定，或是和強大的貴族家族奠定同盟基礎。這不是妳能決定的，她父親一次又一次溫柔而堅決地告訴她，就像我不能決定什麼時候要開戰，什麼時候要接待曼加利使節團一樣。

她以為自己很久以前就接受了隨著地位而來的束縛，然而，當她啜飲著席特紅酒一邊描述除掉烏英尼恩的情況時，當她在朗的眼中看見愛慕和飢渴時，那一切彷彿都變得微不足道，在投入他的懷抱前根本不算什麼。一直到完事之後，他們躺在一起，身體緊貼縐巴巴的床單，她才開始反思這麼做有多愚蠢。非常愚蠢，這點無庸置疑，但感覺卻不像是錯事。他可不是什麼馬夫，她提醒自己。他是肯拿倫，是天殺的攝政王。如果他們結婚，不會有人說她嫁給配不上她的人。

於是她繼續待在他房間裡，直至深夜時分。回到自己房間似乎已經沒什麼意義了。

「我今晚要睡在這裡。」她喃喃說道，把臉埋到他堅實的肩膀上。「跟你一起。」

「我的床很歡迎妳。」伊爾・同恩佳說。「但妳得一個人睡。」

他又吻了她額頭一下，然後一邊呻吟一邊坐起來。

「你要去哪裡？」她睡眼惺忪地問。

「攝政王的狗屁工作永遠做不完。」他回答。「你弟越快回來越好。」

「你現在要去工作？」

「我沒有要去多遠。」他說著，朝房間另外一側的沉重木桌點點頭。「如果妳想找我，我就在那邊。」

艾黛兒笑了笑，躺回枕頭上，疲倦和滿足感如柔軟的海浪般襲來。她感覺很好。待在朗的床上很好。幫父親報仇很好。剷除馬金尼恩家族的威脅感覺也很好。人生中第一次，她覺得自己經歷一場真正的試煉，而她通過了。朗的事情，我很抱歉，父親，她心想，但你把我教得很好。我在扮演我的角色。

想到父親就想起了他最後的遺物，他在遺囑中送給她的禮物——嚴頓的《阿特曼尼史》。她在床上翻來覆去半天依然毫無睡意，於是她坐起身來。

「你可以派個人去我臥房拿本書嗎？」她問。

「我打擾妳睡覺了嗎？」他轉身比向油燈。「我可以把火光調暗一點。可不能讓帝國公主不開心。」

「帝國公主沒有不開心，謝謝。帝國公主現在想看書，嚴頓的史書。我父親留給我的。」

他挑起一邊眉毛。「真是本閒書。」

「我不只是個公主，」她揚起下巴回應。「我同時也是財務大臣。」

「妳知道，」他謹慎地說。「午夜鑼聲已經敲過了。妳在肯拿倫的臥房裡混這麼晚會惹人說閒話的……」

她身體一僵。「你要我走？」

他伸手安撫她。「我想要妳待在這裡。今晚。明晚。之後每天晚上。我只是在問妳這樣做是否明智。」

她放鬆躺回床上。「有個將軍對我說過，」她笑著說道。「必須知道什麼時候該計畫，什麼時候該行動。好吧，我終於開始行動，而我發現我喜歡這種感覺。」

「那就這樣吧。」他說完走到門口，探頭出去對門外的僕役低聲下令。

幾分鐘後，僕役將取來的厚皮典籍從門縫塞進來。朗把書拿在手上，隨手翻了幾頁，然後聳肩丟到床上。書砰的一聲落在她身旁。

「看一章應該就能讓妳睡著，比那些天殺的請願書還要無聊。」

「你是個不學無術的軍人，不表示我們其他人不能時不時看點古人遺留下來的智慧。」

件。「烏特和阿迪夫那兩個混蛋最好快點帶妳弟回來，不然我就要讓帝國陷入黑暗時期了。」

「我應該一直當個不學無術的軍人。」他又坐回椅子上，一邊呻吟，一邊開始翻閱桌上的文件。

艾黛兒不理會他的抱怨，在床上扭動身子，直到背靠牆壁。那本大書攤在她膝蓋上，有一瞬間，她只是盯著封面看。父親教了她很多知識，就某方面而言，這本書可以算是他給她上的最後一課。她打開書，仔細閱讀第一頁，然後往後翻了幾頁，想要知道整本書裡有多少內容。幾張地圖，幾份圖表，是一本像朗那種男人無法忍受，但她會覺得非常有趣的書籍。又一張地圖，又一份清單。正當她要翻回最前面開始正式閱讀時，她發現有一張小紙條夾在書脊裡。在好奇心的驅使下，她拔出那張紙，攤開來，然後僵住了。那是她父親的筆跡。

她抬頭偷瞄一眼，朗還背對著她坐在書桌後，用羽毛筆批署公文。她將紙條翻到反面，不過只有一面有字。

艾黛兒：

當妳在看這封信時，我已經死了，而我的策略奏效了。我不能把這封信放入遺囑裡，因為我們的敵人肯定會比妳先看到遺囑，必要時加以修改。

幾個月前，我得知了一起要對付我、對付整個馬金尼恩家族的陰謀，很有可能也要對付整個安努帝國。提筆寫這封信的時候，我已經躲過四次暗殺，每一次都很隱密，算是刺探性質，也都沒有成功，但我沒辦法追查出幕後主使之人，而他們每天都在測試，在學習，要不了多久就會成功，而我將死亡。

我不要讓敵人決定時間和地點，所以計畫把性命當成棋盤上的棋子，藉以扭轉這場祕密戰爭的形勢。此刻我還不知道敵人的身分，但已經有懷疑的人選。我與我不信任的人安排了祕密會面，我不會帶艾道林護衛軍去參加會面，也不會讓議會知情。我會讓參與陰謀的人有機會在刺殺我後全身而退，而我會把這些會面的紀錄留給妳，讓妳知道等我死後要留意誰，要對抗誰。

艾黛兒一陣天旋地轉。接下來是一份名單，上面有十幾次會面的時間和地點。他父親見過巴克斯特．潘恩、塔利克．阿迪夫、珍奈兒．弗斯和席亞的迪奈拉。他在碼頭的船上、白市集的酒館、黎明皇宮的密室，以及城外與人會面。他的名單上有超過十幾個名字，權勢滔天的男人，甚至還有幾個女人，但她的目光停留在唯一重要的那條紀錄上：

新月傍晚，我會和肯拿倫，朗、伊爾、同恩佳，在光明神殿的家族禮拜堂裡會面。

新月傍晚。光明神殿。她本來很肯定她父親是烏英尼恩殺的，親眼見證那個男人為此事付出代價，並為他的死亡滿心歡喜。她凝望著眼前的字條，然後轉向肯拿倫的裸背，她的愛人，看著他坐在那裡批示公文。親愛的夏爾呀，她心想，裸露的皮膚開始顫抖。親愛的神聖英塔拉呀，我究竟做了什麼？

令她動彈不得的恐懼感過去之後，她再度將目光移向紙條。

我不打算束手就縛，艾黛兒。或許我能打贏，雖然可能性不大。我們的敵人狡猾又強大，每次都能搶先我一步。我會帶劍參與每一次會面，但妳是我最後的武器。妳、凱登，和瓦林。如果你們之中有人覺得我對你們太嚴厲，那都是因為你們必須更堅強。

把我寫的事情放在心上，艾黛兒。放在心上，就算這可能牽連到妳認識許久或信任的人。妳不能和這個敵人談條件，不能和他講理，不能和他妥協。不管對方是誰，妳都必須不惜一切扳倒他。我已經派人去警告並保護凱登和瓦林，但只有妳手裡握有最後這封信。

最後幾句話不是在表達關愛，或在無可避免的死亡之前表達悲哀。那都不是桑利頓會做的事情。他最後交代她的遺言既嚴厲又實際：

抗拒信仰。抗拒信任。只能相信妳觸手可及的東西。剩下的都是錯誤和虛幻。

艾黛兒的目光從紙條上移開。血液在她耳中鼓動，在她皮膚下沸騰。她的呼吸聲聽起來十分刺耳。她沿著摺痕摺好紙條塞回書中，翻過幾頁加以掩飾。朗依然坐在椅子上，喃喃抱怨著眼前的工作。她還能感覺到溫暖的精液沾黏在大腿內側。

男人改變姿勢，然後轉身。

她努力擠出笑容面對他。

「已經厭倦那本書了？」他揚起一邊眉毛問。「想要找點……比較刺激的事做？」他眨眼。

她想尖叫，想逃跑，想拿毯子蓋住頭，把自己埋在床上，埋入地底。她想要逃出這個房間，衝回自己在天鵝塔的寢室，有艾道林護衛軍在門外站崗的地方。突然之間，她又變回了小女孩，迷失、害怕、困惑。但她已經不是小女孩了。她是公主，是大臣，說不定還是馬金尼恩家族最後的倖存者。

我是武器。她對自己說。

她面前的男人殺害了她父親，把她玩弄於股掌之間，逃過法律的制裁。她強迫自己迎上他的目光，任由毯子滑落她的肩膀，露出酥胸。

「如果你自認應付得來。」她回道。

50

凱登盤腿坐在艾道林營地上方一處崎嶇的懸崖上，無視刺骨寒風，以及腳掌和肩膀的疼痛，雙眼追隨著兩隻盤旋在天上的凱卓鳥。在這種距離下並不容易判斷牠們的體型，牠們看起來和順著氣流盤旋而上的渡鴉和老鷹非常相似，就像他在阿希克蘭上方的岩架花了數不清的時間觀察的那些鳥。事實上，如果沒回過頭去看那堆叛國護衛軍的屍體，如果不去想那些血淋淋的回憶，此刻感覺就像是回到修道院裡，坐在其中一塊崎嶇的岩架上，等待帕特或阿基爾跑來干擾他的思緒，拖他回去吃晚飯。這是很愉快的想法，他沉浸在裡面一段時間，享受那些謊言，直到一道鋼鐵反光吸引了他的目光——凱卓鳥返航了。而隨著牠們逐漸接近，鳥爪上的人影越來越清晰，這讓他很難再把這種鳥當成是普通的凶猛禽類。

瓦林利用他的凱卓鳥——凱登提醒自己牠叫蘇安特拉——和敵方小隊的凱卓鳥去搜捕包蘭丁和阿迪夫，因為他們沒有找到這兩人的屍體。巨鳥在天上飛了大半天，搜索範圍離營地越來越遠，直到凱登認定他們的獵物已經逃走了。照理說應該是不可能的事，他們兩人都受傷了，至少有輕傷，沒有食物和水，又徒步行走在崎嶇的山區。但是，正如辛恩所言：世界上沒有所謂的應不應該，只有事實。這兩個叛徒已經證明了自己有多危險、多難以預料，凱登也不敢確認他們是否還有其他未曾展露過的能力。身處空無境界時，吸魔師和顧問都沒有令凱登感到絲毫恐懼，但現在他已經脫離出神狀態，想到他們在周邊山區遊盪就讓他惴惴不安。

他看著兩隻鳥接近山脊，黑色的身影跳下鳥爪，毫髮無傷地落在十幾呎下方的碎石堆裡。他們很年輕，瓦林的隊員比凱登兒時記憶中的凱卓更年輕，還是那只是記憶在作祟？瓦林手下的四名士兵雖然很年輕，但都散發著長年訓練才能培養出的自信和效率。他們會下意識地檢查武器和裝備，觸摸劍柄，掃視周遭環境，執行多年以來建立起的上百個習慣動作。即使是年紀最小的隊員，小隊的狙擊手，似乎也比凱登成長過程中接觸過的艾道林士兵沉著且致命。還有瓦林。

指示萊斯綁好巨鳥後，瓦林環顧營地，看見凱登坐在岩架上，於是爬上山坡來找他。他已經不是凱登印象中在黎明皇宮裡決鬥的那個男孩了。他變高變壯，肩膀寬厚到凱登絕對練不出來的地步，背上的雙劍彷彿和他融為一體，大部分時間都嘴唇緊閉，不時觸碰手掌和手臂上的疤痕，彷彿這樣能帶來好運。他最大的改變還是眼睛。與凱登、桑利頓，及艾黛兒不同，瓦林的眼睛一直都是深色的，但不是現在這種黑。他現在的眼睛彷彿極致黑暗的洞穴，如同無盡的井底，沒有一絲光線能逃脫。讓瓦林散發危險氣息的並非疤痕或短劍，而是那雙深邃的眼睛。

瓦林的靴子在碎石上嘎啦作響，他在凱登面前停下腳步，望向遠方的山峰，皺起眉頭。

「我不知道那兩個混蛋上哪兒去了。應該會有些蛛絲馬跡……」他越說越小聲，下唇有道傷口裂開了，他朝懸崖吐了口血。鮮血隨風而去，落入下方的深淵。

「坐下。」凱登說著，往岩石一比。「你已經飛一整天了。」

「但他媽的一點進展都沒有。」瓦林雖然這麼說，但片刻後，他還是嘟噥一聲，坐了下來。

「我覺得好像被人用木板狂毆了整整一週。」瓦林扭轉脖子伸展頸部的肌肉。他雙手握拳，指節喀啦響，然後皺眉看著掌心，彷彿從未見過它們。「全身上下無處不痛。」

凱登疲憊一笑。「我以為你們凱卓部隊就是為此而生的。英勇尚武，媲美神的耐力，每天都在逃離安南夏爾──」

「不是。」瓦林拉了拉身上破破爛爛沾滿汗漬的黑衣。「我是為了這身衣服入伍的。」

「那你應該當僧侶的。羊毛僧袍可不容易穿爛。」

瓦林輕笑，兩人眺望群山和峽谷，肩並著肩，單純又安靜地享受彼此陪伴。如果可以的話，凱登願意就這樣坐上一整天、一整年，傾聽遠方的流水聲、風吹過山道上的呼嘯聲，並感受陽光溫暖冰冷皮膚的感覺。他瞭解這些東西，比對弟弟更加瞭解，比對自己更加瞭解。

「所以，」瓦林沉默許久後問道。「我現在要怎麼稱呼你？」

凱登凝望著遠山，思索這個問題。在離開修道院之後的逃亡中，他一直沒時間為父親哀悼，或是思考他的新身分。與辛恩僧侶生活八年讓他甚至不確定自己還知不知道該如何哀悼。他身為安努皇帝，兩大陸至高無上的統治者，數百萬人民領袖，這都僅僅是事實而已，沒能讓他產生任何共鳴。他有點想開玩笑，講個幽默的笑話一笑了之，但那樣感覺不對，對死去的僧侶不公平，對大老遠飛來拯救他的瓦林小隊不公平，對曾在骸骨山脈當了多年侍僧、現在躺在冰冷陵墓裡的父親不公平。

「我想應該是叫『光輝陛下』。」瓦林搖頭說道。「這是正式稱謂，對吧？」

凱登望著西落的太陽。他很好奇自己的眼睛看起來是不是那樣。

「對。」他終於回答，接著轉向瓦林。「但附近沒人的時候……只有我們兩個人的時候……

我是說，總要有人叫我本名，是吧？」

瓦林聳肩。「由你決定，光輝陛下。」

凱登閉上雙眼抗拒這個尊稱，然後強迫自己睜眼問道：「另外那個小隊長怎麼了？姚爾？」

他有見到屍體，嚴格說應該是殘骸，血肉模糊，雙掌都被砍斷，眼睛突起，呈現只能用驚恐來形容的表情。很凶殘的死法，毫無意義的暴行。

瓦林臉色一沉，與他對視了一會兒，又偏開頭去。那瞬間，凱登看見了十年前的那個孩子——拿不定主意卻不願表現出來，想要在困惑之外戴上勇敢的面具。

「有個名叫荷．林的女孩……」他開口，然後沉浸在思緒中，伸指去摳手背上一塊大疤，被撕裂的結痂湧出鮮血，但他完全沒有低頭去看。轉頭面對凱登時，他的表情又掛上了面具，難以捉摸。他看起來像個士兵。不只是士兵，凱登心想，是殺手。

「我當時只想到：沒有下次了。我不會讓他繼續傷害任何人。永遠不會。」他緊握雙拳，傷口血流如注，在岩石上滴成一灘血水。

「但他的手……」凱登緩緩問道。「有必要嗎？」

「去他媽的必要。」瓦林說，語調宛如敲打過久的鋼鐵般堅硬易碎。

凱登凝視他弟弟很長一段時間，試圖解讀他皮膚下緊繃的肌肉、不自覺的皺眉、臉上和手上的傷疤。那感覺就像在閱讀以某種失傳語言書寫的卷軸。憤怒，凱登提醒自己。這是憤怒、痛苦，和困惑。他認得那些情緒，但在和辛恩僧侶相處多年後，他已經忘記這些情緒有多強烈。

最後，他將手放在瓦林的拳頭上。僧侶不太擅長肢體接觸，這種感覺很奇怪，來自遙遠童年的回憶，搞不好來自夢境。一開始凱登以為弟弟會把手縮回去，但在十幾下心跳過後，他感覺拳頭鬆開了。

「出了什麼事？」凱登問。「你身上究竟發生過什麼事？」

瓦林輕哼一聲。「你有一週的時間嗎？」

「長話短說如何？」

「我學會殺人，見過人被殺，對抗過可怕的野獸，喝了很噁心的東西，後來眼睛就變成黑色，擁有我不瞭解的力量，還有足以燒光一座城市的怒火。」

「你呢？」他問，比較像在挑釁，而非提問。「你和我預期中的書呆子僧侶差得遠了。昨天晚上我以為你要殺我。」

凱登緩緩點頭。瓦林在這幾年裡變了很多——好吧，他也是。「長話短說？」

「我們可以晚點再談細節。」

「我被打、被割、凍僵、被活埋。我信任的人殺了所有我認識的人，接著我在一段時間內想通了該如何不再關心那一切。」

瓦林看著他。凱登迎上他的目光。兩人再度陷入沉默，直到瓦林毫無預兆地笑起來，一開始笑得很輕，有點無力，接著越來越放縱，笑得渾身顫抖，甚至伸手拭淚。凱登不解地看了他一會兒，直到體內某個童稚的自我，埋在內心深處的東西甦醒過來，開始回應。然後他也笑了，笑到氣喘吁吁，腹部疼痛。

「神聖的浩爾啊。」瓦林搖頭哽咽道。「神聖又天殺的浩爾啊。我們應該繼續待在皇宮裡玩木棍的。」

凱登只能點頭。

♛

「事情還沒結束。」譚說。

凱登轉頭發現譚正沿著險坡朝他們走來，派兒跟在他身後一呎左右。兄弟倆並肩坐著，因恐懼而大笑，試著回想從前的愉快時光，但是從前已經過去了，結束了，而未來聳立在他們面前。一百步外，山鞍不太安全的營地上，其他人都在準備出發。萊斯檢查巨鳥，狙擊手和紅髮女孩整理艾道林士兵留下的武器。崔絲蒂在把看起來像食物的東西塞入一個大袋子裡。

譚走近時，伸手從僧袍裡拿了一樣東西丟到岩架上。那玩意兒滾向凱登，撞上他的小腿，然後停下。

瓦林抬頭看僧侶，撿起那顆小紅球，在手指間輕捏，直到紅球像葡萄一樣鼓起來。

「這是什麼？」

「眼睛。」凱登說，臉上笑意驟然消失。想起阿克漢拿斯縮小包圍圈，血紅色的眼睛在月光下閃閃發光的景象就讓他毛骨悚然。他完全不明白譚怎麼活下來的，不過那場大戰也讓他付出代價——僧袍破爛不堪，身上處處瘀青。一道長長的傷痕從額頭延伸至下巴，崔絲蒂花了大半天幫他清理傷口，用死去艾道林士兵的制服做成繃帶加以包紮。

「肯定是個很醜的混蛋。」瓦林又看了那顆眼珠一會兒，然後丟給凱登。「但至少它有眼睛。」他眼中掠過一絲疲憊和陰暗。

凱登接下眼珠，轉正方向，在黯淡日光下打量眼球上的瞳孔——一條不平整的黑縫，像是有人用匕首在虹膜上劃了一刀。

「你的傷勢如何？」他抬頭問譚。

僧侶動作僵硬，但臉上沒有痛苦之色。他揮一揮手，彷彿這個問題不值得回答。凱登暗自懷疑這個人是不是找到了直接住在空無境界裡的辦法。

「瑟斯特利姆人回來了。」他說。

「瑟斯特利姆人。」瓦林回應，透過齒縫吸氣。「姚爾也是這麼說。真的很難相信。」

「一定要相信。」譚回道。「他們中的某些人之所以能活這麼久，就是因為世人不相信他們的存在。」

「阿迪夫？」凱登問，說出他一整天看著凱卓搜索時一直在想的問題。「你認為他是瑟斯特利姆人嗎？」

譚一副不認同的模樣冷冷瞪著他。「瞎猜。」

瓦林的目光從年長僧侶掃向他徒弟，然後又看回來。如果他對譚有絲毫敬意，凱登也完全看不出來。

「我不覺得瞎猜有什麼不對，而且我也不知道那兩個天殺的混蛋現在流落何方。但我可以告訴你一件事——他們已經不是我們的問題了。」

凱登皺眉。「他們其中一個很有可能是瑟斯特利姆人，另外一個是受過凱卓訓練的情緒吸魔師，還差點殺光你的隊員。」

「但現在我們有兩隻鳥。」瓦林解釋。「包蘭丁和顧問都只能徒步，還沒有食物和水，也沒有任何裝備。我們入夜之前就會起飛，天亮前就能離開這片你稱之為家的荒山迷宮。」他嚴肅地補充。「當然，這讓我們必須面對真正的問題——跳蚤。」

凱登看向譚和派兒。顱誓祭司聳肩，譚沒有任何反應。

「跳蚤，」凱登終於轉回去問瓦林。「是什麼？」

「跳蚤是猛禽指揮部最強的小隊指揮官。我跟姚爾在他面前就像小孩一樣，而他的隊員都和他一樣強。」

「他也有參與陰謀？」派兒問。她身上只有一道烏特在她肩上留下的淺傷口，除此之外似乎沒什麼受傷。「為什麼真正危險的人物都不能和我們站在同一陣線呢？」

「我不知道他有沒有參與陰謀。」瓦林神情嚴峻地回答。「但我可以告訴妳，他肯定會過來找我們。他可能落後一天，在我的小隊叛逃之後立刻啟程。既然姚爾和包蘭丁有參與陰謀，我們不知道涉案的層級有多高。」

派兒聳肩。「如果他沒有參與陰謀，他就不是問題的一部分。凱登，」她說話的同時行了一個很誇張的屈膝禮。「現在成為一生宛如白晝般明亮的帝國統治者，這表示只要他揮揮小指，你的跳蚤就得鞠躬或趴在地上或行什麼你們安努人要行的禮。」

「妳不瞭解跳蚤，也不瞭解凱卓。」瓦林說。「重要的是任務。我的小隊違背命令來找你們，對猛禽指揮部來說，我們就是叛徒。」

「而凱卓部隊為帝國效力。」派兒回道。「這表示他們要聽命於皇帝，也就是說，要聽命於他。」她指向凱登。「幫凱登做事，按理來說，不算叛國。」

「事情沒有那麼簡單。」凱登說，第一次從這個角度思考問題。「帝國歷史上有些非常混亂的時期——兄弟鬩牆，逆子弒父。不幸之人阿特拉頓因為等得不耐煩就殺了他父親。那是什麼時候的事，瓦林，四百年前？」

瓦林搖頭。「事情沒有牽扯到戰役，我就沒研究。」

「沒有打起來。阿特拉頓想要統治帝國，但他父親看起來太健康了，所以他在晚餐桌上刺穿他父親的眼睛。重點在於，儘管身為阿特拉頓的繼承人，也擁有英塔拉之眼，他還是因叛國罪遭受處決。王座傳給了他姪子。」

「你又沒殺你父親。」派兒皺著眉頭指出這一點。「你沒有，對吧？」

「沒有。」凱登回答。「但安努人民不知道。幕後主使有可能散播任何謠言。他們可能會宣稱瓦林和我聯手對付我們的父親，說我們在遠離首都的情況下買通祭司殺死他。」

「除非我們可以確定沒有這種情況。」瓦林說。「否則就必須假設猛禽指揮部會將我們視為叛徒。」

「猛禽指揮部如何處置叛徒？」凱登問。

「派人來處置。」瓦林回答。

「跳蚤。」

「他的小隊可能已經進入山區。」

「山區一望無際。」派兒說。「我過去一週都在這片天殺的山裡奔走。我們九個人就算搖旗打鼓，大搖大擺地遊行也不會被人發現。」

「妳不知道他們有多強。」瓦林說，放眼望向黃昏的天際。「我和他們一起訓練，但我也不知道他們有多強。」凱登順著弟弟的目光，在雪頂山峰之上尋找絲毫動靜，任何看起來像是會捎來死亡的黑鳥跡象。

「我只知道他會追來。」瓦林說。「但不知道他會怎麼做，也不確定他會什麼時候出現，但他一定會來。」

「那我們就必須解決他。」譚回道。

凱登看著瓦林一臉難以置信地轉向他的烏米爾。

「解決他？看在浩爾的份上，你是誰什麼人，老頭？你穿著僧袍，但我從沒聽說過有哪個僧侶會拿那種東西亂跑。」他指向譚左手握著的納克賽爾。

僧侶正對他的目光，不過拒絕回答這個問題。

「好吧。」派兒兩手一攤。「我們上鳥飛回安努，撥亂反正。他們又不是認不出你們的身分，那些荒謬的眼睛總是有點用處的。」

「誰說妳可以加入的，殺手？」譚冷冷地反問。

派兒歪了歪頭。「在我救了皇帝、殺了那頭艾道林蠻牛之後，你竟然想要我用走的離開？」

「她跟我們走。」凱登說，有點驚訝自己會用這麼肯定的語氣說話。「我們有兩隻鳥。夠所有人坐了。」他看向瓦林。

瓦林點頭。「加緊趕路的話，一週就能抵達安努。如果我們能保持在跳蚤小隊之前，或許還能更早一點。」

凱登轉向西方，看著太陽剛剛落入冰峰之下的地方。安努。黎明皇宮。家。他很想相信他們可以就這麼登上凱卓鳥，飛離屠殺現場，返回首都，幫父親報仇。他很想相信一切可以如此輕易就重返正軌，但是內心深處，古老的辛恩格言浮出水面：相信你的眼睛看見的東西，信任你的耳朵聽到的言語，肯定你的皮膚感覺到的事物。其他的一切都是夢與幻影。

「……一直待在北方，越過大草原。」譚說。

「不。」

三雙眼睛轉向凱登，同時盯著他。

「你不認為大草原是最佳途徑？」瓦林問。「我們可以避開白河南側的安努領土——」

「我不往西走。暫時還不這麼做。」

派兒瞇起眼睛。「往北走有一大堆冰山和冰凍的海洋，往南會遇上猛禽追兵，所以——」

「我們也不能往東走。」瓦林插嘴。「往東走的話，越過山區，就只有安瑟拉，如果在那裡降落，我們會立刻被殺掉。伊爾・同恩佳過去幾年在邊境進行了幾次非常殘暴的行動。我們非往西走不可，必須回首都。」

派兒點頭。「你認為我們要飛到白河北方多遠的位置才能避開你那些討厭的朋友？」

凱登緩緩搖頭，心中的想法越來越堅定。他不知道安努此刻的情況，其他人也不知道。他也很想回去，很想相信人民會夾道歡迎他，但那是夢，是幻影。他的敵人殺害他父親，差點摧毀他整個家族，現在唯一能肯定的就是有人在獵殺他，猜測他的行動，追蹤他。

他回想早春一個寒冷的日子，他追蹤一隻迷路的山羊來到山峰，投射到牠的心裡，感受牠的行動，跟隨牠的決定，直到他抓到牠。我不要當那隻山羊，我不要被獵殺。如果辛恩僧侶有教他任何東西，肯定就是耐心了。

「你們其他人往西飛，盡快前往安努，確定那裡的情勢。」

「你們其他人？」派兒揚眉詢問。

凱登深吸口氣。「我要去找伊辛恩，譚和我一起。」

年長僧侶臉色一沉，不過回話的是瓦林。

「這個天殺的伊辛恩又是什麼人？」

「辛恩僧侶的旁枝。」凱登回答。「他們專門研究瑟斯特利姆人，獵殺瑟斯特利姆人。如果瑟斯特利姆人有牽涉此事，他們應該聽說過什麼消息。」

「不。」譚終於說。「伊辛恩和辛恩很久以前就分道揚鑣了。你以為他們是一群安靜冥思的僧侶，但伊辛恩是個嚴厲的組織。更危險的組織。」

「比阿克漢拿斯危險？」凱登問。「比一群趁我睡覺暗殺我的艾道林護衛軍危險？」他暫停片刻。「比瑟斯特利姆人危險？」

「我對伊辛恩一無所知，」瓦林插嘴。「但我不會讓你在缺乏保護的情況下自己亂跑。你比我想像中堅強，但依然需要我的小隊掩護。」

譚搖頭。「你不知道你在要求什麼。」

「我不是在要求。」凱登說，語氣更加嚴厲。「瓦林，我需要你的小隊盡快回到首都，在線索消失之前弄清楚狀況。」

「那我們就先去找伊辛恩，然後全部一起回首都。」

凱登想重新解釋，接著又閉上嘴。或許他可以說服他的烏米爾和其他人，或許他辦不到——那些都不是問題。他從未說過想要這雙眼睛，但他的眼睛還是一樣明亮。

「譚跟我去。」他再說一次。「剩下的人回安努。除非想要違背皇帝的命令，不然此事就這麼說定了。」

派兒輕笑，張嘴欲言。一時之間，凱登以為自己做了件傻事。他們距離黎明皇宮數千里格，迷失在高山迷宮裡，遭受他生下來就有權統領的人追殺。顱誓祭司、叛逆僧侶，和凱卓小隊長有什麼理由要聽他的，一個除了僧袍一無所有的男孩？

接著，瓦林動作流暢地站起身來。凱登也肢體僵硬地起來，剛好看見他弟一手放在劍上，在他面前跪下，指節貼上額頭。

「謹遵號令，光輝陛下。我立刻去備鳥。」

當瓦林終於抬頭時，凱登在他眼中什麼都看不見，就連自己的倒影也沒有。

《未成形的王座1 帝王之刃》完

致謝

我相信有些作家整本書都是靠自己完成的，但我需要許多幫助。下列這些人幫我試讀章節、提供人名想法、嘲笑爛點子、讚美好點子、逼我描寫更酷的戰鬥場景、要求更邪惡的壞蛋、堅持更恐怖的怪物、抱怨從軍事到製圖方面各式各樣不精確的用字、繪製骸骨山脈的圖畫——基本上就是不斷詰問、驅使我越寫越好。少了他們，寫作會是條孤獨淒涼的道路。蘇珊・貝克、奧利佛・史奈德、湯姆・萊斯、派屈克・諾葉斯、柯林・伍茲、約翰・馬寇、莉妲・伊森堡、海瑟・巴克斯、凱爾・薇弗、坎陽・薇弗、布魯克・戴特曼、莎拉・帕金森、貝卡・黑曼恩、凱薩琳・帕提羅、馬特・福爾摩斯、約翰・諾頓、馬克・菲德勒、安德莉卡・唐諾文、希莉雅・史達維利、史基普・史達維利、克莉絲汀・尼爾森、莎拉・梅吉包、安妮塔・穆姆、萊恩・德比、摩根・佛斯特、阿德利安・凡・楊、衛斯・威廉斯、金・克林勒、亞曼達・瓊斯、莎朗・克勞斯、蘇珊・威佛、貝拉・帕根、羅伯特・哈達吉、比爾・路易斯。

特別感謝我的經紀人漢娜・包曼和編輯馬可・帕爾梅利對這本書抱持信心、執著細節，並重新包裝那些我自認為很熟悉的角色和地點。

孜孜不倦的讀者和朋友加文・貝克，一字一句地讀完了本書所有版本。他提供了許多寶貴的想法，但更重要的是，始終堅持相信我有辦法寫成此書，我一定會寫成此書，而且故事會很好看。我比他想像中更常借用他的信念倉庫。

最後是喬漢娜·史達維利。瑟斯特利姆語中沒有專門表達感激或愛的字眼，但他們的文字記載中經常出現一個片語：*ix alza*——至關緊要，絕對必要。這個片語很適合用來形容喬與這本書，還有作者之間的關係。少了她，我會住在某塊岩石底下，沒發現自己有多孤獨，無法理解自己缺少什麼，吃自己的腳趾甲，八成到現在還在重寫序章。

〔附錄〕

安努人民認知下的諸神及種族

種族

內瓦利姆人——永生、美麗、田園鄉民。瑟斯特利姆之敵。人類出現前數千年就已滅絕。很可能出於虛構。

瑟斯特利姆人——永生、邪惡、毫無情緒。文明、科學與醫療的創造者。被人類摧毀。數千年前滅絕。

人類——外表與瑟斯特利姆人一樣，但會老死，擁有情緒。

古神（依照年代先後順序）

空無之神——最古老的神，在一切創造之前就已存在。辛恩僧侶崇拜的神。

阿伊——空無之神的配偶，創造女神，所有世間一切的創造者。

阿絲塔倫——法律女神，秩序與架構之母。有些人稱之為「蜘蛛」，但卡維拉的信徒宣稱那個頭銜屬於他們的女神。

普塔——混亂、無序、隨機之神。有人認為祂只是個騙徒，有人則認為祂是毀滅性的中立勢力。
英塔拉——光明女神，火焰女神，星光，太陽。同時也是安努馬金尼恩皇室家族的守護神，皇族成員宣稱祂是他們的祖先。
浩爾——貓頭鷹王，蝙蝠，黑暗之王，黑夜之王，庇護凱卓部隊，盜賊的守護神。
貝迪莎——生育之神，祂編織所有生物的靈魂。
安南夏爾——死亡之神，骸骨之王，解開配偶貝迪莎所編織的靈魂，將所有生物化為虛無。拉桑伯的顱誓祭司所崇拜的神。
席娜——歡愉女神，有些人相信祂是新神之母。
梅許坎特——貓，痛苦與苦喊之王，席娜的配偶，有些人相信祂是新神之父。崇拜祂的有厄古爾人、部分曼加利人，還有叢林部落。

新神（所有與人類同時代的神）
厄拉——愛與慈悲女神。
麥特——憤怒與仇恨之王。
卡維拉——驚駭女神，恐懼女神。
黑奎特——勇氣與戰鬥之神。
奧雷拉——希望女神。
奧利龍——絕望之神。

未成形的王座

中英文名詞對照表

A

Aacha 阿查

Acolyte 侍僧

Adaman Fane 阿達曼・芬恩

Adamanth 阿達曼斯

Adare 艾黛兒

Ae 阿伊（古神）

Aedolian 艾道林護衛軍

Aergad 艾爾加德

Ai 埃（城）

Akeen Channel 阿金海峽

ak'hanath 阿克漢拿斯

Akiil 阿基爾

Allen 阿倫

Altaf 阿塔夫

Amie 安咪

Ananshael 安南夏爾（古神）

Ancaz 安卡斯（山）

Anjin Serrata 安金・瑟拉塔

Anlatun the Pious 虔誠者安拉頓

Anna Renka 安娜・倫卡

Annick Frencha 安妮克・富蘭察

Annur 安努（帝國）

Annurian 安努人

Anthera 安瑟拉

Aphorist 警語家

Arbalest 強弩

Arim Hua 艾利姆・華

Armel Herve 阿梅爾・赫夫

Ashk'lan 阿希克蘭

Astar'ren 阿絲塔倫（古神）

Atlatun the Unlucky 不幸之人阿特拉頓

atma 阿特瑪

Atmani 阿特曼尼

Atreps 貴族（城主）

B

Balendin Ainhoa 包蘭丁・安豪

Basc 巴斯克

Baxter Pane 巴克斯特・潘恩

Bedisa 貝迪莎（古神）

beshra'an 貝許拉恩（拋擲之心）

Black and Gold Knives 黑匕首和金匕首（山）

Blackfeather Finn 黑羽蜚恩

Blerim Panno 布勒林・潘諾

Blood Cities 血腥城邦

Bohumir Novalk 包胡米・諾瓦克

Bone Mountains 骸骨山脈

Bowline 稱人結（繩結）

Breata 布利塔（城）

Buri's Leap 布利之躍（山）

Burned King 燃燒王

C

Casimir Damek 凱希米爾・丹密克

Chalmer Oleki 查爾默・歐雷基

Channary 錢納利

Chi Hoai Mi 琪浩・米

Chief Priest 大祭司

Ciena 席娜（古神）

Circuit of Ravens 渡鴉環

Crag Cat 崖貓

Crenchan Xaw 葛倫強・蕭

Csestriim 瑟斯特利姆人

D

Dark guard 黑護衛

Darvi Desert 達維沙漠

Daveen Shaleel 妲文・夏利爾

Dawn Palace 黎明皇宮

Death Gates 死門

Demolition 爆破兵

dharasala 達拉沙拉（長矛術）

Divine Mandate 神權委託

Divine Right 君權神授

D'Naera 迪奈拉

E

Eira 厄拉（新神）

Eln 伊爾恩

Ennel 英奈爾

Erensa 厄倫沙

Eridroa 伊利卓亞（大陸）

Essa 伊莎

Ewart Falk 伊瓦・弗克

Eyrie 猛禽（凱卓指揮部）

F

Ferron 費朗

Firespike 紅樓花

First Shield 第一護盾

Flash-and-bang 閃光彈

Flatbow 長弓

Flier 飛行兵

Floating Hall 飄浮大殿

Footsore Monk 腳痛僧

Freeport 自由港

G

Gent Herren 甘特・赫倫

Ghan 干城

Gods' Gate 諸神之門

Godsway 諸神道

Gray Shoals 灰暗礁

Gwenna Sharpe 葛雯娜・夏普

H

Ha Lin Cha 荷・林・察

Halva Sjold 哈爾瓦・斯咎德

Hannan 哈南

Harpies 哈皮峰

Hendran's Tactics 《韓德倫兵法》

Hengel 韓吉爾

Henter Leng 亨特・連

Heqet 黑奎特（新神）

Hern Emmandrake 赫恩・安曼卓克

High Mysteries 高深奧義

Holder of the Scales 天秤持有者

Hook 虎克島

hui'Malkeenian 修馬金尼恩（姓氏）

Hull the Bat 蝙蝠浩爾

Hull's Trial 浩爾試煉

Huy Heng 胡・亨

I

Intarra 英塔拉（古神）

Intarra's Spear 英塔拉之矛

Iron Sea 鐵海

Ishien 伊辛恩（第一代辛恩）

ivvate 伊維特（辛恩修行之一）

J

Jakin Lakatur 賈金・拉卡圖

Jakob Rallen 賈卡伯・拉蘭

Jenna Lanner 珍娜・蘭納

Jennel Firth 珍奈兒・弗斯

K

Kaden 凱登

Kaveraa 卡維拉（新神）

Keeper of the Gates 守門人

kenarang 肯拿倫

kenta 坎它

Kettral 凱卓部隊

kinla'an 金拉恩（皮肉之心）

Kreshkan 克拉希坎人

L

Laith Atenkor 萊斯・阿坦可

Leach 吸魔師

leina 黎娜（席娜高階女祭司）

Li 利國

Linnae 林內

Liran 利國製

Long Mind of the World 世界之長心

Lord of Bones 骸骨之王

Louette 洛伊蒂

M

Maat 麥特（新神）

Manjari 曼加利

Manker's 曼克酒館

Master of Cadets 學員主管

Meshkent 梅許坎特（古神）

Micijah Ut 密希賈・烏特

Ministerial Council 朝政議會

Mizran Councillor 密斯倫顧問

Mo'ir 莫爾

Mole 鼴鼠彈

Mon'Ada 蒙・阿達

N

naczal 納克賽爾（矛）

Neck 內克

Nemmet Rantin 奈魅特・蘭丁

Nevariim 內瓦利姆人

Newt 紐特

Nish 尼許

Novice 見習僧

O

O'Mara Havast 歐瑪拉・哈瓦斯特

Orella 奧雷拉（新神）

Orilon 奧利龍（新神）

P

Pater 帕特

Peter the Black 黑髮彼得

Peter the Blond 金髮彼得

Phirum Prumm 法朗・普魯姆

Plenchen Zee 普蘭辰・亦

Pta 普塔（古神）

Pta's gems 普塔寶石（星星）

Pyrre Lakatur 派兒・拉卡圖

Q

Qarsh 夸希島

Qirin Islands 奎林群島

Quick Hal 快豪爾

Quinn Leng 昆恩・連

R

Raalte 拉爾特

Rabi 拉比

Rampuri Tan 倫普利・譚

Ran il Tornja 朗・伊爾・同恩佳

Rassambur 拉桑伯

Rebbin 瑞賓

Regent 攝政王

Remmel Star 里魅爾・史達

Remmick Ironheart 雷密克・艾昂哈特

Rianne 莉安娜

Romsdal Mountains 羅姆斯戴爾山

S

saama'an 沙曼恩（刻劃之心）

Sami Yurl 山米・姚爾

Sanlitun 桑利頓

Scial Nin 希歐・寧

Scion of Light 光之後裔

Seghir Desert 塞格爾沙漠

Serkhan Kundashi 瑟克漢・庫達西

Shar 沙爾

Sharn 夏恩島

Shin 辛恩（教派）

Sia 席亞

Sigrid sa'Karnya 席格利・沙坎亞

Si'ite 席特

Silent Stoop 無聲俯衝隊

Skullsworn 顱誓祭司

slarn 史朗獸

Starshatter 碎星彈

Stunner 擊暈箭

Suant'ra 蘇安特拉（凱卓鳥）

Sun 陽幣（安努貨幣）

T

ta 塔茶

Talal M'hirith 塔拉爾・姆希利斯

Tarik Adiv 塔利克・阿迪夫

Temple of Light 光明神殿

Tenebral 聖樹

Terial 特利爾

The Bend 大彎

the Blank God 空無之神（古神）

the Flea 跳蚤

the hole 大洞

the Lady of Light 光明女神

the Sons of Flame 火焰之子（軍）

the Spire 尖塔

the Talon 禽爪岩

Tower 塔峰

Tremmel 傳梅爾

Triste 崔絲蒂

Triuri Glacier 崔烏利冰河

Tsavein Kar'amalan 特沙文・卡拉馬蘭

U

Uinian 烏英尼恩

Umber's Pool 昂伯池

umial 烏米爾

Urghul 厄古爾

V

Valyn 瓦林

vaniate 空無境界

Varren 瓦倫

Vash 瓦許

Venart's 文納特（峰）

Vested 偉斯提德人

W

Waist 魏斯特

well 魔力源

West Bluffs 西峭壁

Windmill's Vanes 風車葉片

Y

Yen Harval 嚴・哈沃

Yenten 嚴頓

Yvonne's and the Crane 伊芳塔和天鶴塔

未成形的王座

❷ 火之天命

The Providence of Fire

CHRONICLE of the Unhewn Throne

皇帝屍骨未寒，帝國已經分崩離析。
艾黛兒為了對抗殺父凶手，逃離皇宮去找尋能與之抗衡的力量。
凱登和瓦林小隊來到死城，
欲透過前往古老教派的死門，去了解如何對抗瑟斯特利姆人。
皇室成員紛紛展開反擊，
但他們的行動會拯救帝國，還是將其推向深淵……

國家圖書館出版品預行編目資料

未成形的王座1 帝王之刃下 / 布萊恩．史戴華利（Brian Staveley）作；
戚建邦 譯——初版．——台北市：蓋亞文化，2023.09
冊； 公分. --（Fever ; FR086）
譯自：Chronicle of the Unhewn Throne 1 The Emperor's Blades
978-986-319-841-3（下冊：平裝）

874.57 112007681

Fever 086

未成形的王座〔1〕帝王之刃 The Emperor's Blades 下

作　　者　布萊恩．史戴華利（Brian Staveley）
譯　　者　戚建邦
封面設計　莊謹銘
總 編 輯　沈育如
發 行 人　陳常智
出 版 社　蓋亞文化有限公司
地址：台北市 103 承德路二段 75 巷 35 號 1 樓
電話：02-2558-5438　傳真：02-2558-5439
電子信箱：gaea@gaeabooks.com.tw
投稿信箱：editor@gaeabooks.com.tw
郵撥帳號 19769541　戶名：蓋亞文化有限公司
法律顧問　宇達經貿法律事務所
總 經 銷　聯合發行股份有限公司
地址：新北市新店區寶橋路二三五巷六弄六號二樓
電話：02-2917-8022　傳真：02-2915-6275
港澳地區　一代匯集
地址：九龍旺角塘尾道 64 號龍駒企業大廈 10 樓 B&D 室
電話：+852-2783-8102　傳真：+852-2396-0050
初版一刷　2023年09月
定　　價　新台幣 350 元
Published and printed in Taiwan

GAEA
ISBN　978-986-319-841-3